龍人◎著
蒼穹變
8 金蟬脫殼

目錄

第一章　內丹玄宗

石敢當淡淡一笑，「你們自忖能夠困得住我嗎？」

二人一怔，呆了呆，方肅然道：「宗主之命，我們誓死全力以赴便是！」神色變得有些警惕了。

石敢當喟然一嘆，仰首嘆道：「藍傾城啊藍傾城，你明知老夫決不忍心對付道宗弟子，所以可以毫無顧忌……」

「嘿嘿，僅憑幾句話就想收買人心？」忽聞有人冷笑，隨後便見一矮胖老者自拐角處慢慢走出，氣定神閒，目光投向石敢當這邊，邊走邊道，「你可以不顧道宗大局安穩，悄然離開道宗，一去二十載，你就是道宗最大的叛逆者！根本沒有權力再對道宗的事妄加指點！」

「是鄂師兄……」

出現在石敢當面前的人，論輩分，石敢當該稱他爲師兄，名爲鄂蟾。此人右手殘缺二指，這事與石敢當有關聯。

原來，當年鄂蟾在同一輩的道宗弟子中，是年齡最大的一個，當他得知宗主之位即將傳與石敢當時，心中很是不平，所以就私下裏糾結了一些同門，要壞石敢當的好事。

沒想到他還沒能有什麼舉動，事情就敗露，石敢當的師父——也就是當時的道宗宗主堯師，雖然沒有加以懲罰，但鄂蟾的師父，亦即石敢當的一位師伯，卻一怒之下令鄂蟾自斬右手二指。

雖然這只是外傷，但鄂蟾的兵器是劍，自斬右手二指之後，就再也無法用劍了，所以這種懲罰也不能說不重。

鄂蟾自斬二指之後，幾乎就成了半個廢人，從此變得規矩了許多，石敢當成爲宗主之後，他再也沒有給石敢當添亂。

現在，比石敢當高一輩分的人都已作古了，鄂蟾就是道宗年歲最大的人，不過表面看起來卻並不比石敢當更蒼老。

「將宗主之位傳給你根本就是一個錯誤！你與令師都是道宗的罪人！」鄂蟾年歲大了，火氣反而也大了，目光咄咄逼人。

「不錯！我的確有愧於道宗，但真正有罪者卻是另有他人，便是藍傾城！鄂師兄，我石敢當有罪，可以一死以謝道宗上下，但我希望在死之前，能讓諸位知道藍傾城的真面目，他已將整個道宗出賣！」

鄂蟾哈哈大笑，笑罷方道：「我知道你是不甘心失去宗主的位置，才惡言中傷藍宗主，你以爲現在還有人會信你的話嗎？不錯，是有幾個頑冥不化的人還想追隨你，但他們只是螳臂擋車！」

說到這兒，他一指身後，「你聽吧，一切都很平靜，想要見你的人都已被制伏，他們違抗藍宗主之令，會遭到嚴懲。石敢當，你根本已回天無力！」

那邊的金鐵交鳴聲果然靜了下來，鄂蟾所說的也多半屬實。藍傾城在道宗已是隻手遮天，有誰能夠撥開重重迷霧？

石敢當這時才意識到沒有能夠阻止白中貽自殺是件多麼遺憾的事情，若是能夠阻止白中貽，讓他把真相揭穿那該多好。

石敢當實在不明白，白中貽既然不怕死亡，爲什麼卻不敢面對藍傾城？而眼前的鄂蟾究竟是被藍傾城蒙在鼓裏，還是早已知道藍傾城已屈服於術宗這件事？

鄂蟾慢慢地向石敢當走近，沉聲道：「你不是說要以死向道宗上下謝罪嗎？真是讓人佩服！現在你就可以做到了，怎麼？又改變主意捨不得死了？來人！把那些想見他們老宗主的傢伙帶過來，讓他們見識見識他們的老宗主是如何的貪生怕死，口是心非！」

一陣吵嚷喝罵聲中，只見有五名年歲較大的道宗弟子被堅韌無比的牛皮繩捆綁著，在幾名比他們年輕許多的道宗弟子的推搡下，出現在石敢當面前，那五人無不是渾身浴血。

石敢當目光在五人身上一一掃過，每一張面孔都依稀熟悉，但二十載過去了，他們已不再年輕。當石敢當的目光與他們的目光相遇時，心頭一陣酸楚。

照理，以這五人的年齡，在道宗應該有一定的地位了，但在石敢當剛回道宗的那次宴席上，石敢當沒有見到這五人中的任何一人，由此可見他們一直備受藍傾城壓制，根本沒有什麼地位可言。至於他們爲何被壓制，自是不言而喻。

在推搡這五人的人當中，唯一一個不年輕的人就是欒大，二十年不見，他胖了些許，臉與口都顯得更闊了，加上他那永遠似笑非笑的表情，總讓人有不適之感。

石敢當望著最左邊的被縛之人，稍加辨認，「李兒百？」

那人用力地點了點頭，「宗主，李兒百不能向你施禮，請恕罪！」聲音低啞。

石敢當目光微向左側，落在第二個人身上：「宋老生？」

宋老生的耳頰之間有一道傷痕，汙血染紅了他的半張臉，他齜牙咧嘴地笑了一笑，含糊不清地道：「難得宗主還記得我。」

「元栽？」

元栽用力地點了點頭，眼眶濕潤了，卻未開口。

「高山流？」

高山流形如鐵塔，立在那兒，將他身後的人幾乎全遮住了。他粗豪地大聲道：「讓老宗主見笑了，我等本應該捆了藍傾城那狗賊來見你，結果反而……」他重重地一跺腳，不再往下說了。

石敢當心頭咯噔了一下，猛然由高山流的話中領悟到：也許像高山流這些人並非沒有察覺到藍傾城投靠術宗，只是勢單，無力反抗而已，否則他們再如何對藍傾城不滿，也不至於直呼其爲「狗賊」。而且從這五人身上的傷勢來看，這哪像是同門之爭？分明是在以性命相搏！

看來，藍傾城一直以來只是顧忌不知石敢當的下落，如今石敢當已被控制，他已可以索性摘下假面具，對宗內反對他的人揚起屠刀了。

石敢當目光落在了最左側的，也是受傷最重的那人臉上，良久方認出此人，因爲此人變化太大了，不僅僅因爲年齡上的變化，而是某種精神、靈魂深處的變化。此人名爲侯厘，曾是出了名的樂觀豁達，但此時石敢當卻在他身上看到了看破一切的冷漠。

「是侯厘吧？」石敢當道。

侯厘淡淡地點了點頭，與其他四人的激動相比，他的冷漠很不尋常。誰也看不透他既然爲了見石敢當而不惜與藍傾城反目，爲何見到石敢當時卻又如此冷漠。

石敢當長長地嘆了一口氣，「是我連累了你們。」

「錯，就算你不回道宗，我們遲早也是要與藍傾城拚個你死我活的，因爲他早已淪爲術宗、內丹宗的走狗！」說話的是侯厘。

果然如此！道宗內部果然有人早已知曉了這一內幕，而不是像石敢當最初所猜測的那樣：道宗上下都被蒙蔽著。

或許，石敢當回到道宗，只是促使這一場衝突提早到來而已。而從結果來看，反對藍傾城的力量對藍傾城根本構不成威脅。

那豈非等於說一切都已無可挽回？

雖然石敢當先師——堯師曾說，只有三宗合一，重立玄流才是唯一正確的出路，那麼道宗最終就應該在玄流重立時消失，但內丹宗、術宗以這種決不光明正大的方式吞併道宗，就算最後他們願意建立玄流，那麼玄流的性質也必然蛻變了。

石敢當忽然有些後悔了。

讓他後悔的是不該輕易地服下嫵月所給的毒物，當時他的確打算以死化解嫵月對道宗的仇恨。現在，他才明白，事情根本就不是這麼簡單，他的死非但不能解除今日道宗之厄，反而會讓那些對道宗心懷叵測的人更肆行無忌！

但，就在這時，他忽然感到腹部一陣劇痛，像是五臟六腑在抽搐一般。石敢當猛地意識到一個時辰應該差不多已經到了，心中不由倏然一沉。

他的神色變化落入在一旁的尹恬兒的眼中，尹恬兒立即意識到是怎麼回事了，頓時出了一身冷汗，急切中，她不顧一切地道：「帶我去見藍傾城！」

眾人齊齊一怔！

在天機峰上，竟然有人敢直呼藍傾城的名字！

在場的人當中，不少人已見到尹恬兒、嫵月一起與藍傾城出入，藍傾城不許任何人過問她們的身分，自然就無人過問。此時尹恬兒的一聲斷喝，讓所有人都懵住了，不知眼前這個看起來應該很年輕的女子是什麼來頭，難道真的是一個連宗主藍傾城也惹不起的人？

鄂蟾乾咳一聲道：「妳是什麼人？爲什麼要見我家宗主？」

連鄂蟾自己都覺得這話問得尷尬，對方乃一介年紀輕輕的女子，可以在天機峰重地自由出入，而自己身爲道宗最年長者，卻是在這種時候還不知對方的來歷，未免有些說不過去。

尹恬兒也真是急了，她就是要虛張聲勢，迫使這些人不得不帶她去見藍傾城。當然，她見藍傾城的目的自是爲了見嫵月，求嫵月給石敢當解藥，甚至在心中她已經打定主意，如果石敢當不肯開口，那麼她就假稱石敢當已經告訴了她天瑞重現所在的方位，以此先騙得解藥。

於是尹恬兒冷笑一聲道：「本小姐是什麼人，還輪不到你們問！你們所要做的，就是依我的吩咐去做，若是耽誤了事，你們誰也擔當不起！」

她本就是隱鳳谷谷主的妹妹，平日就已經習慣了驅使手下的人，這時的氣勢，顯得底氣十足，倒真讓人拿捏不定。

但鄂蟾畢竟是道宗長者，他的臉色有些掛不住了，正要發怒，欒大已快步走至他的身邊，附耳對鄂蟾低聲說了幾句。

鄂蟾長長地出了一口氣，像是要將憋著的怒氣全都吐出，一張老臉漲得通紅，半晌才極爲不情願地一揮手，「你們領她去見宗主吧。」

看樣子，那欒大很機敏，多半已經看出尹恬兒是內丹宗或術宗的人了。

尹恬兒暗自鬆了一口氣，接著又補充了一句：「石……石敢當的性命留著還有用，你們誰也不得輕舉妄動！」她倒見好就收了，心頭暗道：「石爺爺對不住了，我只能稱你老人家名諱一次了。」

石敢當百感交集地望著尹恬兒在一道宗年輕弟子的帶領下離去了，他雖然很爲尹恬兒擔心，但卻知道自己絕對不能開口叮囑尹恬兒。

尹恬兒一離去，鄂蟾便望著石敢當冷聲笑道：「你的性命當然不能就此了結，但我卻要讓你吃點苦頭，以洩我斷指之恨！」

斷指之仇，鄂蟾一直念念不忘。

話音未落，他已倏然踏步而入，「錚」的一聲輕響，寒光一閃，他的左手已多出了一柄劍，劍如驚電遊龍，快捷無匹地刺向石敢當的腹胸部幾處要害。

右手兩指被斷，他竟重新練成了左手劍法！

對於道宗的諸般武學，石敢當都有所瞭解，但鄂蟾此時所使出的劍法與道宗的劍法顯然有些不同，似是而非，比道宗的劍法更爲直接狠辣，想必是鄂蟾自己對道宗的劍法作了某些變動，以

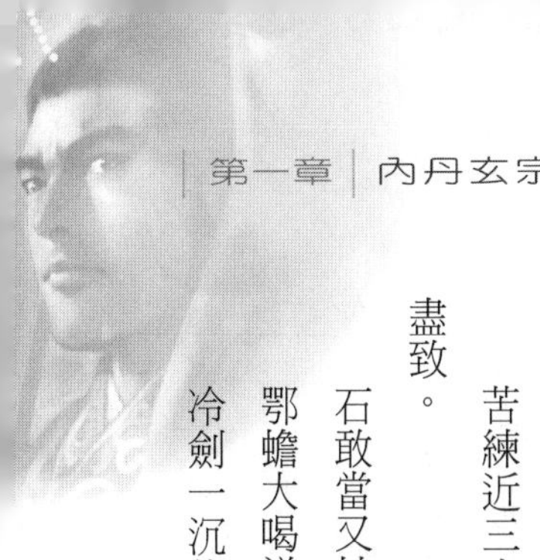

適應他的左手，而他易改劍法是在右手斷指、心懷怨憤的情況下，不知不覺間將心中的暴戾之氣也融入了劍法當中。

石敢當知道鄂蟾在自己同輩人當中，是頗有天賦的，否則鄂蟾也不會對他繼位宗主的事那般耿耿於懷。因此，此刻面對鄂蟾的左手劍法出擊，石敢當也不敢掉以輕心，立即封擋。

鄂蟾一劍既出，便如開閘洪水，一發不可收拾，一浪高過一浪的無儔劍氣聲勢駭人，殺機重重，鄂蟾恨不能一下子將石敢當捅成蜂窩。

斗轉星移之間，石敢當已被迫得一退再退，身後就是三百六十級石梯。

百密一疏，石敢當以肉掌對付老而彌堅的鄂蟾，又因爲對鄂蟾斷指一事多少有些內疚，所以出手有所保留，結果一不留神，左臂已然中了一劍。

鄂蟾右手兩指斷了之後，竟能將左手劍法修煉到這等境界，實是不易，不知爲此花費了他多少心血。可以說鄂蟾是負氣而練左手劍的，心中怨氣所指，自然是石敢當。

苦練近三十載的左手劍，今日終於有機會面對期待已久的發洩對象，鄂蟾的劍勢發揮得淋漓盡致。

石敢當又被迫退下了幾步石階，兩足踏過處，石階斷碎，足見他此刻承受了極大的壓力。

鄂蟾大喝道：「我要證實論德論才，你都根本不配做道宗宗主！」

冷劍一沉倏揚，劍氣嘯聲駭人，氣勢如虹，竟然又攀升至更高境界，萬點寒芒充斥了石敢當身側的每一寸空間，似要將石敢當頃刻吞噬。

石敢當被迫全速後掠，勉強脫身後，不得不祭起「星移七神訣」！雙掌互疊，浩然真氣瞬間催發至驚人境界，陰陽太極的圖形浮現於石敢當的身前。

「星移七神訣」是唯有道宗宗主方能修煉的絕學，石敢當祭起「星移七神訣」，卻更讓鄂蟾憤怒！他冷笑一聲：「石敢當，讓你這樣的人擁有星移七神訣，實是一個天大的錯誤，縱是如此，我也一樣要擊敗你！」

鬱積近三十載的怨氣使此時的鄂蟾幾近瘋狂，全然沒有了平日的長者風範。

與此同時，尹恬兒剛離開石敢當不久，走不多遠，就見有兩人正向這邊而來，雖然在夜色中，但卻很容易看出其中一人是嫵月。

這時，尹恬兒也聽到了身後劍氣排空之聲，本是進退兩難，乍見嫵月，可謂大喜過望。

還沒等她開口，嫵月已先道：「妳爲何沒有跟隨石敢當？」明顯的責備語氣。

尹恬兒一轉念，便撒謊道：「有人要殺他，我怕有什麼意外，所以急著來見宗主。」

她心想：現在你們還想知道天瑞重現在何處，定不會讓石爺爺有性命之危的。

果然，藍傾城道：「快去看看。」顯得很是焦慮。

尹恬兒卻不知道，嫵月、藍傾城此來，是要帶石敢當去術宗青虹谷的。

三人剛剛趕至，便聽得金鐵斷碎聲與痛呼聲同時響起，尹恬兒心中一喜，她知道石敢當沒有用劍。

轉過拐角處，果見鄂蟾頹然跌落地上，他的劍已寸斷，敗於石敢當對他的打擊極大，他所受的傷其實並不十分重，但精神上的打擊卻使他臉如死灰。

幾乎就在嫵月、藍傾城、尹恬兒一行三人出現的那一刻，擊敗了鄂蟾的石敢當忽然踉蹌了一下，似乎在竭力穩住身形，但終還是一頭栽倒，順著石梯一路滾下。

尹恬兒整個人一下子僵住了，腦中嗡嗡作響，耳邊隱約聽到嫵月的聲音：「不好！他妄動真氣，體內毒素提前發作了！」

尹恬兒臉色煞白如紙，若不是有面紗遮擋，誰都能看出她的異常。尹恬兒竭力讓自己平靜些，但她的聲音仍是不可避免地顫抖：「宗主……快救他！他……他已經知道天瑞重現所在方位，但還沒有來得及說出！」

「來不及了，解藥只能是在毒發之前服下才有效，因爲此毒太過霸道，一旦毒發，斃命只在頃刻間，現在就是神仙也救不了他了。」

「勾禍」二字，對樂土人來說，所代表的就是死亡、血腥、恐怖。

當馬車內的人說出「勾禍」二字時，剎那間，彷彿有一股神奇的魔力籠罩了全場，讓人頓有透不過氣來的感覺，同時，絲絲寒氣慢慢地滲入了場中眾人的心中。

一個早已被世人認定必死無疑的狂魔竟然再度不可思議的重現，僅僅這件事本身，就足以讓人感到莫名的震撼。

難道，勾禍真的是不死之魔，將永遠如同可怕的咒念般一直困擾著樂土，讓樂土不得安寧？

小野西樓最先回過神來，搶先掠上了馬車，穩穩地立於馬車車頂，哀邪、斷紅顏、扶青衣也相繼掠上，攀附於馬車車身上。

另外幾名千島盟人剛一接近，便覺有強大氣勁排山倒海般壓來，大駭之下，急忙抽身而退。

「你們只配掩護其他人退卻！」說話間，那匹馬長嘶一聲，已奮蹄而起，根本不需調轉，徑直向前疾衝而去。

「休想走脫！」天司危、天司殺幾乎同時大喝，自兩個不同的方向掠向馬車，全力攔阻。

「轟……」的一聲，馬車已衝過了街對面的房屋，就如先前戰傳說所見到的那樣，雖然馬車過處柱折梁斷，但卻是四向激飛，根本無法落在車身上，自然也就傷不了小野西樓等人。

天司危與小野西樓全力一拚之下，已受了不輕的傷，這導致他撲向馬車時，面對橫飛直撞的斷梁折柱，竟無法做到從容進退，不得不稍緩去勢，暫作回避。

天司殺卻是不同，他凌厲而進，斷梁殘柱根本無法及身。

天司殺所用的兵器名爲「驚魔」。

正如它的名字本身就予人以力量感一樣，它是一件重達一百七十一斤的兵器，其形狀更像是一把長柄的大鐵錘，一頭大一頭小，粗大的一端佈滿了尖刺。

這麼一件龐然大物若是在一般人手中，恐怕就有些不相稱了。但對於高大雄偉至極的天司殺來說，卻反而讓人感到只有這樣的兵器才與他相配。

看樣子，他的確是奉冥皇之命而來的，因爲平時天司殺很少將他的驚魔帶在身邊，畢竟這件兵器太引人注目了，若是時刻帶著它在禪都巡行，豈非不能營造天下安寧太平的氛圍？

天司殺與天司危多少有點同病相憐的味道，他的職權是掌管禪都內的刑殺，聽起來似乎比地司殺更風光，但事實卻不是這樣，因爲禪都多位高權重之人，就算表面上沒有什麼權勢，但七拐八彎的也許就與某個有權有勢的人扯上了關係，所以，天司殺要在禪都殺一個人，比地司殺在禪都之外殺人就多了不少顧忌。

而今日對付千島盟則不同，天司殺可以毫無顧忌——這種感覺，實在是太美妙了。

所以，天司殺甫一出手，便祭出了他四大殺招之「萬魔伏誅」，驚魔以千軍辟易之勢橫掃過去，勢如雷霆，驚魔過處，斷木殘磚紛紛粉碎飄灑，其情形著實駭人。

但馬車去勢之快，完全出乎他的意料，即使是在寬闊大道上奔馳，也難以達到這樣的速度。天司殺畢竟來遲了一步，未曾親眼見到馬車摧枯拉朽般衝至這邊時的情形，所以他對形勢的估計就有了偏差，威力無窮的「萬魔伏誅」竟然落空。

雖然未擊中目標，卻產生了極大的破壞力，無儔氣勁與馬車衝撞形成的破壞力合作一處，產生了更可怕的毀滅力量，方圓數十丈之內的屋宇齊齊轟然坍倒，塵埃四起，氣浪席捲過去，又有不少火把熄滅了，但天色卻並未因此而變暗多少，原來此時天已開始漸漸地放亮了。

天司殺的視野暫時被阻擋了。

也就在這時，「嗖」的一聲，似乎有人在他的身側掠過，天司殺心道：「莫非是地司命？抑或是皇影武士荒缺？」

閃念之時，他已只能望見那人的背影了，看背影很年輕，那麼就不會是地司命，而皇影武士荒缺所用的兵器是極富標誌性的奇長無比的一杆金槍，一眼可辨，此人也不會是荒缺——天司殺不由疑惑了。

天司殺所見到的人是戰傳說！

無論從哪方面看，戰傳說也不願讓勾禍及千島盟的人就這樣離去。

一掌震飛一根正向自己倒射過來的木柱時，戰傳說倏覺一股無比強大的殺機突然襲來，這殺機對他的心靈壓力之大，甚至超越了先前他面對千島盟大盟司的壓力！

根本沒有任何細思的餘地，戰傳說立時祭起「無咎劍道」的守勢「剛柔相摩少過道」，不求有功，但求無過，第一時間布下了滴水不滲的防守。

而這一次，「剛柔相摩少過道」卻沒有能夠讓戰傳說全身而退，他不是用眼睛看到，而是用

感覺「看到」一隻枯瘦如柴的手竟不可思議地破入「剛柔相摩少過道」織成的劍網中，準確無比地擊向劍身平展的那一面。

一定是對方的氣勢太盛，其凌厲絕霸的殺機對戰傳說的感官乃至靈魂都形成了極大的衝擊，以至於戰傳說的肉眼雖然沒有能夠分辨清楚對方的攻勢，反而卻憑感覺感受到了。

雖然捕捉到了這一幕，戰傳說卻有無法抗拒、無法回避的感覺，彷彿無論自己的速度再如何的快，卻無法阻止對方所想做的任何事。

這實是一種要命的感覺！

而事情的發展證實了他的感覺並沒有出錯，只聽「噹」的一聲暴響，戰傳說只覺右臂一麻，手中之劍已然斷碎。

性命懸於一線！

生命的本能在最危險的時刻驀然爆發，炁兵「長相思」在第一時間驀然出現於戰傳說的左手，銀芒乍現，劍出如電，反向暴刺。

招式簡單得無以復加。

但炁化「長相思」的出現本就是絕對無法預料的，就算是臨陣經驗再豐富的對手，也絕對不可能想到對方手中一件兵器被毀，會憑空再多出另一件更具威力的兵器！

一隻手掌已挨上了戰傳說的後背要害處，卻不得不因爲戰傳說那有如神助般不可思議的一劍而後撤！

戰傳說與對手同時悶哼一聲，向兩個不同的方向跌飛。

有血腥之氣散開！

戰傳說那超乎想像的一劍已然奏效。

但戰傳說也不好受，那一掌雖然沒有完全擊實，但凜冽掌風仍是透體而入，戰傳說只覺喉頭一甜，好不容易才將一口逆血重新咽回。

就這麼一耽擱，那輛馬車竟已自視野中消失了，屋坍房傾的局面已然結束，待戰傳說站穩之時，見到了此生他見過的最奇異的人！

雖然天色昏暗，卻可以看見那人裸露著的肌膚發出幽亮的如金屬一般的光澤，讓人覺得這絕對不像是活人之軀，而應是一尊金屬質地的雕像。

戰傳說一下子就想到了自己進入那座神秘古廟時所見到的神秘人物，但眼前此人與那人又有所不同，那人只是面部肌膚異常，而眼前此人卻恰恰相反，他的手、足、頸雖然匪夷所思地泛著金屬的光澤，但面部肌膚還算有點正常。

當然，所謂的「正常」，也只是與他的其他部位相比不至於太詭異，但與正常人相比，卻是過於蒼白，蒼白得泛著淡淡的綠色，讓人不由要懷疑他的體內所流淌的，一定不是血液，而是別的什麼東西。

這應是一個怪異得近乎滑稽的人。

但此刻戰傳說卻一點好笑的感覺也沒有，相反，卻是感受到了從未有過的驚悸。

這一切，皆是因爲對方那決不平凡的眼睛！

不是簡單的殘忍，也不是冷漠，不是輕藐——而是揉合了殘忍、冷漠、輕藐而成的超越生死的神秘力量，他的眼神會讓人感到，如果說死神可以操縱一切的命運是一句真理，但在他這兒卻將被徹底地顛覆。因爲他的無比頑強的生命力及意志力，使他似乎可以超越死神。

難道，眼前這個人，就是可以讓整個樂土風雲變色的九極神教教主勾禍？

第二章　大冥公敵

一個只在傳說中才有且本應早已死亡的人忽然活生生地出現在面前，讓戰傳說感到十分的異樣，像是時光錯位了。

按時間推算，勾禍如今應該是百歲左右了，但面對勾禍時，沒有人會去考慮他的年歲，如勾禍這般的人物，即使是只有一口氣在，他也無愧於「強者」二字，因爲他的意志是永遠不會被摧垮的，像這樣的人，歲月的流逝又怎能在他身上留下多少實質性的印痕？

在戰傳說望著勾禍的同時，勾禍也在以略顯驚訝的眼神望著戰傳說。

他一定是在思忖：如此年輕的人，何以能夠達到擁有炁兵的境界？

一個是曾讓整個樂土爲之不安的前代強者，一個是注定要承受不平凡的命運、不平凡的使命的後起之秀，他們之間，本應有時空的間隔，但此刻卻在命運的驅使下在此相遇了。

在彼此相視的極短時間內，無論是戰傳說還是勾禍，都暫時地拋開了一切雜念，仿若天地間只剩下他們二人。

但這種沉寂注定只會是暫時的。

天司殺已然趕至，他不發一言，暴掠而起，驚魔高揚至極高處後，驀然滑落，驚魔在同一時間在九個不同的方位幻現，仿若同時有九件驚魔鋪天蓋地般直取勾禍。

勾禍乃樂土公敵，是絕世之魔，人人得而誅之，更何況是司職刑殺的天司殺？

「你還不夠資格挑戰我！」勾禍的聲音依舊是那麼的怪異，即使在瞬息萬變的時候，他似乎也必須一個字一個字地吐出，這就讓他的話顯得有些費解。

說話的同時，勾禍雙掌齊出，竟然同時分別攻擊戰傳說、天司殺兩人。

在面對天司殺的全力一擊時，還能夠分心攻襲另一人的，普天之下，也難尋出幾個，尤其勾禍還爲戰傳說所傷，更顯示出了勾禍可怕的自信！

掌風如無形巨刀般洶湧奔至！

戰傳說急忙以炁兵「長相思」全力迎出，他雖然傷了勾禍，但卻有自知之明，知道那是因爲勾禍毫無心理準備沒有料到他能擁有炁兵所致。

炁化「長相思」與勾禍無儔掌風正面相接，爆發出可怕的金鐵重撼的聲音，氣勁瘋狂四溢，戰傳說雙袖盡裂，好不駭人。

一擊之下，勾禍如同一片毫無分量的輕羽般飄飛，夜空中回蕩著他那獨特的聲音：「我再入禪都之日，便是血洗禪都之時！」

聲音久久不消散，直到勾禍起落之間已消失於所有人的視野之外，那聲音似乎還在耳際回蕩。

戰傳說之所以沒有尾銜而追，是因爲那一記強拚之後，已讓他真力無以爲續，力不從心，心頭不由爲勾禍內力修爲之深大感驚愕。

當然，也許勾禍是以獨門手法借戰傳說與天司殺之力，所以在戰傳說、天司殺雙雙止步的時候，勾禍卻能夠從容全身而退。不過，即使勾禍用了巧勁，在戰傳說、天司殺兩大絕頂高手的夾擊下還能將巧力用得揮灑自如，恰到好處，也足以讓人嘆爲觀止。這麼做無異於在玩火，稍有不慎，就是粉身碎骨的下場。

卻不知天司殺是否也是基於與戰傳說一樣的原因沒能及時追殺勾禍。

天司殺看了看戰傳說，眼中有了驚疑之色，他是在猜度著戰傳說的身分。

戰傳說心知自己祭起炁兵「長相思」難免驚世駭俗，當下散去自己部分內家真力，炁化「長相思」奇蹟般的消失於無形。

以天司殺這等身分的人，目睹這一情景也忍不住低聲「啊」的一聲，顯得萬分驚訝。

戰傳說直截了當地道：「那拉車的絕非神馬，只是勾禍借自身的真力氣勁護住了馬及車身而已，所以，此刻失去勾禍保護的馬車並不難攔阻，千島盟的人絕非那麼容易逃脫的，大人若是信

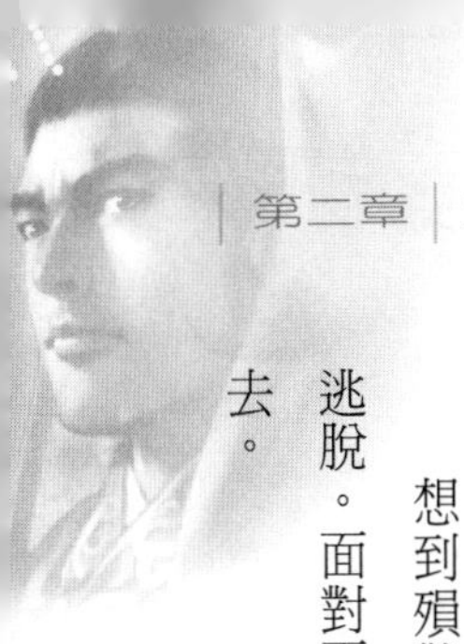

得過在下，就一併追逐勾禍，只要將勾禍纏住，其他人就可以安心對付千島盟的人了。」

他分析得很是清楚明白，頓時提醒了天司殺，不過天司殺還是忍不住問了一句：「小兄弟是……？」

天司殺性情直爽豪邁，雖然位居尊崇無比的雙相八司之列，卻並不盛氣凌人，戰傳說方才所顯露的修爲顯然已深深地打動了他，已然起了相惜之心，以至於竟不顧自己無論身分、輩分都要比戰傳說高許多而稱其爲「兄弟」。

這時也已趕至的天司危聽了，不由暗自皺眉，哭笑不得，暗忖：連一個名不見經傳的年輕小子你也與之稱兄道弟，雙相八司的威信被你這麼折騰，恐怕也所剩無幾了。

戰傳說因爲不滿冥皇的一些舉措，所以連帶著對大冥王朝都有了不滿，但此刻眼前這顯然在大冥王朝中有極高地位的人，卻又博得了戰傳說的好感。

甚至連天司危與小野西樓決戰時的奮勇，也讓戰傳說對大冥的看法改變了不少，他心道：「看來，雖然冥皇昏昧，但大冥王朝卻不至於一片混沌。像落城主、殞城主二人皆是大冥王朝重將，他們豈非也是頂天立地的漢子？可惜，他們都已不幸遇難。」

想到殞驚天已爲千島盟所殺，而小夭也是被千島盟人擄掠，戰傳說更是決不願讓千島盟人逃脫。面對天司殺的疑問，他只是簡單地應了一句：「在下是樂土人。」便向勾禍消失的方向追去。

「樂土人？」戰傳說的回答有些出乎天司殺的意料，所以他先是皺了皺眉，復而恍然大悟，心道：「不錯，只要是樂土之人，都絕對不願見到勾禍與千島盟人為非作歹，本司殺倒多此一問了。」

正如戰傳說所預料的那樣，小野西樓等人並沒有那麼容易脫困。

馬車衝出那排房屋之後，勾禍立即棄車折返，力戰天司殺、戰傳說二人。

情急之下，他並未能對小野西樓他們說什麼，但在這種情況下，小野西樓等人豈能不知接下來該做什麼？

他們的運氣還算不錯，這邊就是一條寬闊的大街，更難得的是，他們衝出來的地方正好是一個「丁」字路口，可以有三個方向供他們選擇。

同時還讓他們略略鬆一口氣的是，這一次畢竟是他們伏擊對方，此刻禪都方面雖然在更大範圍內已經撒下了天羅地網，但在最接近衝突的核心地帶，大冥還沒有能夠聚集太多的人馬。

不過，千島盟幾名倖存者知道，就算暫時不會受到強力攻擊，但只要他們的行蹤被一直牢牢地盯住，那麼他們就很難能夠突圍成功。

但他們卻又沒有任何辦法擺脫樂土之人的視線！

現在，他們唯一的希望就是這左近畢竟還沒有如銅雀館周圍那樣被清理得不能容一人藏身，

勾禍的橫空出現打亂了大冥樂土的部署，爲千島盟人贏得了一定的寶貴時間。如果能混跡於普通的樂土人當中，或許有脫身的機會。

雖然有三個方向可供選擇，但小野西樓根本未作任何考慮，就任憑馬車徑直向前衝去，因爲這就省去了改變方向所要花費的時間，儘管那也許用不了片刻的時間，但他們幾人卻也浪費不起。

沒想到剛衝過「丁」字路口，拉車的馬突然毫無徵兆地倒下，連馬嘶聲也未發出。馬雖然倒下了，但巨大的慣性仍是讓馬車帶著倒下的馬匹一起衝出了老遠，方才在一陣難聽的扭斷聲中，轟然傾翻。

車上的小野西樓、哀邪、扶青衣、斷紅顏當然全都在馬車傾翻之前躍下了。

初時他們還以爲是有冷箭射中了馬匹，但很快他們發現事實上並非如此，這才明白這匹馬已經因超越牠極限的奔馳而耗盡了生命，一旦失去了勾禍的內力與生機的支撐，牠就唯有死亡。

略一耽擱，地司命、皇影武士荒缺已自兩個不同的方向向這邊包抄過來。

小野西樓受傷非輕，一旦被如地司命這等級別的高手纏住，他們可就難以擺脫了。

但地司命、荒缺顯然都已發現了他們，正全速迫近。眾千島盟人心頭不由浮起絕望之情！

忽聞扶青衣輕輕地道：「門主，我有一計。」

「什麼?!」哀邪有些意外地道，眼中難掩驚喜之色，他知道自己手下這個最出色的殺手足智多謀，也許他真的有什麼脫身之計也未為可知。

小野西樓、斷紅顏也齊齊將目光投在了扶青衣的身上——如今他們四人可以說是命運繫於同一條線上了。

「請門主以三皇咒加之於屬下身上吧。」扶青衣道。

哀邪呆住了！饒是他心狠手辣，冷酷無比，但這一刻仍是不由心生哀然之情。

他明白扶青衣的意思，眼下要想擺脫地司命、荒缺這兩大高手的纏鬥，就必須有人阻截他們，以掩護其他人脫離。但無論留下什麼人，此人都必死無疑。

扶青衣讓哀邪以三皇咒加諸於他的身上，顯然是抱了必死之心，他要以他最後的生命為他的門主擋上一陣子！三皇咒可以在極短時間內將他的生命潛能全面激發，扶青衣的修為本就不低，再借三皇咒之助，其戰力就不容小覷了。

斷紅顏的臉色刹那間煞白如紙。

「不可。」哀邪極為吃力地吐出這兩個字。

扶青衣神情出奇平靜地道：「門主請不要猶豫了，護衛門主，本就是屬下的職責本分！」

哀邪還在猶豫，他一向都以為自己能夠在任何時候都做到堅決、果斷、理智，但現在他才知道事實並非如此。

他可以毫不猶豫地對千島盟聖武士負終施以三皇咒，但此刻他面對的卻是一直對他忠心耿

耿、爲他立下無數汗馬功勞的扶青衣！

哀邪心頭竟掠過一陣蒼涼，這種感覺，是他從未有過的。

戰傳說匆匆趕至，見到了那輛傾倒的馬車，卻沒有見到小野西樓、哀邪、斷紅顏，但扶青衣仍在。

只是他已經死了，他的身軀幾乎被劈成了兩半，傷口自他的右肩向下，穿過胸膛，直抵其左肋部，連腸子都和著血水流了出來。而他的右手卻已不可思議地穿過一中年男子的胸膛，拳頭自其後背透出，好不駭人。

被扶青衣一拳擊穿的人的右手還持有一杆出奇長的金槍，但此刻，那杆金槍卻已彎曲得如同一張巨弓——此人顯然是皇影武士荒缺無疑。

扶青衣、荒缺都沒有倒下，扶青衣洞穿對方胸膛的右臂將兩人的軀體連繫在一起，形成了相對平衡之態，讓這兩個生前曾進行了一場生死搏殺的對手在死後還相對而立。

荒缺的雙目突兀，像是欲脫眶而出，顯得極度的驚愕與不信，而扶青衣則是一臉的猙獰扭曲，死亡讓他們的神情永遠地凝固了，而這最後的神情也向活著的人暗示著在死亡降臨之前他們迥異的心靈世界。

除了他們之外，還有一個活著的人，那便是地司命。

當地司命見到戰傳說的時候，他的神情變化讓人感到他像是剛從一場噩夢中驚醒過來。

不錯，這的確是一場噩夢，一場極爲短暫卻極爲可怕的噩夢。從開始到結束其實只有很短的時間，但給地司命的感覺卻像是經歷了一個輪迴，在生與死之間走了一遭，以至於感到有些虛脫。

地司命用的兵器是劍，而且是以靈巧見長的劍，但他給扶青衣造成的致命傷口卻根本不像是劍所致，反倒像是刀，只有刀才會如此縱劈而下。

但地司命卻知道在那一刻，他與扶青衣之間與其說是兩大高手之戰，倒不如說是兩個生命在爲生存而進行的殘酷競爭。中了三皇咒的扶青衣所改變的不僅是他的戰力，還有他的精神世界，那時的扶青衣心中，已沒有「懼怕」這樣的字眼。

地司命只能被迫以一切手段應付扶青衣，那一劍，就是如此劈出的。

隨後而來的地司命對眼前這一幕有些疑惑，但戰傳說卻很清楚發生了什麼事。他的判斷源自於扶青衣那猙獰扭曲的面孔，在此之前，他已在中了三皇咒的負終身上看到。

地司命雖然不認識戰傳說，但見天司殺與之幾乎是同時出現，由此推知戰傳說是友非敵。

他向天司殺道：「可惜讓他們走脫了。」

「是否有勾禍的行蹤？」天司殺道。

「勾禍?!」地司命大吃一驚，脫口驚呼。看來勾禍重現之事，他暫時還不知情。

天司殺與戰傳說兩人相視一眼，心中同時浮現出一個念頭：「勾禍竟與千島盟的人分道而行了，難道他放棄了救千島盟人的初衷？」

地司命對天司殺突然提到勾禍自是既吃驚又不解，忙追問道：「九極神教教主勾禍?!他豈非早已死了？」

天司殺道：「詳情我也不知。」

他見荒缺戰死，不由想到另外兩名皇影武士甲察、尤無幾之死，暗忖冥皇剛折損了兩名皇影武士，現在又有一名皇影武士陣亡，真可謂是雪上加霜。

他抬頭看了看天空，見天色已微亮，鬆了口氣道：「天一亮，千島盟人失去掩護，更難逃脫了，但願東南西北四門不要太容易被突破才好。」

這時，大批人馬趕至，其中包括天司危與端木蕭蕭。

天司危聽了天司殺的話，覺得有理，便對追隨他身邊的端木蕭蕭道：「你回南門加強防範吧。」

南禪將端木蕭蕭當即領命離去。

有幾名無妄戰士相繼來稟報說他們曾見到勾禍、千島盟人沿什麼方向離去，一述說，果然是分道而行的。

這幾名無妄戰士能知道勾禍、小野西樓的去向，反而地司命諸人卻不知，其中原因倒不是這些無妄戰士比地司命等人更高明，而是因為他們負責値守的位置正好幫了他們的大忙。

事實上，這也是小野西樓等人最為忌憚的，成千上萬的無妄戰士、禪戰士的武功修為不高，但他們卻滲透於禪都的每一個角落，無時無刻都威脅著他們。

正在這時，忽聞急如驟雨般的馬蹄聲傳來，一騎快馬如風而至，未等停穩，馬上騎士已翻身而下，跪於天司殺、天司危、地司命面前，急切稟報道：「三位大人，大事不好，有神秘高手直取天司祿府，無人能擋，請三位大人定奪！」

天司祿府?!莫非是勾禍前往天司祿府了?!

戰傳說只覺腦中「嗡……」的一聲，暗叫不好，爻意獨自留在天司祿府，會不會有危險?

只聽得天司危向那前來稟報的人問道：「此人是否膚色異常？」

「是！此人膚色如金鐵質地！」

「是勾禍！」天司殺忘了自己尊貴的身分，失聲大叫，忽然又道，「喂，小兄弟，你……」

原來就在他開口的當兒，戰傳說已驀然如驚鴻般掠起，幾個起落之間，很快便消失無蹤。

「這年輕人是什麼人？」天司危向天司殺問道。

「樂土人。」天司殺的目光依舊望向戰傳說消失的方向，有些心不在焉地道。

「什麼?!」天司危一愣，不知天司殺是在說笑，還是在敷衍。

天司殺這才回過神來，忙解釋道：「我也不知這年輕人是什麼來歷，看樣子他的修為似乎不

在你我之下。」

天司危的城府遠比天司殺深，對天司殺不知對方來歷便稱之爲「小兄弟」的做法，很是不以爲然，不過表面上卻未動聲色。

戰傳說自是直奔天司祿府而去了。

他心中暗暗驚嘆於勾禍的速度，從他與勾禍交手到現在，所間隔的時間很短，沒想到勾禍竟然已將目標轉爲天司祿府。其身法之快，實是駭人聽聞。

而且看樣子，天司祿府的情況十分吃緊，否則也不會急著向天司危、天司殺求救了。天司祿府中家將眾多，天司祿身邊也有不少好手，但想必面對勾禍這絕世之魔時，也難有作爲。

卻不知勾禍爲何會突然轉而對天司祿府下手？

此時的天司祿府並不是如戰傳說所想像的那麼一片混亂，更絲毫沒有所謂受到無可抵擋的衝擊的跡象。

戰傳說以最快的速度趕向天司祿府，由於過於擔心身在天司祿府的爻意的安危，途中沒有什麼人馬向天司祿府聚集，這一有違常理之處，戰傳說並沒有留意到。

直到接近天司祿府後，完全出乎意料的寧靜才讓戰傳說大吃一驚：幾個天司祿府家將剛從正門出來，神情平靜，有說有笑；一隻黃白相間的狗蹲在天司祿府外的臺階下無聲無息；剛剛透出的少許曙光灑落天司祿府——這何嘗有一點廝殺過的跡象？

戰傳說暗鬆了一口氣的同時，又有疑雲浮上心頭：這究竟是怎麼回事？

帶著滿腹疑惑，戰傳說繼續走向天司祿府，那幾位家將認出了他，知道他是天司祿府的客人，便向他問候了幾句，戰傳說一邊應著，幾乎忍不住要問這幾個人方才是否有一場廝殺，但最終還是沒有說出口。

那隻伏在臺階下的狗也只是懶洋洋地看了他一眼，便側過頭去了。

「真是有點邪門。」戰傳說暗自忖道。

直到跨入天司祿府大門的那一剎那，他腦中靈光一閃，突然恍然大悟，脫口道：「啊呀，上當了！」

正好這時有兩名府中家將欲過來查看，被戰傳說突如其來的驚訝聲嚇了一跳。

戰傳說回過頭來，忙向那兩人道：「見笑了，在下忽然想起一件事，一時失態。」

兩家將見是被天司祿奉為上賓的賓客，當然不會說什麼，但暗地裏卻留了個心眼，心忖：這人為何如此神神秘秘？於是悄悄地尾隨著戰傳說。

戰傳說徑直去見爻意，一路上遇到不少守夜的家將，他們見是戰傳說，都沒有攔阻，戰傳說順順利利地到了爻意的居處。

叩門之後，戰傳說又補充了一句：「爻意姑娘，是我。」

門很快就打開了，爻意衣裳整齊地出現在戰傳說面前，屋內點著一支燭火，蠟燭已燃了大半截，看來爻意是徹夜未眠。

一見戰傳說，爻意便問道：「見著小夭了嗎？」

「見著了……但見著之後，她卻被千島盟的人擄掠走了。」

「什麼？」爻意更驚，望著戰傳說。

雖然她沒有再說什麼，但戰傳說卻明白她的話意：她一定是驚訝於千島盟人怎能在自己的眼皮底下將小夭擄掠而去。

於是戰傳說就把當時的情形大致說了一遍，末了添了一句：「照我看，小夭暫時決不會有什麼危險。」

最後這句話其實他只是想安慰爻意，事實上對於這一點，他自己根本沒有十足的把握。

「祭湖湖心島之內，會不會又是一個圈套？」爻意道。

戰傳說反手將門掩上方道：「就算是一個圈套，我也必須前去。」他隨即轉過話題道，「天司祿府一直這麼平靜？」

「今夜？當然是的。」爻意道。

「果然上當了！」戰傳說右拳用力地砸在了自己左手手心，一臉的懊惱。

他心中已然明白，自己與天司危、天司殺等人都已中了調虎離山之計，說勾禍攻襲天司祿府，只是爲了吸引他們的注意力，以便爭取更多的逃脫時間。

畢竟天司危、天司殺、地司命，再加上戰傳說，合四人的力量絕對不容人小覷，利用一個小小的計謀把他們四人都吸引至天司祿府，小野西樓等人的壓力就會小多了。

戰傳說之所以能作出如此肯定的判斷，是因爲他相信一個普通的大冥王朝的戰士，是絕對沒有膽量在這種關鍵的時候對天司危、天司殺這樣的人物開如此大的玩笑的，那無疑是自尋死路。

唯一的可能就是當時那前去向天司危、天司殺稟報的人，是暗中爲千島盟效力——這並不奇怪，大冥樂土既然與千島盟長期對立，那麼雙方在對方的領地內安插滲透自己的勢力，是再正常不過的事了。

千島盟此計就像是信手拈來，乍一看並無出奇之處，但卻極具效果。天司殺、天司危位尊權重，怎可能認識一個普通的無妄戰士、禪戰士？而當時他們急於追蹤勾禍，千島盟的人便投其所需，「即時」告訴他們「勾禍」的下落，而且同時還讓他們知曉天司祿府正受到嚴重威脅，天司危等人豈有不中計上當之理？

勾禍縱然魔功驚世駭俗，但他已在樂土銷聲匿跡多年，已成孤家寡人，這件事只能是小野西樓等人所爲，而不會是勾禍的計策。

爻意見戰傳說扼腕而嘆，忙問原因，戰傳說便將詳情述出，爻意聽罷也嘆息道：「的確遺

憾，若是能夠生擒小野西樓，以小野西樓在千島盟的地位，千島盟的人就不敢將小夭如何了。」

說到小夭，戰傳說的心頭沉重無比。他本是爲救殞驚天而來的，結果殞驚天遇害了，如今連小夭也凶吉難測，不知所蹤。

戰傳說道：「想必此時天司危他們也應該趕至天司祿府了，我必須及時提醒他們，以免耽誤更多時間。」

一連串的變故，使戰傳說疲於應付，以至於忘記了他剛進禪都時爲了掩藏身分不得不設法隨劍帛人一起進禪都，竟主動與雙相八司這樣的人物接近，這些人可都是大冥冥皇的重臣。

戰傳說一心只想將千島盟的人困死於禪都之內，何嘗多想其他事？他匆匆出了天司祿府，正好見天司殺帶著一隊人馬正在天司祿府外，卻未見天司危，大概是因爲天司危與小野西樓一戰大傷元氣的緣故。

天司殺正與幾個天司祿府的家將大聲說著什麼，不用說，也是在問家將天司祿府爲何如此風平浪靜，而那幾個家將自是被問得雲裏霧裏。

天司殺的脾氣本就直爽急躁，幾句問不明白，立時火冒三丈。

天司殺一發怒，可謂是鬼神驚悸，更何況幾個小小的家將？縱然他們的靠山是天司祿，也不由被駭得魂飛魄散。禪都誰不知天司殺性情粗魯？一言不合，即使對象同爲雙相八司者，他也不留情面。

一時緊張駭怕，加上天司殺問得古怪，幾個家將更說不清楚了。

天司殺氣得如鋼針般的虬鬚根根直豎起來，忽見戰傳說的身影，頓時眼前一亮，大喜過望，立即捨了幾個家將，疾步向戰傳說迎來。

那幾個家將這才緩過一口氣，暗稱僥倖，定神一看是戰傳說為他們解了圍，好不感激。

天司殺迫不及待地道：「快說，究竟是怎麼回事？勾禍何在？這兒為何如此安靜？」

他一口氣問了三個問題。

戰傳說直接道：「我們上當了，向幾位大人稟報的人，也許並不是真正的無妄戰士，就算有無妄戰士的身分，也定是暗中為千島盟效勞的。」

「什麼?!」天司殺先是一怔，他雖然性情粗獷，卻並不愚笨，很快便明白過來，冷哼一聲，霍然轉身，憤怒的目光如刀一般向他身後的那隊人馬掃視了一遍。

他定是想找到那個假傳訊息的人，但結果自然一無所獲。在那種情況下，一個傳訊者又怎能引起別人的注意？在他通報了訊息之後，誰也不會去管他將何去何從。

此人不但計謀得逞，而且可以說全然不費工夫，全身而退，這如何不讓天司殺為之氣結？

天司殺略略冷靜了一些，自然想到那人早已悄然脫身，他回轉身來，一把拉住戰傳說，「走！就算千島盟人用盡一切詭計，終也是於事無補，你與我一同前去，定有痛快一戰的機會！」

戰傳說忙道：「對付千島盟，所有樂土之人都理當盡力，不過，還要請幾位大人先行一步，在下尚有不便之處。」

有了小夭的教訓，他是再也不敢隨便與爻意分開了。萬一爻意再有什麼意外，豈不要把他活活逼瘋了？

「你是天司祿府的人，難道怕天司祿不答應？哼，誅滅千島盟人是冥皇的旨意，諒他也不敢阻攔你！」

戰傳說道：「與天司祿大人無關，在下只是客居此地。」

「原來如此，本司殺也奇怪天司祿府有如此出色的人物，而我卻一無所知。」

「大人過獎了。」戰傳說對天司殺很是客氣，因爲他還想有求於天司殺，「在下有一個不情之請，不知能不能說？」

「說！本司殺就喜歡年少有爲之人！」

看樣子，天司殺真的對戰傳說頗有好感，其實他與戰傳說從見面到現在，也不過就一刻鐘左右，也不知爲什麼就對戰傳說青睞有加。

「若可能，希望大人能將千島盟人留一個活口。」戰傳說這麼說，自是因爲他還希望由此能夠在救小夭時，不至於太過被動。

天司殺聽罷，哈哈大笑，其笑聲之爽朗，讓那幾個天司祿府的家將暗自奇怪：爲何天司殺大人對他們兇神惡煞，而戰傳說隨隨便便幾句話，就讓天司殺如此開懷？

笑罷，天司殺方道：「難得小兄弟對本司殺這麼有信心，本司殺就答應你。」

天司祿府家將不由得大吐舌頭：「嚇?!小兄弟?!」

銅雀館南向一條逼仄的小街。

一無妄戰士策馬而行，在這樣狹窄的小街仍能疾行如飛，足見其騎術之高明。

眼見就要穿過小街的時候，無妄戰士一展身，已從馬背上躍下，而那失去了主人的馬依舊向前疾奔過去，很快便消失在拐角處。

那無妄戰士悄無聲息地行至街口一門前，迅速四下裏看了看，見無異常，即伸手推門，門是虛掩著的，應聲而開。

無妄戰士閃身而入，隨即便把門關上了。

此時已接近天亮，但屋內仍是很暗。

「喀嚓……喀嚓……」是敲打火石的聲音。

很快，如豆般的燭光便已燃起。

燭光雖小，卻也照遍了小屋的角落。

燭光也照亮了那無妄戰士的臉——赫然是向天司殺、天司危假稱天司祿府受到攻擊的那個人！

他用一隻木盆盛了水，又取出了一隻小小的瓷瓶，將瓶中的粉末倒了少許在木盆中，然後低頭湊近木盆，將水澆到臉上，木盆中的水漸漸變得渾濁了。

當他最後用一塊乾淨的毛巾擦乾臉上的水時，赫然已換了一副面孔，原先的粗獷之氣不見了，代之出現的是一張沉鬱不苟言笑的臉——他駭然是天司祿府的管家！

做完這一切之後，他這才端著燭臺，向後門走去。

出了後門，是一個小小的院子，四周高屋伸出的簷角擋住了院子的不少空間，幾乎掩蓋了小院的一半天空。

在小院的一角有一間用來堆放雜物的小屋，他便端著燭臺進了這間小屋。

小屋很亂，大大小小有用無用的雜物橫七豎八，被燭火照得影子亂晃，一張破舊的木床被豎了起來，斜靠在一面牆上，四周又堆滿了雜物，以至於讓人感到那木床會不堪重負，傾倒過來。

此人在屋子的一角蹲下，伸手按向地面，一聲輕響，本是平整如常的地面突然滑開，出現一個三尺見方的洞口，洞口下方有通道相接，也不知通向何方。

隨後他便下了地下通道，啓動了通道側壁的一個機括，蓋板重新蓋上了。沿著剛好可以由一人通行的地下通道向下走了一陣，通道又開始變爲上坡。

當他走到盡頭時，頭頂上出現了一塊鐵板，他便以手指輕輕地叩擊著鐵板：「篤，篤篤，篤篤篤。」很有節奏感。

鐵板很快開啓，他縱身而上。

這時，他所置身的是一間很獨特的屋子，說它獨特，是因爲它寬不過七八尺，長卻有兩三丈，顯得很不正常。而且這屋子也很高，在屋子的一端架著一張長長的木梯，順著木梯上攀，可以到達屋頂。

事實上，如果從外面看，很難察覺出這間狹長的屋子的存在，因爲它是從一間正屋中巧妙隔離出來的，而且從正屋的其他房內沒有任何門徑可以到達這兒，此間與外界唯一的通道就是地下通道。

顯然，這是早就已備下的供隱身用的場所。

小野西樓、哀邪、斷紅顏此刻就在這裏隱身。

那假扮成無妄戰士的人先向三人施禮之後方道：「哀門主的計策果然高明，他們都已中計前去天司祿府了。」

哀邪卻毫無喜色，他知道扶青衣永遠也不可能活著來見他了，但他忍不住還是問了一句：「扶青衣他……」

「他殺了一名皇影武士後也遭到不幸。」那人道。

哀邪默默無言，雖然這本就是意料中的事，但他仍是不由有些悲戚。

「將雛，你能斷定來時未受盯梢？」哀邪畢竟是哀邪，即使是在極度的悲戚傷感的時候，他仍是不失理智與警惕。也許，這是驚怖流一直擔心爲外人知悉他們的行蹤而養成的習慣。

「他們根本不會留意我的行蹤，想必只有到達天司祿府之後，他們才會發現上當。」被稱爲將雛的天司祿府管家道。

在天司祿府中，他當然並不叫將雛，自然是用了化名。

小野西樓這時開口道：「這一次若不是扶青衣捨命相保，我們就沒有機會脫身了。驚怖流對千島盟的忠誠，本座會向盟皇稟報。」

「多謝聖座。」哀邪口中這麼說，其實對這事已沒有多少熱情。銅雀館一役，千島盟元氣大傷，看來投靠千島盟是有些不明智了，哀邪之所以還一直追隨小野西樓左右，是因爲他根本別無選擇，大冥王朝豈能輕易放過他？

哀邪也相信扶青衣捨命掩護，並不是因爲對千島盟的忠誠，而是爲了他這個門主。事實上，無論是扶青衣還是斷紅顏，對投效千島盟的事都不十分熱衷，只是他們不願反對哀邪的決定罷了。

何況，眼下只是暫時保全性命而已，能不能離開禪都，卻不得而知。

將雛像是看出了哀邪的擔憂，他道：「門主放心，這裏很難被外人發現，你與聖座三人只管在此隱匿便是，我自會按時送來衣食，只要拖上十日八日，大冥王朝恐怕就會洩氣了，以爲我們已趁機離開禪都，等他們放鬆警惕的時候，我們的機會便來了。」

小野西樓道：「也只有如此了。將雛，你該回天司祿府了，否則時間久了，會讓人起疑。」

將雛答應一聲，將燭臺留下，又沿來時的途徑離去了。

待將雛離去後，哀邪道：「聖座放心，將雛絕對可靠。他父親本是大冥重臣，但後來卻因爲一個藝妓，而與當時更有權勢的天司危——就是今日天司危之兄發生衝突，結果招來禍端，被當時的天司危設下一個圈套，導致將雛滿門抄斬，當時將雛不在禪都，方逃過劫難。當時他只有六七歲，事過十年之後，他重新回到禪都時，已沒有人能夠認出他，更沒有人知道他在驚怖流的引薦下，爲千島盟效命。將雛知道，要扳倒天司危，在樂土是不可能的，唯有借助樂土之外的力量。他對大冥王朝有深仇大恨，所以十分可靠。」

千島盟安插在禪都的力量絕對不止將雛一人，但將雛是驚怖流引薦的，偏偏唯有將雛在最緊要的關頭發揮了至關重要的作用，所以哀邪不免有些得意。

小野西樓卻在想另一件事，她感慨地道：「以我千島盟三大聖士之力，一直難以衝破大冥的包圍，而勾禍僅憑一人之力，便以迅雷不及掩耳之勢讓大冥眾人陷於混亂，顧此失彼，不能不讓人佩服。千島盟與大冥之爭戰，歸根結底，仍是比拚實力，若是千島盟多有幾個如勾禍這樣的人物，情況便大不相同了。」

小野西樓一向高傲無比，還是第一次感到自身實力不濟，看來銅雀館一役，給她造成的震撼

很是不小。

頓了頓，她又道：「勾禍爲何能夠再次逃離死亡重獲新生？他又爲什麼要助我千島盟……一切皆是難解之謎啊！」

「所幸勾禍重現，對於千島盟來說，無論如何也是一件有利的事。」哀邪道。

「但願如你所言。」小野西樓道。

天終於亮了。

是一個天高氣爽的秋日，一夜的瘋狂殺戮並沒有改變天氣的晴好，而明亮燦爛的陽光卻讓人對昨夜驚心動魄的一幕幕產生了疑惑。

秋日陽光下的禪都依舊那麼雄偉恢弘。

禪都南門外，數十名騎士在急速奔馳，顯然他們都已是長途跋涉，連夜奔走，每個人都顯得極爲疲憊不堪，一臉風塵之色。但每個人都沒有絲毫要歇一歇的意思，反而仍在全力催趕身下的坐騎。

奔掠於最前面的騎士顯得精幹強悍，背負單刀，顯然是這隊人馬的領頭人物。

飛奔至南門外，眾騎士自動勒住坐騎，翻身落地。

城門自發生銅雀館之變後，就一直是關閉著的，那領頭的騎士向城頭大聲呼道：「坐忘城東尉將鐵風奉命接坐忘城城主靈柩回歸故土，請城上的朋友給個方便。」

原來是鐵風帶著坐忘城的人來接殞驚天的靈柩回坐忘城。

城頭上很快有幾人探出頭來，居高臨下地打量著鐵風一行人，過了一陣子，方有人開口道：「入城可以，但最多只能有十人入城，其餘的人必須留在城外！」

「什麼?!」鐵風大怒，不過他的怒喝聲只是出於心中，並未出口。

畢竟他不是莽撞之人，明白人在屋簷下不得不低頭的道理，當下強抑怒氣，「據鐵某所知，禪都並無這一規矩……」

沒等他話說完，就被不耐煩的聲音打斷了：「若是你覺得不合你意，即使一人也不必入城了。」撂下這句話後，城上的人又縮了回去，不見了。

鐵風只覺心中「騰」地升起萬丈怒焰，直沖腦門，他當然知道自己爲何會如此遭受冷遇：城主殞驚天既然淪爲階下囚，那他們坐忘城的人也自然一併受到輕視。

先是坐忘城無故被卜城圍攻，接著是城主殞驚天被押送禪都，隨後又驚聞城主在黑獄中遇害，包括鐵風在內，坐忘城上上下下可謂是既悲且怒，早已憋了一肚子氣，此刻再受這樣的際遇，幾乎連肺都氣炸了，但面對緊閉的城門，除了怒目而視之外，又能如何?

鐵風鐵青著臉，一言不發地立於南門外，他的沉默讓人感到十分的壓抑與沉重。

城主的遺體不能長久擱置於禪都，必須儘早運回坐忘城，但若說讓鐵風等人再去低聲下氣地

懇求戍守南門的禪戰士，他們卻委實不情不願。

正在矛盾不決之時，忽聞繩索絞動的「吱吱咯咯……」的聲音，在眾人不抱多少希望的時候，城門竟然徐徐開啓了。

眾人不覺有些疑惑。

卻見城門裏走出一列人來，走在最前面的人留有五綹長鬚，華服隨風飄拂，愜意飄逸，竟是天司命！

鐵風知道城主殞驚天與天司命私交不錯，自己也因此而見過天司命幾次，算是混了個臉熟，此時見天司命忽然出現在南門，鐵風對城門的開啓原因已有了大致的猜測。

只見天司命迎著鐵風道：「鐵尉是迎殞城主靈柩而來的吧？」

鐵風趕緊向著天司命跪稟道：「正是！鐵風代坐忘城上下向大人問安！」

天司命是殞驚天的朋友，又尊爲雙相八司之列，鐵風當然不能不敬。

天司命嘆了一口氣，「可惜本司命也未能替老友盡力，實是愧對他的亡靈。」

「人算不如天算，大人有這份心意，坐忘城上下已經感激不盡。」

天司命感慨地搖了搖頭，接著道：「你起來說話吧。」

鐵風站起身之後，天司命指著身側的一個人道：「對於攜帶兵器者，一次只准十人入城，這的確是天司危大人之令，這位林統領也是奉命行事，鐵尉切莫見怪。」

天司命身邊的人正是曾在城頭與鐵風對話者，原來他是南禪將離天闕手下的一員統領，這時他向鐵風抱拳施禮道：「鐵尉見諒了，昨夜有大批千島盟人在禪都出現，雖被一舉擊潰，但仍有少數幾人逃脫，他們一直未有機會出城，爲了避免有千島盟人再混入禪都救這幾人出城，天司危大人下令不允許有大量攜帶兵器的人進城。」

鐵風心道：「原來如此！」

不過就算事出有因，這林統領先前的態度卻仍是過於惡劣，但有天司命在場，鐵風也不能多說什麼，唯有勉強擠出一絲笑容，「好說好說。」

天司命圓場道：「林統領奉令而行，也有不得已之處，不過鐵尉一向對大冥忠心耿耿，與鐵尉同來的也是坐忘城人，林統領能否破例一次？」

「有大人開口，屬下哪有不遵之理？」林統領這次答應得十分爽快。

鐵風分別向天司命、林統領稱謝後，正欲領眾人進城，忽聞後面有一個蒼老的聲音響起：「請諸位稍等片刻！」

馬蹄得得，一形容古拙的老者正騎著一匹瘦馬，一溜小馳而至。看樣子這老者的騎術很不高明，那瘦馬跑得不算快，但卻已經讓他十分的緊張了，幾乎是恨不得伏下身來抱著馬脖子。

林統領皺了皺眉，而天司命則聲色不動。

終於跑近這邊了，那老者「吁……」的一聲吆喝，用力拉著韁繩，整個人身子都向後傾過去，讓人感到他這不是要勒住一匹瘦骨嶙峋的馬，而是要勒住一隻猛虎。

翻身下了馬，那老者滿心歡喜地道：「太好了，方才老朽在途中遇見了幾撥人，都說禪都城門緊閉，若無要緊的事不得入內，所以他們又折回了，老朽還擔心不能進城，現在就放心了。」

天司命微微一笑，「他們說得不假，昨夜夜間的確是任何閒雜人等都不能入城，但天亮之後，倒沒有這一約束了，老先生見到的人，大概是昨夜想進禪都的人吧？」

那老者一身青衫洗得發白，神色間既有一股迂氣，又略有少許傲氣，清瘦之中頗見風骨，想必是一個飽讀經書的學究，而天司命對棋琴書畫無一不精，乃雙相八司中最爲風雅者，難怪他對這位老者甚是客氣。

那老者正是曾在坐忘城中與貝總管見過面並爲貝總管派人追殺的老者。他進坐忘城時，並未與鐵風相遇，所以兩人也不相識。

青衫老者似乎並不知道與他說話者是大冥王朝位高權重的天司命，也未向天司命施禮。

當然，在常人看來，這也並不意外：一個居於山鄉偏野的垂暮老者，又怎麼識得天司命大人？

戰傳說折騰了一夜，到了天亮之後，因爲局勢已經平靜，一時又無事可爲，便覺得有些倦了，只是因爲牽掛小夭的安危，心頭一直不安，也無法安心休息，到了正午，忽然有天司殺府的人到天司祿府來，說是奉天司殺之命前來請戰傳說前往天司殺府一行。

戰傳說大感意外，雖然他也感覺到天司殺對自己似乎頗為青睞，但也不至於這麼快便邀他入天司殺府吧？

這會不會有什麼陰謀圈套？

也難怪戰傳說如此緊張，畢竟冥皇曾一心想置其於死地，而且與地司殺在坐忘城那一場惡戰似乎仍如昨日般歷歷在目。如今卻要他深入天司殺府，而天司殺與地司殺同樣是司職刑殺大權的人物，萬一先前天司殺對他的親近不過只是天司殺的小小手段，那自己進入天司殺府豈不是自尋死路？

但轉念一想，戰傳說又想到，如果天司殺真的是奉冥皇之命要擒殺他，那就算藏身於天司祿府不肯出去，也是無濟於事的，天司祿府還不是同樣是冥皇說一不二的地方？

雖然這麼想，戰傳說還是留了個心眼，讓天司祿府的人把這件事轉告了姒伊。

從天司祿對姒伊的態度，從姒伊在天司祿府中的舉止，戰傳說越來越感到姒伊能耐不凡，她也是禪都之內唯一一個可能給他幫助的人了——至少在此之前，她一直未對他有什麼惡意。

戰傳說願意前往天司殺府，還有一個原因，就是他必須借重天司殺這樣的人物，才有可能瞭解禪都形勢的變化，其中最重要的當然是追查千島盟人的下落。

天司殺與天司祿地位相當，但天司殺府卻遠不如天司祿府氣勢恢弘。

戰傳說乘著天司殺派來接他的馬車直入天司殺府內，天司殺已在前院等候。

見了戰傳說，天司殺顯得很是高興，竟挽著戰傳說臂膀，哈哈笑道：「千島盟人在禪都作亂固然可惡，但本司殺卻因此而遇見了小兄弟，總算不全是壞事。」

這樣的話，也只有擁有他這等超然地位的人物才敢說，換作他人，可就是大逆之罪了。

戰傳說一直有些忐忑，見天司殺態度如此，懸著的心放下不少，不過天司殺過分的熱情也讓他有些吃不消。

司殺府內早已備好了宴席，不過入席的人並不多，加上戰傳說與天司殺也不過只有七人。大概如今是非常時日，千島盟人還未找到，若過於舖張，恐怕會招來冥皇怪罪，戰傳說這一次是主客，而其他的幾個人全是天司殺的部屬。

入席之後，天司殺先道：「本司殺向來看重少年英雄，雖然尚不知小兄弟如何稱呼，卻也希望能與小兄弟多多親近。」

戰傳說不卑不亢地道：「在下不知何以能蒙大人錯愛。」

對於常人來說，能得天司殺青睞看好，可以說是一步登天，但對戰傳說來說，卻絲毫沒有這樣的感覺。

天司殺一揮手，極具氣勢地道：「不爲別的，就因爲你稱自己是樂土人！不錯，但凡是樂土人，就當爲誅滅千島盟效力，哪管是師出何門？本司殺就欣賞小兄弟這樣的胸襟。」

陪席的幾人一陣恭維。

天司殺又道：「小兄弟既然能成爲天司祿府的賓客，當是出自名門望族了。」

戰傳說搖頭道：「恰恰相反，在下所屬的族門，在樂土知悉的人恐怕少之又少。」

他這麼說倒是大實話，知道桃源的人，的確少之又少。

天司殺說那番話，應該是想讓戰傳說透露身世，但戰傳說的話顯然讓他失望了，於是他只好把話挑明了：「不知該如何稱呼小兄弟？」

戰傳說當然不願直言相告，而是道：「在下陳籍。」

「原來你是陳籍?!」天司殺的神情讓戰傳說不由有些緊張，但他唯有點頭。

天司殺感慨地道：「無怪乎在不二法門追殺下一直能夠化險爲夷的戰傳說，最後卻亡於陳公子之手，原來陳公子的武道修爲已如此高明，那戰傳說也死得不冤了。」

他忽然改稱戰傳說爲「陳公子」，客氣中透出了一份淡淡的疏遠，莫非是因爲他知道，「陳籍」與坐忘城有著千絲萬縷的聯繫？

戰傳說這時卻有些後悔了，他這才意識到「陳籍」此名雖然是他信手拈來的假名，但因爲自己殺了靈使之子的緣故，也已名揚樂土了，這會不會對自己不利？

天司殺忽然又說了句讓戰傳說更爲震撼的話：「本司殺聽到有一種說法，說陳公子才是真正的戰曲之子戰傳說，而世人皆知的戰傳說，其實是假冒的，卻不知這一說法是真是假？」

戰傳說一顆心倏然下沉！

他這才意識到天司殺雖然看起來粗豪直爽，似乎毫無心機，而事實上，他絕對不像表面這麼簡單。其實自己早該料到，要想登上雙相八司這樣的權位，僅憑武道修為是遠遠不夠的，可以說雙相八司之中，沒有誰會是簡單的人物。

一時間，他不知該如何應對才好。

百合平原臨近天機峰的地方新添了一座墳墓，墳墓簡單得近乎寒磣，唯有一塊石碑，再無一物。除了奉命掘墓的幾名道宗弟子外，沒有人爲石敢當送葬。曾經的一代宗主，竟落得如此凄慘的結局。

天機峰元辰堂內，玄流三宗宗主彙集一堂。

弘咒向嫵月道：「妳一直帶在身邊的丫頭是什麼人？她爲何見石敢當毒發身亡會有那麼強烈的反應？」

「我沒有必要告訴你。」嫵月道。

弘咒獰笑一聲：「是妳導致石敢當毒發身亡，而天殘的下落從此無跡可尋，單單這一點，妳就難以向元尊交代。」

嫵月道：「我也沒有想到他會受到攻擊以至大耗內力，我之所以迫使他服下毒物，只是希望借此可以逼得他爲保全性命，不得不開口。」頓了頓，又道，「若是元尊也認爲這件事的過錯在我，那麼奉你爲三宗之主我無話可說，否則，休想讓我拱手相讓。元尊只說誰若能找到天殘的下落，就支持誰爲三宗之主，可沒有說若是失敗了，又當如何。」

弘咒冷哼一聲道：「論實力，本宗遠在妳內丹宗之上，若不是元尊不願看到三宗內戰帶來太多傷亡，本宗單憑實力就可以一舉鏟平內丹宗！元尊明察秋毫，這件事之後，他必能看出本宗才是唯一適合吞併三宗的人，妳不必再有多少幻想了！」

嫵月毫不示弱地道：「那倒未必！本宗主可有足夠的耐心奉陪到底！」

十日前，法門四使中的廣目使忽然至青虹谷，向弘咒傳達了法門元尊的旨意，稱爲免爭戰不息徒增傷亡，法門元尊願爲玄流三宗做主，若是內丹宗、術宗二宗中的某一宗能夠找到天殘的下落，法門就支持該宗宗主爲三宗之主。

至於道宗，早在多年前就已逐步爲術宗暗中控制，因此並不在此列。不過無論是內丹宗還是術宗，都可以從道宗獲得支持，換而言之，道宗將同時供內丹宗、術宗驅使。

最後一個條件，對弘咒來說有點難以接受，因爲這無異於要弘咒把已經吃到口中的肥肉吐出來讓其他人分享。但最後弘咒還是應允了。

他心中明白，之所以能夠逐步控制道宗，與不二法門的暗中支持是分不開的，從這一點來看，法門元尊這一次的安排，也必有深意，因爲不二法門沒有理由改變以往對術宗的支持。

至少，從實力上看，術宗的確略高內丹宗一籌，換而言之，術宗在這場角逐中獲勝的可能性就會大於內丹宗，若結果是這樣，那麼弘咒便可手不見血地坐擁三宗了，沒想到最後的結果卻是這樣。

但在弘咒看來，這似乎也印證了他原先的猜測：元尊沒有理由提出對術宗不利的建議。石敢當死於嫵月的手中，這必然導致嫵月的被動，而這一點，是否早已在元尊的預料之中？有了這樣的理由，也許就可以迫使內丹宗屈服於術宗了。

來天機峰前，弘咒還擔心因爲與石敢當有特殊的關係，嫵月會占得先機，現在看來，他的擔心自是不必要了。

所以，弘咒此時看似氣憤，其實他的心中很是得意，一切都在朝著利於他的方向發展。他覺得在對嫵月施加壓力的同時，還有必要收攏一下藍傾城的人心。畢竟現在已不是十日之前，藍傾城已不僅僅爲他弘咒效命，同時暫時還會爲嫵月效命。

於是弘咒道：「石敢當突然毒發身亡，道宗卻沒有發生大的波動，藍宗主功不可沒啊，這自是因藍宗主平時對道宗所屬約束嚴厲之故。」

他稱藍傾城爲「藍宗主」，其用意就很明顯了。

藍傾城卻像是兩邊都不願得罪，他道：「這全仰仗兩位宗主運籌帷幄，使藍某可以把握住道宗的局面。」

弘咒乾笑一聲，心頭暗罵：「真是混賬東西，她嫵月何嘗運籌了什麼？」

面對天司殺突如其來的一問，戰傳說一時不知該如何應答。

片刻的猶豫之後，他終於道：「這一傳言是正確的，在下才是真正的戰傳說。」

說出這一點，自然需要下很大的決心，而促使戰傳說下這麼大決心的，是因爲他擔心天司殺早已知道真相，方才這一問只爲試探他，若如此，那麼一旦他不敢承認，之後就十分的被動了。

戰傳說靜觀天司殺的反應。

天司殺的反應出乎戰傳說的意料，只見天司殺喟然一嘆，「本司殺一直奇怪爲何戰曲戰大俠可以在樂土各路高手一一敗北的情況下勇於挺身而出，應戰千異，而他的後人卻品行不端，原來那作惡多端之人，並不是真正的戰曲之子戰傳說！」隨即話鋒一轉，接道：「戰公子，爲何你一直不將這件事的真相公諸於眾？」

看似是毫不經意間隨口問出的一句話，其實卻很是尖銳，戰傳說這才真正地領略到天司殺的厲害。

他唯有道：「因爲在下擔心這事未必能讓世人相信。」

「真的假不了，假的真不了，戰公子爲何對世人這麼沒有信心？」

看樣子，這一次戰傳說若不能給天司殺一個滿意的回答，後者就會這麼一直問下去窮追不捨了。」

戰傳說靈機一動，正色道：「首先大人就未必會相信在下的話，儘管在下所說的句句屬實。」

天司殺果然追問：「你又怎知本司殺一定不信？」

「因爲這件事的幕後操縱者是一個備受尊仰之人，恐怕沒有人相信他會做出這樣的事情。」

「此人是誰？」

戰傳說已是孤注一擲了，他緩緩地道：「此人就是不二法門四使中的靈使！」

戰傳說道出靈使而未說是法門元尊，一則是因爲到目前爲止，沒有任何跡象可以表明法門元尊與這件事有關係；二則是因爲，說出靈使已經讓人難以置信，若說是法門元尊與此事有關，那就等於一下子將自己推入了絕境，沒有人會相信的。

而天司殺的反應更是大出戰傳說的意料，他竟長出了一口氣，「果然不出本司殺所料！」

「什麼?!」戰傳說對天司殺的話有些似懂非懂了，難道說天司殺早已猜知這件事?這似乎不太可能。

天司殺沒有回答，而此時席中一身形高頎的中年男子插口道：「天司殺大人在所謂的戰傳說肆虐樂土時就已起疑，因爲此人雖然處處爲非作歹，卻似乎毫無目的。不爲財，不爲色，而且得罪的都是在樂土有一定勢力的門派，這就很不正常，更不正常的是，不二法門靈使聲稱要擒殺此人，但卻幾次讓其逃脫，以不二法門的勢力之強，實在不應如此，除非另有內幕。天司殺大人雖然對此事起疑，但此賊子一直在禪都之外活動，那是地司殺大人的管轄範圍，天司殺大人不宜隨便插足……咳咳……」

說到這裏，他乾咳了一聲，才接著道：「雖然是地司殺的管轄範圍，但既然地司殺大人沒有意識到這一點，天司殺大人又不能坐視此賊爲非作歹而不加理會，所以大人便讓我們幾人暗中追查這件事。有一日，我們正好遇見此賊在一家客棧中與六道門的人廝殺，而在此之前，我們已查知靈使當時就在左近，我們以爲這一次此賊是栽定了，結果卻大出我們意料，靈使一直沒有出手，相反倒是六道門的人傷亡慘重——唉，也怨我們太相信靈使了，以爲有他在左近，就根本無須我們出手助六道門的人。」

戰傳說默默地聽著，心頭有無限感慨。他一直以爲要讓這件事撥雲見日、昭明天下將困難無比，以至於自己都毫無信心，卻沒有料到早已有人對此事也起了疑心。看來，有些事情是根本不需要刻意回避的，唯有敢於面對，方是正確的。

那人接著道：「最不可思議的是，那人在將六道門的人一掌擊斃之後，竟去與靈使相見！雖然我們幾人懾於靈使可怕的修爲不敢過於接近，但對於這一點卻還是能夠肯定的。所有的這一切，都足以說明此事隱藏有一個極大的秘密，而且這個秘密與靈使有著千絲萬縷的聯繫。」

天司殺這才開口：「直接正面與靈使交鋒，本司殺實在沒有必勝的把握，這不僅指武道修

爲，更是因爲他身分特殊。若不是一切都真相大白，有足夠充分的證據，就是冥皇也不會答應本司殺對付靈使，因爲那將會爲樂土帶來極大的不安定因素。何況，這還牽涉到本司殺與地司殺大人的關係。」

戰傳說緩緩點頭，「在下明白。」

此刻戰傳說才知道天司殺將他請來天司殺府，是有其用意的，而且天司殺很可能已知他就是「陳籍」，若真的如此，那麼方才戰傳說如果沒有以實相告，也許他就會錯過這一次機會。

畢竟能讓天司殺相信他才是真正的戰傳說不是一件壞事，尤爲讓戰傳說驚喜的是天司殺也對靈使起了疑心，這才是難能可貴的。

所以，戰傳說忍不住道出了心聲：「在此之前，在下本以爲一旦說出是靈使操縱此事的話，是沒有一人會相信的，因爲他的身分太特殊了，世人對其唯有敬仰！」

天司殺哈哈一笑，「本司殺司職對付種種惡人賊子，一生之中見過不少表面上看似道貌岸然，暗地裏卻做出種種讓人難以置信的勾當之人，可以說已很難會被表象所蒙蔽了。」頓了一頓，又道：「但對於靈使爲什麼要這麼做，本司殺卻真的是難以猜透。」

戰傳說雖然也大致猜到了靈使的用意，但要說出這件事，就必然會牽涉到桃源，而戰傳說現在還不想讓天司殺知道他來自桃源，所以他只能道：「這一點，在下也一直有些不明白。」

「但事情總會有水落石出的一天。」天司殺很有信心地道。

戰傳說忽然道：「若是有一天大人已完全查清靈使的確暗中操縱此事禍害了不少人，將會如何？他可是法門四使之一啊！」

言下之意，自是說靈使的身後可就是不二法門，到時候能否經得住這麼大的壓力，秉公而行？

天司殺肅然道：「只要我還是天司殺，只要作惡者犯在了本司殺的手上，哪怕他就是神，本司殺也要全力以赴，將之擒殺！」

「好！」那身形高頎的人大聲喝彩，「我等心甘情願追隨司殺大人，就是欽佩大人這份無畏無懼！」

其他幾人也是情緒高昂，顯然是受了天司殺方才慷慨陳詞的感染。

看得出這幾個人都應該是天司殺的心腹，而且他們對天司殺的敬重，也不僅僅是因爲他們是天司殺的屬下。想必天司殺也深知這一點，否則有關靈使這樣敏感的話題，他也不會當著這幾個人的面說。

戰傳說心頭忽然升起一個念頭，那就是如果奉命前往坐忘城的不是地司殺，而是天司殺，那麼結局又當如何？從現在天司殺的言行來看，他對與坐忘城、皇影武士、地司殺有關的那件事，應該並不知情，這也進一步證實了爻意的推測，那就是冥皇這一舉措，知曉的人是少之又少。

其中原因不言自明，這種不光彩的舉措，冥皇當然希望知道的人越少越好，否則也不至於要殺殞驚天滅口。

這樣一來，戰傳說面臨來自冥皇的威脅其實並沒有想像的那麼大，因爲冥皇不可能大張旗鼓地對付戰傳說，甚至還沒有合適的藉口對付戰傳說。

此次司殺府之行，可說是解去了戰傳說的一塊心病，讓他感到輕鬆不少，看來澄清真相並不像想像中那麼困難。以天司殺在大冥的地位與影響，他能夠相信戰傳說，這是頗有分量的。

戰傳說牽掛著千島盟人的下落，於是問道：「不知追查千島盟人進展如何？」

天司殺道：「毫無進展——非但找不到千島盟人，連勾禍也一併下落不明了，而四城門的禪戰士皆斷定勾禍沒有逃出城外。像勾禍這樣的人留在禪都，只怕隨時隨刻都有可能做出驚天動地的事來，天司殺府與天司危府的壓力極大，也不知這勾禍怎麼就能一而再地死裏逃生。第一次是南許許救了他，那麼第二次又是誰呢？南許許救了勾禍之後，從此再也不敢在樂土拋頭露面，卻不知有什麼人竟不吸取這一教訓，重蹈南許許覆轍，實是可恨！」

南許許第一次救九極神教教主勾禍的前因後果以及其過程，戰傳說已聽南許許親口說過，南許許也算是有身不由己之處，不過這也是不足爲外人道的。

至於南許許第二次救下勾禍這件事，連戰傳說也不知情。天司殺提到南許許一直不敢在樂土拋頭露面之事，讓戰傳說想到花犯追查南許許下落的事，心頭暗忖：不知花犯有沒有可能會找到南許許，若是找到了，定會有衝突，花犯劍法高明，南許許毒術霸道，若有衝突也不知誰將吃虧。而戰傳說則不希望他們兩者當中任何一人有什麼意外。

他卻不知此時南許許早是隔世爲人了。

天司殺與戰傳說又交談了一陣，忽然問了一個讓戰傳說有些意外的問題：「本司殺聽說與戰公子同在天司祿府做客的還有兩位女子，不知是不是戰公子的妻室？」

戰傳說一怔，有些尷尬地道：「她們都是在下的朋友。」頓了頓，又道：「實不相瞞，其中有一女子已落入千島盟之人手中，所以……」

「所以你想讓本司殺能留一個千島盟活口？」天司殺道。

「正是。」戰傳說道，他還不願告訴對方那女子就是殞驚天的女兒小夭。

但也許不需他說出，天司殺也知道。許多戰傳說一直當做是秘密全力守護著的，原來早已被他人所知，劍帛女子姒伊是如此，天司殺也是如此。

「但願本司殺有兌現承諾的機會。」天司殺道。

如今的坐忘城很平靜，不過這種平靜不是代表安寧與詳和，而是因爲坐忘城已消耗過甚，所以失去了往日的生機與活力，悲劇接二連三地上演，反倒讓坐忘城的人漸漸地習慣了。

直到一列衣飾鮮明的地司命府的人進入坐忘城，才稍稍打破了坐忘城的平靜。因爲地司命府的人出現在什麼地方，就預示著冥皇有重要任免、決策要公諸於眾。

這一次，坐忘城的人自然而然地想到了城主殞驚天已遇害，地司命府的人會不會是來宣告冥皇任命了新的城主？

這種可能性當然極大，但唯一有些不符的，就是照理任免六大要塞的頭領這樣重大的事情，應是地司命親自前來宣告，但這一次前來坐忘城的人當中，並沒有地司命，地司命的心腹藏東來是眾來客當中地位最高的。

因爲這個緣故，坐忘城的人還不能斷定地司命府的人的來意。

不過謎底很快揭曉，地司命府的人此來果然是宣告冥皇新任的坐忘城城主的，被任爲新城主的是貝總管。

在乘風宮內，藏東來抑揚頓挫地當著貝總管、幸九安、慎獨、伯簡子的面，宣讀了冥皇聖諭。伯頌身體未曾康復，在貝總管的建議下，由長子伯簡子暫代其父之職。

藏東來宣讀完聖諭，貝總管行了禮後，「蒙聖皇錯愛，微臣感激不盡，但殞城主死得不明不白，微臣若是領受了城主之職，定爲天下人所笑，請聖使代微臣向聖皇辭謝。」

藏東來雖然只是地司命的一名心腹而已，地位不高，但因爲是代表冥皇而來，就不能不對其恭而敬之。

貝總管辭謝城主之位，乃幸九安、慎獨、伯簡子意料中事，換了誰也不會就這樣接受冥皇的賜封的。若是重山河或鐵風在此，甚至可能已將藏東來給擒下了，他們都是鐵錚錚的熱血漢子，殞驚天的死足以讓他們不顧一切，可惜重山河早已被恨將擊殺，而鐵風又已去了禪都。

藏東來倒識趣得很，並沒有因奉冥皇之命而來，就目空一切，把誰都不放在眼裏，那樣恐怕他就再也走不出這乘風宮了。

坐忘城可以把兩百司殺驃騎殺得一個不剩，可以將地司殺殺得大敗而歸，那麼區區一個名不見經傳的藏東來的性命又算得了什麼？如果不是早已知道如今坐忘城中空虛，殞驚天的女兒不在坐忘城，強硬的鐵風去了禪都，對殞驚天十分忠誠的伯頌又已病倒床上，藏東來或許根本就不敢踏足坐忘城。

藏東來完完全全地放下了「聖使」的架子，以推心置腹的口吻道：「貝城主與各位的心情藏某完全能夠理解，但如今殺害殞城主的兇手已經查明，聖皇也在全力追緝兇手，還望貝城主能以大局爲重，就算聖皇一時失察，也是難免的。」

幸九安等人一聽兇手已查到，皆是一震，幸九安當即問道：「兇手是什麼人?!」

如今，昔日的四大尉將，只有他這個西尉將還在場了。

「是千島盟的人。」藏東來便將一路上想了無數遍的話一古腦地倒了出來，「千島盟一直覬覦樂土，他們見殞城主與冥皇有隙，坐忘城因此對冥皇有微詞，便想出了這一毒計加害殞城主，想要嫁禍於冥皇，使坐忘城與冥皇徹底決裂，而千島盟則坐收漁翁之利。其實冥皇對殞城主也是一時誤會，將殞城主帶入禪都後，冥皇已準備不再追究此事，沒料到……」

藏東來所說的話當中，不少是隨口捏造的，他料想大部分人在如今這種情況下，只是需要一個臺階下，畢竟殞驚天人死不能復生，給坐忘城臺階下，就等於必須要冥皇這一方退讓一點。這樣的事，冥皇當然不會做，但冥皇不會去做的事，他身邊的人卻可以代之做到，冥皇不便說的話，自有人可以代他說，這在給足對方面子的同時，又不損冥皇威信。

至於坐忘城，即使明知藏東來的話未必就是冥皇的本意，但他們又何必過於計較這些？這便是大事化小、小事化了的學問，其中起關鍵作用的自然是夾在兩者之間的藏東來。

當然，坐忘城的仇恨不會憑空消失，這就需要有另一個對象代替冥皇，而千島盟就是代替冥皇的對象。

可以說，由藏東來代替地司命前來坐忘城，是一次很高明的選擇。

而藏東來似乎還嫌不夠完美，他又補充道：「地司命大人之所以沒能前來坐忘城，是因爲禪都潛伏著千島盟人尚未一網打盡，地司命大人必須留在禪都相助，貝城主請見諒！」

貝總管還要推辭不就，慎獨道：「要爲殞城主報仇，就必須有人統領坐忘城，貝總管無論德才，都是接任城主的最好人選。我等都心服口服，若是冥皇另派一個與坐忘城毫不相干的人接任城主，那才真的不妙。」

言下之意，若是拒絕讓與坐忘城不相干的人接任城主，就落得了口實，若是答應，則對坐忘城不利。

慎獨這幾句話可謂是切中了要害，畢竟沒有城主不是長久之計。

他接著又道：「如今坐忘城的局面人盡皆知，接任城主者，與其說是平步青雲，倒不如說是任重道遠，艱險無比。貝總管若是願為坐忘城盡心盡力，就不該再推辭不就了。」

貝總管這才道：「那貝某就勉為其難了。」

藏東來心頭暗自鬆了一口氣，笑顏逐開地道：「有貝城主操持坐忘城大局，坐忘城必能再展雄風。」

貝城主一面應承著，心中卻想起了前幾天遇到的青衫老者說他「席座」部位呈紫黃色，是大吉之相，不出十日，必然有擢升之佳音，暗忖：「此人決不簡單！」

又想到青衫老者曾說他薄情，日後難保忠義，心頭不由升起烏雲，將擢升之喜悅沖淡了不少。

有天司命領著，鐵風很輕易地便在內城東門外見到了昆吾。

鐵風一見殞驚天的靈柩，頓時臉色蒼白，搶步上前，轟然跪倒於靈柩之前，嘶聲道：「城主！東尉將鐵風來見你了……」下面的話，已哽咽不能成語。

他身後的坐忘城戰士也齊刷刷跪倒一大片。

昆吾一直守在殞驚天的靈柩旁，此刻見到坐忘城的人倍感傷心。禪都、坐忘城相去如此之遠，他與鐵風尚有相見之時，而城主殞驚天卻永遠隔世爲人了。

殞驚天的靈柩擺放在內城東門外，只是搭了個涼棚，禪都百姓可以將涼棚內的情形看得清清楚楚。

殞驚天是戴罪城主，當然吸引了不少人的注意力，此刻眾人見坐忘城的人仍是對殞驚天如此忠義，並未因爲殞驚天已亡，又是戴罪之身而有所改變，都頗爲感慨，議論紛紛。

都說人在世間走一遭，能得到這麼多部下真正的敬重，也便沒有白活一回了。敬佩殞驚天的同時，難免由此滋生對殞驚天是否真的有罪產生了懷疑。

與昆吾一同守在殞驚天靈柩旁的，還有天司命府的家將，他們以遠處旁觀者的神情察覺到了什麼，便希望天司命儘快勸住鐵風等人，以免引來圍觀者對殞驚天、對坐忘城的更多同情；對坐忘城的同情，就等於是對冥皇的一種否定。

雖然旁觀者都是一些無足輕重的小人物，但這也決定了他們的情緒更容易蔓延影響更多人。

天司命似乎沒有意識到這一點，或者是他與殞驚天私交不錯，就算意識到了這一點，也不想加以改變，那些家將也只能聽之任之了。

鐵風及坐忘城戰士恭恭敬敬地行了拜祭之禮後，鐵風這才與昆吾相見，兩人相對欷歔，不知所言。

旁觀的人群中有一年約四十、身形頎長卻略略曲背弓腰的紅臉男子慢慢地自人群中退了出去，步履不緊不慢地向不遠處的一個不起眼的小酒館走去。

看他的衣著打扮，像是一個做點小買賣的市賈之徒，而且應該是不太走運的市賈之徒，因爲他的臉上總有一絲鬱鬱之色。

何況，他所選擇的酒館是那麼的不起眼，夾在一家氣派的酒樓與一家賭坊之間，頗有點苟延殘喘的感覺。進入這種酒館者，多半是與酒館一樣不太顯眼的人。

那紅臉男子慢慢地走進酒館，也不用夥計招呼，自己在最裏邊的地方揀了個位置坐下。

他剛一坐下，就有一壺酒放在了他的面前，緊接著是一盤酸菜煮雞。

抬眼望去，一個容貌清秀的夥計正笑嘻嘻地望著他，「這是酸菜煮雞，將醃製好的上等酸菜與雞肉放入鍋中同煮，待雞肉煮爛後起鍋，隨後將辣椒、蔥、薑放入油鍋中炒熱，再將酸菜煮雞倒入回一下鍋，即可食用，其味酸辣爽口。」

紅臉漢子也不說話，自桌上竹筒裏抽出一雙筷子來，就向酸菜煮雞伸過去，但卻停於酸菜煮雞上空——原來被一隻手將筷子與酸菜煮雞隔開了。

那夥計一臉正經地道：「高醉蝦，這只是擺在你面前給你看的，卻不能吃。」

高醉蝦？莫非是稷下山莊東門怒手下五大戍士之一的高辛？

而那面目清秀的夥計，卻是五戍士之一的于宋有之。

果然，被稱做「高醉蝦」的紅臉漢子沮喪地放下了筷子，「于宋有之，這酸菜煮雞既然不是讓我品嘗的，就不要擺在我的面前了。」

「現在你是小店的客人，當然不能不上菜。」于宋有之一臉壞笑地道。

「上菜也就罷了，你又何必細說如何如何的酸辣可口？」一個老闆娘模樣的年輕婦人自裏間走了出來，容貌美豔，自然是東門怒五大戍士中的眉溫奴。

眉溫奴笑罵于宋有之：「你明明知道我們已是囊中羞澀，高大哥已兩天滴酒未進了，卻還有意作弄。」

于宋有之哈哈一笑，將隔在菜上的手移開了，「相信高醉蝦意志堅如鐵石，雖有美食佳餚近在咫尺，也能安若泰山不爲所動。」隨後壓低了聲音道：「這酸菜煮雞還要留到真正的客人來時派上用場，我們五人今日的午膳是另有準備。」

說話間，他已如變戲法一般自身後端出一碟饅頭，放在桌上。

「又是饅頭，好像比昨天的饅頭黑了一點。」高辛道。

「有眼光！這是我特意用有些壞了的麵粉蒸出來的，因爲壞的麵粉比一般的麵粉整整便宜了一半。」于宋有之一臉佩服地道。

「唉……只有饅頭配溫水，我吃不了五個。」

「錯！這饅頭是我們五人一人一個，既然你沒什麼胃口，那就分半個給我。」于宋有之說著就去掰其中的一個。

高辛急忙擋住，隨即望著眉溫奴道：「公主，我們不會真的到了這山窮水盡的地步了吧？」

于宋有之性喜調侃，高醉蝦之名，就是出自他的口中，而把眉溫奴這美豔寡婦稱爲公主，也是他的傑作，其餘幾人也隨著他叫開了。五戍士一向情投意合，而眉溫奴則是五戍士之中唯一的女子，這樣的稱呼，調侃之中，多少有點對這唯一女子的寵愛的意味。

眉溫奴嘆了一口氣，「莊主久居稷下山莊，根本不瞭解世情，將這家破酒館盤下的花費，就比莊主的預計多出了兩倍，其他一應費用，也是如此，如果再見不到戰傳說，我們過不了幾日就要困死於此了。」

一聲乾咳，一身帳房先生打扮的史佚走了出來，瞪了眉溫奴一眼，向酒館努了努嘴，意思當然是讓眉溫奴小心不要說漏了嘴，以便他人聽到。

眉溫奴像個小女孩般吐了吐舌頭。

這時，五戍士中最年輕的齊在也自裏間出來了，卻沒有說話，提了一張竹椅出了門外，在門外坐下了。

他是這酒館的「掌櫃」，此刻守在門外，自是擔心有人撞進來聽到于宋有之等人的對話。

他們不明白莊主東門怒爲什麼要他們前來禪都找戰傳說，更不明白莊主爲何讓他們找到戰傳說之後，一定要設法接近他，最好能留在他的身邊，保護其安全。

雖然有太多的不明白，但這既然是莊主之令，他們唯有聽從。

何況自追隨東門怒之後，東門怒一直是碌碌無爲，龜縮於稷下山莊，也早已把五戍士悶壞了，能到禪都走上一遭，當然讓五戍士興奮不已。

沒料到到了禪都後，事情根本不像他們想像的那麼簡單。戰傳說雖然人在禪都，但他一入禪都後，就進入了天司祿府，五戍士追蹤戰傳說的線索一下就斷了，進入內城根本不能隨心所欲，更不用說接近天司祿府。

而這小酒館本來是他們用來掩飾身分用的，這也是莊主東門怒的吩咐，據說這個叫做戰傳說的年輕人，仇敵不少，而且來頭不小，如果不小心行事，休說保護戰傳說，連他們自己的性命也保不住。

高辛等人當然早已聽說過「戰傳說」其名，但戰傳說豈非已經死了？或許這個戰傳說只是與先前鬧得沸沸揚揚的戰傳說碰巧同名而已？

稷下山莊一向自我封閉，五戍士對外界的瞭解自然也就不會太多了。

將這小酒館接手過來僅幾天時間，他們就感到有些支撐不下去了。

從他們接手到現在，還沒一個客人，因爲這種小酒館只能做熟客的生意，如今酒館從掌櫃到夥計全換了，哪能留住昔日的酒客？而且五戍士根本不知道將這小酒館高價轉給他們的人，已在距此不遠的地方另開了一家酒館。他可是土生土長的禪都人，一眼就能看出五戍士不是禪都人，所以才敢這麼做。

于宋有之問高辛道：「方才有沒有看到戰傳說與坐忘城的人見面？」

高辛道：「沒有。」伸手抓起一個孩童拳頭大的饅頭，端詳了一陣子，放入口中。

于宋有之道：「看來這戰傳說是個無情無義的人，莊主說他會與坐忘城的人一起出現，但這幾天守靈的人中一直不見有戰傳說，現在坐忘城一下子來了這麼多人，也不見戰傳說，恐怕是見坐忘城有難，他就唯恐避之不及了。」

「不是說戰傳說與殞驚天的女兒在一起嗎？」眉溫奴道。

「恐怕未必。」于宋有之道。

「這可是莊主親口說的，當時你也在場啊！」眉溫奴道。

「正因爲是莊主親口說的，所以才不可信。這幾年來，莊主離開稷下山莊幾次？」

眉溫奴沉吟道：「記不起了，好像已有好幾年沒有離開稷下山莊了。」

于宋有之嘆了一口氣，「一個數年沒有離開稷下山莊的人，他說的每一句話，其可信度都要大打折扣。我看這幾年莊主的身子是漸漸地胖了，但是這兒……」

他用手指了指自己的腦袋，剛要說什麼，忽然見眉溫奴笑得有些詭秘，頓時察覺不對勁，一側臉，赫然發現莊主東門怒正站在他的身後！

于宋有之頓時站將起來，指著自己腦袋的手在極短的時間內改爲搔首，他笑容滿面地道：「我們早就料到莊主一定放心不下我們而會來禪都的，看，我們早已爲莊主備好了菜，這是酸菜

煮雞。」

東門怒打斷他的話道：「打烊，我們該好好商量商量如何在禪都謀生了。」

「那是那是。」于宋有之連連點頭。

守在外面的齊在將竹椅搬回之後，就將門板一扇一扇地上好，當他正要上最後一扇門板時，忽然有一隻腳伸了進來，隨後便聽得有人道：「慢！有人要在此用膳！」

事情有些意外，齊在側身向東門怒望去。

東門怒輕咳一聲，「小店打烊了，客官請改日再來吧。」

正說著，竟已有人擠將過來了，齊在想要推擋，卻又感到不妥，略一猶豫，那人早已進入了酒館。

眾人一時間都有些措手不及，暗自警惕。

但見進來的是一個不甚高大的年輕男子，頭髮凌亂，披散下來遮去了半張臉，露出來的半張臉也讓人不敢恭維，又黑又髒，近乎一個叫花子。

「有什麼拿手的菜?諒這店也沒有什麼好酒，就要一壺十年陳的。」那又黑又髒的年輕人在方才高辛坐過的地方坐下了。

「十年陳的沒有，十日陳的倒有，不過還是摻了水的。」于宋有之料定這小子恐怕是混吃混喝的街頭無賴，沒好氣地道。

「放肆！」那狀如叫花子的年輕人冷叱一聲，聲音不大，但卻有一種說不出的威嚴，讓人無法相信這竟是出自一個叫花子模樣的年輕小子口中，于宋有之不由為之一震。

那年輕人一揮手，「算了，出口不遜，壞了本公子的酒興，酒便免了。」

于宋有之對自己的一震很是不滿，於是便待出言相譏，不料卻被東門怒以眼神阻止了。

東門怒道：「揀拿手的菜給這位公子送上來。」

于宋有之暗自嘆息，心道：「莊主真的是太沒有見識了，此人分明就是無賴，卻還對他如此客氣！」但東門怒既然已經吩咐，就只有照辦了。

第三章　心劍奏功

戰傳說離開天司殺府時，比進天司殺府時踏實了許多，最大的收穫當然是得知天司殺早已對靈使有所懷疑。

戰傳說婉拒了天司殺讓人以馬車送他回天司祿府，畢竟他現在是寄居在天司祿府，若是讓人感到他與天司殺走得太近，終是不妥。

戰傳說獨自一人由天司殺府向天司祿府走去。現在，走在禪都內城，他已不像剛入禪都時那麼警惕了。連天司殺都不知道冥皇曾派人殺他，那知道此事者也就絕對不多了，何況此刻又是在忙於對付千島盟人的時候。

內城永遠是那麼的氣派而肅穆，即使是走在街上，也能感覺到這一點。

戰傳說一路走著，一邊默默地想著心事，眼看已接近天司祿府時，忽聞馬蹄「得得」自身後傳來。

戰傳說還未回頭，就聽得身後有人叫道：「戰公子請留步！」

戰傳說一怔，轉身望去，卻見幾個天司殺府家將裝束的人正簇擁著一年輕女子策馬而來，不由大惑，但還是停下腳步，心中暗忖：「天司殺葫蘆裏賣的是什麼藥？」

待得近了，可以看清那年輕女子竟美豔至極，白披風襯著湖水綠的武士服，嬌媚之中又透著幾分英氣，別具魅力，連她座下的那匹馬，也一眼可看出是名駒，通體毛色光亮雪白，不見一絲雜色。

而她身邊的幾員天司殺府家將裝束的人，卻並不是先前接戰傳說入天司殺府的人，也沒有見過他們。

那美豔女子端坐馬上，上上下下地打量著戰傳說，竟毫不羞澀忸怩，倒將戰傳說看得極不自在。

美豔女子忽然展顏動人一笑，「你就是戰傳說戰公子？」

戰傳說只有點頭。

美豔女子這才翻鞍而下，眾天司殺府的家將也紛紛下馬。

美豔女子向她身邊的一家將道：「劍來。」

立即有人將一柄劍雙手奉上，同時道：「小姐要劍何用？」

美豔女子並沒回答，那家將趕緊退下了。

「接好了！」美豔女子忽然一揚手，將那柄劍向戰傳說擲來。

戰傳說又是一怔，但他仍是出手穩穩地將劍接握手中。

美豔女子動作優雅無比地解下白衣披風，露出湖水綠武士服，一襲合體的武士服將她玲瓏優美的身材曲線勾勒得呼之欲出，動人至極，早有家將將她的披風接過。

美豔女子如一泓秋水的眸子望向戰傳說，「聽說你的劍道修爲極爲高明，是嗎？」

「不敢……」戰傳說話未說完，倏聞「錚」的一聲輕鳴，美豔女子已驀然掠出，身在空中，手裏已多出一劍，破空直取戰傳說，劍刃與陽光相映，讓人難以正視。

更可怕的卻是她劍勢之烈，幾如陽光穿雲破霧，可在瞬息之間由萬丈高空直抵人世間。以戰傳說今日的修爲，面對這迅如奔雷的一劍，也無暇細思，只能是出於反射動作般，在第一時間揮出一劍。

「噹！」的一聲，雙劍相接，戰傳說忽覺眼前寒光一閃，冷風撲面，對方的劍已由一個出人意料的角度刺出，眨眼間已直抵戰傳說胸前數寸之處。

戰傳說只覺頭皮發麻，心臟驟然收縮，周身血液幾乎在那一瞬間凝固。

在此之前，他已面對恨將、千島盟大盟司、勾禍這樣的驚世高手，這幾人中任何一人的名字都足以讓萬人驚悸，與他們的決戰的確萬分凶險，但與這一次相比，其死亡的壓迫感仍是稍有不及！也許論內力修爲、論招式之妙，這美豔女子都不如恨將等人，但她出手之快，卻已達到了不可思議的境界，連恨將、大盟司、勾禍等人都有所不及。

這似乎已不應是人力所能達到的極限速度！

右手的劍回鞘已經來不及，後退更是顯得太遲了——但，戰傳說還擁有炁兵！

心至劍出！

戰傳說心念甫動，銀芒乍現，他的左手已多出一柄炁化「長相思」，由於出現的過程是那麼的突然，以至於讓人會心生錯覺，感到他的左手本就有一件兵器存在。

如今，戰傳說對炁兵「長相思」的駕馭已有些得心應手了，再也不會像從前那樣，一旦動用了炁兵，就會受內傷。

也許幾次催發炁兵「長相思」之後，戰傳說體內涅槃神珠的力量也加快了融入其體內的速度，炁兵「長相思」漸漸將戰傳說軀體的容納性強行加大了。

世間再快的劍，也決不可能快過人的思維，而炁兵的出現，只在一念之間而已。

所以，雖然對方的劍與自己的心臟只有幾寸之距，雖然對方的劍快得不可想像，戰傳說還是躲過了一劫，炁兵「長相思」及時地封住了對方的劍。

「噹！」短促而驚人的撞擊聲，「長相思」雖然是炁化而成，但卻具備了尋常兵器的實質，與對方的劍接實的聲音與正常兵刃交擊之聲無異。

這一次，戰傳說很聰明，對方一劍擊中他的炁兵時，他根本沒有全力與對方劍身傳來的力道相抗衡，而是順著對方劍身傳來的力道倒掠而出，如輕羽般飄出三丈之遙，方才止住去勢。

他知道只要自己退得稍慢，對方的第二劍、第三劍……就會連綿不絕地攻至，如此近的距離，如此快的劍，就算戰傳說能一一擋下，只怕也會被自己在瞬息間承受極大的精神壓力弄瘋！所以，他選擇了退卻。

對方如此別具一格的快劍，他必須另尋對付之策。

退卻之後，戰傳說立即收斂內力修爲，炁兵自行消失。

他擔心妄用炁氣會使自己的內力損耗過甚，而再過六日，他還要前往祭湖湖心島與那紅衣男子決戰，他不願有什麼事影響那一戰，因爲那一戰的結果關係著小夭的安危。

炁兵乍現，讓天司殺府眾家將驚得目瞪口呆，難以相信自己所見。

美豔女子也暫時停止了攻勢，驚訝地望著戰傳說，良久方道：「剛才……你是以炁兵擋下我的劍?!」

她的吃驚在所難免，因爲炁兵從來只是在傳說中才會出現的，還從未聽說誰能夠達到擁有炁兵的境界。

戰傳說只有頷首稱是。

美豔女子忽然嬌臉微紅，「戰公子已至擁有炁兵的境界，我又怎能是戰公子對手?方才唐突之處，還請戰公子多多包涵。」

戰傳說卻是雲裏霧裏，美豔女子從突然出手到現在的罷戰，其舉止一直出人意料，讓戰傳說丈二和尚摸不著頭腦，唯有尷尬笑道：「姑娘的劍法也很高明，堪稱是在下見到的最快的劍法了。」頓了一頓，又道：「若無他事，在下便先行告辭了。」

見戰傳說果真是隨時準備拔腿走人的樣子，美豔女子眼中閃過一絲失望之色，脫口道：「等等。」

戰傳說望著她道：「姑娘還有什麼指教？」

美豔女子深深地望了戰傳說一眼，「我……你忘了將劍還給我的人了。」

戰傳說被她深深一望，心中沒來由地一陣「怦怦」亂跳，他知道對方想說的應該不是這件事，但卻已無心細想，忙將手中的劍送上，「在下倒疏忽了。」說罷，向美豔女子笑了笑，道了聲「告辭」，便再轉身離去了。

美豔女子望著他的背影，櫻唇嘟起，像是在與誰賭氣。忽然間又展顏大歡，一嗔一喜，竟都顯得那般率直可愛，動人心弦。

「小姐，回府吧，千島盟餘黨未除，在外逗留，恐有危險。」一家將走近美豔女子的身邊低聲道。

「哼，就算有千島盟的人出現，以我的劍法，也不必懼怕他們！」美豔女子很是自信地道。

「是，連戰傳說都說小姐的劍是他見過的最快的劍——但小姐乃千金之軀，對付千島盟的事，何需小姐親自動手？」

那家將倒是很會說話。

美豔女子笑了，很開心地道：「他說我的劍是他見過的最快的劍，但我搶先出手，他卻仍能擋下我的劍，那豈非等於說他比我更快？」

既知對方比自己更快，她為何還如此開心？眾家將相互擠眉弄眼，只是不敢讓美豔女子看到。

那捧著她的披風的家將道：「戰傳說乃大俠戰曲之子，乃當世少年俊傑，他的修為自是無話可說，而且戰公子氣度不凡，軒昂俊偉。唉！如此出色的少年才俊，不知哪一位姑娘能有幸與之結為伉儷。」

美豔女子調皮地皺了皺嬌俏的鼻子，忽然「撲哧」一聲笑了。

戰傳說的心情其實並不像他表面那麼波瀾不驚。

因為他由那幾個天司殺府家將的態度感覺到那美豔女子應該有極尊貴的身分，而且多半是天司殺府的人。

既然是天司殺府的人，那她這一舉動是否由天司殺授意而為？如果是，那天司殺的用意又何在？從那美豔女子及天司殺家將的態度來看，應該不會有什麼惡意。

當戰傳說回到天司祿府時，早已有天司命的屬下在等候他，將鐵風及其他坐忘城人已到達禪都的消息傳告了他。

戰傳說一聽坐忘城的人來了，顧不上別的，立即前去內城東門外。

稷下山莊的人一直希望能見到戰傳說，但當戰傳說與鐵風等人相見時，東門怒等卻因爲那又黑又髒的年輕人的緣故而錯過了見到戰傳說的機會。

于宋有之不明白莊主東門怒怎麼對一個近於叫花無賴的年輕人也如此客氣，但東門怒既然已吩咐下來，他就不能不照辦。

那年輕人大概是餓壞了，風捲殘雲般吃完了兩碗米飯，將于宋有之燒的兩個菜連同那酸菜煮雞一掃而光，這才意猶未盡地擱下筷子。

「公子用得可還滿意？」東門怒很客氣地問道。

「不滿意。」那年輕人大大咧咧地道，「所謂美食不如美器，美食若無上等器具，就有如英雄無劍，美中不足。美食與器具相和諧的最高境界即所謂『紫駝之峰出翠釜，水精之盤行素鱗』，宜碗則碗，宜盤則盤，宜大則大，宜小則小，參差其間，方覺生色。當然，若是刻板於十碗八盤之說，便嫌粗笨了，而你們所用的器具既無秀美華麗，又無古樸素雅，如此一來，自是大打折扣。而調味當遵循『春多酸，夏多苦，秋多辛，冬多鹹』的規律，偏偏你們卻以酸爲主，根

本是本末倒置，一大敗筆！還有……」

「不必多說了，小店的菜是一無是處，但卻不是一文不值，公子見多識廣，讓公子在小店用膳，實是委屈了。請公子將飯資結了，我願領公子去禪都最好的酒樓，那才是如公子這般人物該去的地方。」

于宋有之眼睜睜地看著他嚮往已久的酸菜煮雞落入了那年輕人口中，結果還被貶得一無是處，不由憋了一肚子火，再也忍耐不住，一下子全撒了出來。

那年輕人一怔，沉默了片刻，方道：「多少銀兩？」

「十銖。」于宋有之毫不猶豫地道。

一千銖才值一兩銀，十銖已是便宜得匪夷所思了。于宋有之猜測這人多半是潑皮無賴，恐怕會藉口酒館要價太高而拒付，所以以退爲進，說出了一個對方絕對無法說太貴的數目。他對這年輕人有太多不滿了，寧可酒館第一樁買賣虧本也要讓對方知道厲害。

于宋有之盯著那年輕人，心頭盤算著這年輕人若是敢說十銖還太貴，他就一拳砸在對方的臉上。

他甚至有躍躍欲試的衝動，目光也有些逼人。

可惜對方讓他失望了，「要價倒還很公道。」那年輕人道。

此言一出，于宋有之倒有些後悔了。這些飯菜，少說也應該值一百銖，可話已出口，根本沒有反悔的餘地。

沒想到那年輕人接著又道：「不過，如今我身上連十銖也沒有。」

于宋有之忽然笑了：「原來是想吃白食的，早知如此，你便直說了，我們見你可憐，自然會施捨一點給你。」

「住口！」東門怒冷喝一聲，喝止于宋有之道，「不得對客人無禮！」轉而向那年輕人深施一禮：「我管教不嚴，公子大人大量不要與他一般見識。英雄也難免有落難之時，公子手頭緊，我等又怎能要那十銖錢？公子請寬坐便是。」

那年輕人微微頷首，卻道：「多謝了，不過我一生之中，還從未受過他人恩情，這十銖錢，我想在這店中幫忙幾日以作抵償，請務必答應。」

于宋有之又一次大吃一驚，不過這一次倒沒有說什麼。

東門怒搓了搓手，連聲道：「不妥不妥，或者我替公子記下這十銖錢，公子日後再還來，如此可好？」

「不必了，你若真有心幫我，就答應我在此打雜三日，因爲離開禪都，我恐怕是永遠也不回來了，那豈非要讓我永遠欠著你十銖錢？」

東門怒這才道：「如此只怕委屈公子了，敢問公子尊姓大名？」

「不敢，在下古湘。」

但冥皇只能強抑心頭不快，指了指物行帶進來的那只籠子，「靈鶴在此？」

「正是！」回答的卻不是物行，而是姒伊，好像她能夠看出冥皇指向了那只籠子一般。

籠子入搖光閣之前，早已經過了重重搜檢，自不會有什麼異常之物，冥皇無須擔心什麼，便道：「揭開讓本皇看看這靈鶴究竟是什麼模樣吧。」

物行領命揭開了白布。

裏面果然是一隻鶴，通體白羽勝雪，羽毛光潔明亮，很是美麗。

冥皇笑了笑，「姒伊，妳稱這鶴已是靈鶴，又富有智慧，是真是假？」

他雖然很失望，但事已至此，當著天惑大相等人的面，也只能故作大度。這麼問，其實也並無深意，只是以此表明他能與萬民平易相近而已。

姒伊道：「姒伊怎敢欺騙聖皇？」

「哦？」冥皇忽然來了興致，「本皇倒想知道是如何地富有靈性！」

姒伊淡淡一笑，「聖皇此刻最想找到的是何人？」

冥皇目光倏然一閃！

在很短的瞬息間，他幾乎斷定姒伊此言是在暗示香兮公主失蹤了的事，這是他的心病，而且不到最後一刻，他是不願讓世人所知的。正因爲他一直全力封鎖這件事，以免外泄，所以他對此事特別的敏感，姒伊看似隨口說出的一句話，就讓他馬上聯想到香兮公主。

「妳爲何要如此問？」冥皇反問道。

他反問的目的，是爲自己爭取時間，方才姒伊的話讓他有些措手不及。

姒伊道：「靈鶴極富靈性，聖皇若想找什麼人，牠就可以幫助聖皇找到。」

天惑大相忽然開口道：「聖皇想找的人，當然是在禪都爲非作歹的千島盟人。」

冥皇心頭叫了一聲「慚愧」，他這才發現自己竟忘了這再合適不過的回答，而且他也的確希望能找到千島盟人的下落。

於是冥皇道：「天惑大相之言，正合本皇之意。千島盟人在禪都濫殺無辜，爲禍樂土，本皇最想找到的人，當然是千島盟逆賊。」頓了一頓，又道：「難道這靈鶴竟能替本皇找到千島盟之人不成？」

雖然這麼問，其實冥皇自己都知道這絕對不可能。就算這隻靈鶴是餵過九百九十九個劍帛人的血，也不會真的就有了靈氣，這靈鶴的最大作用，不過就是表明劍帛人已全心歸順大冥而已，牠只是一種象徵，一個無論是劍帛人，還是大冥冥皇都不願揭破的象徵而已。

沒想到姒伊卻十分肯定地道：「不錯，靈鶴的確可以替冥皇查出千島盟人所在。」

冥皇一震，目光直視姒伊、物行，沉聲道：「此言當真？」

天司殺也在一旁道：「若是欺君，其罪可就不輕！」

天司祿大概也沒有料到事情突然會峰迴路轉，發展到這一步，顯得既吃驚又不安。姒伊是他引薦給冥皇的，如果姒伊冒犯了冥皇，他也脫不了干係。可事已至此，他想勸阻姒伊也已經來不及了，唯有暗暗叫苦不迭。他唯一的希望就是他知道姒伊智謀過人，但願她這麼做的確是另有深意才好。

姒伊鄭重地道：「姒伊豈敢在聖皇面前說謊？」

她竟完全將自己的退路斷了。

搖光閣內出現了短暫的沉默。

找到藏於禪都的千島盟人將之一網打盡，是冥皇夢寐以求的事，所謂床榻之側，豈容他人安睡？在禪都的千島盟人一日不除，冥皇就一日不得安心。但自昨夜起到現在，禪都已不知出動了多少無妄戰士、禪戰士，將偌大一個禪都幾乎翻了個底朝天，卻一直沒有什麼收穫，此刻突然有人告訴冥皇可以找到千島盟人，對他的刺激之大可想而知。

除冥皇之外，天司殺是對此興趣最大的人，禪都危亂，他與天司危職責最重，所以有此心理，也就不難理解。

還是冥皇打破了沉默：「若妳真的能找到千島盟人，可謂是奇功一件，本皇必然重賞於妳！」頓了一頓，聲音壓低了少許，卻更是威嚴：「若只是妖言惑眾，壞了通緝千島盟人的大事，本皇也決不饒妳！」

雖然他很欣賞姒伊，但在大事上，他決不會因為這一點而影響自己的判斷，或許也只有能做到這一點者，方能擁有一方霸業。

姒伊再度拜倒，「姒伊代三萬劍帛人謝過聖皇。」

「哦，此話怎講？」冥皇有所警覺地道。

姒伊道：「此鶴是集九百九十九個劍帛人的靈氣而化爲靈鶴的，可以說是三萬劍帛人祈禱國泰民安、萬世永昌的心靈寄託所在。若不是澤被三萬劍帛人的恩賜，絕難打動靈鶴，靈鶴就不會顯靈找到千島盟人。」

她說這一番話時，竟是那麼的認真、投入，尤其是當她說到靈鶴是三萬劍帛人的心靈寄託時，神情已是一片肅穆虔誠，在場的人莫不爲之所動。

而這一刻，唯有同爲劍帛人的物行，才知道她的內心真正所思所慮是什麼。

冥皇一字一字地道：「妳所說的澤被三萬劍帛人的恩賜，所指何事？」

此時，搖光閣內的氣氛已不再有原先的那份輕鬆了，而變得有些沉重。

姒伊道：「姒伊望聖皇能在樂土北境劃一處荒僻地域，作爲劍帛人立足之地。」

冥皇的瞳孔驟然收縮，眼中寒光懾人。

他緩緩地站起身來，沉聲道：「妳是說，樂土沃野千里，還不夠讓劍帛人立足?!」

「姒伊不敢！姒伊之所以這麼說，是因爲大冥王朝是以武立國，而劍帛人只知市賈，流徙於樂土各地，對大冥並無多少貢獻。加上由於劍帛人散居各地，彼此間行商交貿時，不少人力財力

都花費在途中。若是能有一處供劍帛人聚居之地，那麼便可以形成一處大冥最大的市集，相信此後劍帛人將有更多的財物可以交與兩大司祿府，而不是像今天這樣，很大一部分流入了各地有權有勢的人手中。」

天司祿知道到了他說話的時候了，他急忙接著道：「姒伊所言不假，劍帛人雖然善於行商斂財，但他們在樂土無權無勢，無根無基，這樣一來，許多劍帛巨賈爲了自保，不得不依附於各地強霸，否則縱有萬貫家財，也可能在一夜之間消失無蹤。但既然依附於他人，就必須付出代價，這其中既有如六大要塞之主這樣的大冥重將，也有樂土境內的各大門派。他們占去了很大一部分本應流入天司祿府、地司祿府的財物不說，而且還由此造成了一種隱患，那就是有人借巨賈之財，暗中收攏各方勢力，直至形成割據局面！姒伊此法定可一舉解除此弊，只要在劍帛人聚居之地委派大冥得力人馬，一方面保護劍帛人；另一方面也監督劍帛人如實交納財物於天、地兩大司祿府。而劍帛人心願得以滿足，定對聖皇感恩不盡，可謂是一舉數得，聖皇三思！」

世人皆知天司命多才，地司命善言，沒想到天司祿這番話說來，也是滔滔不絕。誰又知道這其實是姒伊早囑咐天司祿在適當的時機這麼說的？

正如戰傳說、爻意所猜測，姒伊看似天司祿府的客人，其實她早已牢牢地控制了天司祿。而她這麼做自然不是沒有目的的，此刻，天司祿便發揮了他人所難以取代的作用，因爲沒有人比天、地司祿對大冥王朝財物進出更瞭解的了，天司祿的話，冥皇不得不加以考慮。

果然，冥皇的神色漸漸和緩下來，又重新坐下，「妳起身吧，此事牽涉甚廣，非一朝一夕所能辦成，需得從長計議。」

姒伊起身後道：「聖皇日理萬機，我等又豈敢再讓聖皇爲這件事操勞費神？只要聖皇寫下聖諭允許擇一偏僻之地，作爲劍帛人容身之處，那麼其他的一切事宜，自是由我等自己處理。」

冥皇沉吟了片刻，忽然一笑，「看來，本皇要是不答應，妳的這隻靈鶴就不會顯靈了？」

姒伊見時機已經成熟，便道：「姒伊的心思，自然逃不過聖皇的眼睛。這並非姒伊放肆斗膽要脅聖皇，而是因爲姒伊若不這麼做，只怕連見到聖皇的機會都沒有。」

「若是給了聖諭，妳不能說出千島盟人的下落，那又該當如何？」

「姒伊願以死謝罪！」姒伊斬釘截鐵地道。

冥皇微微動容，或許他也不願如此風華絕代的女子香消玉殞。

他哈哈一笑，吩咐內侍：「呈上筆墨！」隨即轉向姒伊道：「還從來沒有人敢與本皇落地還價，妳是第一人！」

姒伊啓齒一笑，頓時滿殿生輝。

東門怒親自爲古湘端來一盆水，「非我嫌棄古公子，既然是酒館，就會有客人，若是太髒亂，只怕就留不住客了。」

古湘遲疑了一下，「那我就一直在膳房裏幫忙如何？」

「哈哈，我們這兒可沒有膳房，只有廚房，小古公子！」于宋有之的嘴基本是閒不住的。

東門怒道：「在廚房裏幫老闆娘也可以，但就算在廚房，也應該收拾得乾淨點。」

「那……也好，多謝了。」古湘接過水，胡亂地向自己臉上抹了幾把水，又拍了拍身上的塵土，就一頭鑽進了廚房裏。

高辛嘆了一口氣，低聲道：「恐怕還真的是一個落難的顯貴人家的子弟，收拾了一下，竟也挺拔俊美，不像是吃過苦的人。」

齊在道：「落了難的富貴子弟，就是放不下架子。吃慣了山珍海味，粗茶淡飯自然看不上眼了。」

高辛道：「說句公道話，他雖然落難，但總算沒有甘心淪落，並未去偷矇騙拐，還能願意在這酒館裏打雜，不錯，不錯，孺子可教！」

看來高辛是已經認定古湘是落難公子了。

于宋有之忽然冷笑一聲，低聲道：「你們全是……」他指了指自己的腦門，壞壞地一笑。

「什麼！」齊在、高辛同時大喝。

「噓……」于宋有之將齊在、高辛的喝聲打斷，低聲道：「你們猜小古公子爲什麼樂意來做又髒又累的活兒？」

「爲什麼?」

「因爲廚房有我們的眉公主眉大美人。」于宋有之道。

齊在、高辛相視一眼，似信非信。

于宋有之道：「這小古公子模樣過於清秀，俗話說『男生女相，天生淫蕩』，他一定是想打眉大美人的主意。」說得煞有其事。

史佚這時也插話道：「誰不知眉溫奴一直對齊兄弟情有獨鍾?那小子就算有這份心思，也是毫無用處。」

齊在的臉頓時漲得通紅，卻不知該說什麼，好不容易憋出一句話來：「我……我去挑點水來。」

于宋有之長嘆一聲，「諸位兄弟看看，齊兄弟就是這般笨嘴笨舌，而女人就是經不起甜言蜜語的，那小古公子卻不同，又是『美食不如美器』，又是『春宜酸，夏宜苦』，若懸河滔滔不絕，我就是爲齊兄弟擔心才好心提醒諸位的。對了，還需告誡告誡眉大美人，不要被花言巧語騙了。」

說到這兒，他提高了聲音，喊了一聲：「公主!」

「哐噹……」他的喊聲未落，便聽到後屋廚房內傳來一聲脆響，像是什麼東西摔碎了。

于宋有之「啊」的一聲，驚愕地道：「爲什麼一喊她就如此驚慌失措?」

「不會……這般快吧？」高辛、史佚道。

這時，眉溫奴掀簾而出，對著于宋有之道：「大喊大叫，一臉鬼鬼祟祟，你又在搗什麼鬼？」

于宋有之乾咳一聲，肅容道：「是盆子摔了吧？」

「是又如何？」眉溫奴沒好氣地道。

「爲什麼會這樣？」于宋有之道。

「一失手就摔了。」眉溫奴道。

「爲何會失手？」于宋有之向高辛擠了擠眼，接著道，「是因爲妳很緊張？」

「不是我失手，是……小古。」眉溫奴道。

于宋有之先是啞然，繼而哈哈一笑道：「他終究還是年輕了一點，難免有些緊張。」

眉溫奴先是不解，待她回過神來時，立時柳眉倒豎，大聲道：「于宋有之，你給老娘住嘴！老娘做琵琶肉正愁找不到合適的排骨，信不信老娘把你剁了？」

于宋有之趕忙指著高辛道：「做琵琶肉的排骨用他的最合適，他一直被酒泡著，沒有膻味。」

天司祿府軒亭之中。

物行問姒伊：「公主爲什麼要讓冥皇務必要在天黑之後再放出靈鶴？萬一若是走漏了風聲怎麼辦？」

姒伊道：「因爲我必須爲自己留一定的時間，以便讓你可以脫身離開。」

「公主對靈鶴沒有信心？」物行愕然道。

姒伊搖了搖頭，「眉樓大公在銅雀館中已經發現天司祿府的陰管家與千島盟的人有來往，當暮已等人在銅雀館時，陰管家曾經暗中與他們相見。後來，千島盟的人成功逃脫的時候，陰管家正好不在天司祿府，照這一點看來，陰管家就十分值得關注，所以我早已讓人暗中跟蹤陰管家，結果果然有所發現！我們的人已經知道千島盟人可能藏身的地方，而且也撒下了藥粉以便將靈鶴引去。當然，就算沒有靈鶴，我們也可以直接爲冥皇指引道路，但那樣一來，冥皇一定會有所驚覺，爲什麼他們一直查不到千島盟人，卻能爲我們找到？而以靈鶴作幌子，也許可以迷惑他們。」

物行鬆了一口氣，「那公主還擔心什麼？」

姒伊淡淡一笑，「你以爲冥皇真的會完全信任我們？絕對不會！相信冥皇也已經想到，我們要擁有一塊立足之地，很可能就是我們劍帛國復國計畫的開始！他之所以答應我們寫下了聖諭，是因爲他急於需要得到千島盟人的下落。同時，還有一個原因促使他敢這麼做，那就是他自信在禪都之內，他可以牢牢地控制一切，只要他們一找到千島盟人的下落，很可能冥皇就會轉而對付

我們，或是將我們擊殺，或是將我們的聖諭重新奪回去，總之，冥皇是絕對不會心甘情願地爲自己製造一個潛在的隱患的。」

物行心頭泛起了絲絲寒意！

姒伊像是能知曉他的心思一般，她道：「雖然冥皇十有八九會過河拆橋，但我們仍應該高興才是，畢竟我們終於有了一個成功的開始！我會讓冥皇爲他今天所做的事後悔的。現在你唯一要做的事，就是離開天司祿府，離開禪都，然後將這份聖諭在盡可能短的時間內讓盡可能多的人知道，這樣，冥皇就是想要反悔，也不可能了。」

「公主爲何不與我一同離開？」物行惑然道。

姒伊搖了搖頭，「在禪都還有重要的事情未做，我暫時尚不能離開。何況，我的目標太明顯，而冥皇一定早已有所防備，他既擔心能否真的找到千島盟人，又想控制我的行蹤，不讓我們劍帛人真的擁有屬於自己的立足之地，想必此刻在天司祿府周圍，早已有不少冥皇佈下的人。」

「公主……」物行還想再勸。

姒伊略顯嚴厲地道：「我心意已決！我自信能夠讓冥皇不殺我，若是萬一我有什麼意外，以後一切事宜，便聽從眉樓大公的安排，她的智謀決不在我之下！」

「公主千萬保重，三萬劍帛人離不開公主。」物行有些哽咽地道。

姒伊的神色卻十分平靜，「劍帛國大業，已有美好的開端，你我應高興才對！如果不是時間緊迫，我一定要讓你陪我共飲幾杯。這些年來，你也操勞太多了，但復國大業才剛剛開始，若是我有什麼意外，你一定要如輔佐我一般輔佐眉樓大公，一切以復國大業爲重！」

物行已經說不出話來了，唯有不斷地點頭。

姒伊幽幽一嘆，「雖然四海飄零，心中卻有一方熱土——這，就是我們劍帛人的命運！不知什麼時候，我們劍帛人才能夠不再飄零。」

物行還在擔心猶豫。

姒伊不得不繼續寬慰他道：「我早已放出風聲，讓冥皇知道我有與龍靈有關的圖，在沒有得到這張圖之前，他是絕對不會殺我的，因爲對他來說，龍靈實在太重要了，我會好好地利用這一點，與冥皇周旋到底。」

搖光閣內，天司命、天司祿、天司殺都已各自散去，只剩天惑大相與冥皇。

天惑大相望著冥皇道：「恕老臣直言，聖皇萬萬不該答應那劍帛女子的條件。」

「大相爲何這麼說？」冥皇問道。

他這麼問時，卻並不如何的吃驚，似乎早已料到天惑大相會這麼說，也早已等待著天惑大相說出這番話。

「老臣認爲，劍帛人此舉，很可能就是他們試圖復國的一個徵兆，一旦有了立足之地，他們將會造成割據一方的局面，然後不斷蠶食周邊地域，直到有一天全面復國。至於所謂的派遣精銳人馬駐守，其實並無多大效果，既然是劍帛人聚居之地，外人進入，都會被排擠架空的，也許劍帛人暫時會屈服，但待他們羽翼豐滿之時，駐守那裏的人就在劫難逃了。」

冥皇微微頷首，讚許地道：「大相高瞻遠矚，實是大冥王朝之幸！事實上，本皇也已感覺到這很可能是劍帛人試圖復國的前奏，但千島盟人潛入禪都，若不除去，如鯁在喉，不吐不快，所以本皇權衡利弊，想了一個兩全之策。」

天惑大相很是欣慰地道：「看來，是老臣多慮了。」

冥皇無限自信地一笑，不再多言。

這時，有皇影武士入搖光閣向冥皇稟報：「稟奏聖皇，劍帛女子姒伊進入天司祿府之後，再未離開，整個天司祿府已在我們的嚴密監視之中，諒她插翅難飛。」

冥皇並不回避天惑大相，向那皇影武士道：「找到千島盟人下落之後，天司殺的人將以煙火爲號，一見煙火，你們便立即行動。」

「是！」那皇影武士退了下去。

「聖皇應該並不相信，所謂靈鶴顯靈一說吧？」天惑大相道。

「當然不信，不過，這並不重要，本皇也知道，這只是姒伊的一個幌子，她應該另有辦法找到千島盟人的下落，只是不願讓本皇知道內情罷了。但對本皇來說，過程如何根本不重要，重要的是她能替本皇找到千島盟的人。對於所謂靈鶴顯靈一說，自不必揭破。」

天惑大相道：「聖皇是要殺了姒伊？」

冥皇緩聲道：「也許，像姒伊這樣的人，誰也不忍心取其性命，包括本皇在內。本皇也希望可以在不取她性命的情況下將聖諭收回，但若是有迫不得已之處，也是只能將她除去了。」

冥皇竟然將不忍心殺姒伊這樣的心裏話也告訴天惑大相，足見他對天惑大相的信任。

天惑大相意味深長地道：「不知為何，老臣總感到這劍帛女子十分的高明，要想對付她，決不容易啊！」

冥皇很鄭重地點了點頭，「本皇也有這種感覺，所以，這一次本皇動用了三名皇影武士——這恐怕是史無前例的了。」

冥皇並沒有誇大其詞，皇影武士是其最親信的力量，而且每一名皇影武士皆擁有絕對高明的修為，可以說冥皇的半個身家性命都寄託在這些皇影武士的身上，甚至於冥皇不願告訴雙相八司的機密，也可能讓皇影武士知曉。

所以，皇影武士在大冥王朝的地位是超然的，為對付一個人而一次動用三名皇影武士，這的確是前所未有的事。

如今，冥皇對香兮公主下嫁盛九月之事已經有些後悔了。他之所以急著下令將香兮公主下嫁，的確是為了防止殞驚天提出「天審」的請求。

有香兮公主婚嫁這一理由，至少一年之內，殞驚天就沒有「天審」的機會。沒想到事情的發展卻出乎冥皇的意料，千島盟突然半途殺出，將殞驚天殺了。

冥皇看似震怒，其實心中暗自稱幸，千島盟此舉等於幫了他一把，無論怎麼說，他心裏並不願意與坐忘城徹底弄僵，有了千島盟這隻替罪羊羔，就可以設法轉移坐忘城的仇恨了。

事實也的確如此，自從銅雀館之變後，坐忘城對冥皇的壓力立即大減，就在方才，天司殺還向冥皇稟報說來自坐忘城的戰傳說——也就是陳籍，在對付勾禍的一戰中出力不少，並告訴冥皇，戰傳說是一個可用之材。

天司殺這麼說的時候，冥皇只是隨便應了幾句，似乎對此並不在意，而事實上卻並非如此，他對戰傳說的關注程度還在天司殺之上！

戰傳說出手對付勾禍，讓冥皇感到又喜又憂，喜的是戰傳說暫時似乎還是與大冥王朝站在同一陣線上，憂的是聽天司殺的描述，戰傳說這年輕人的修爲已高至不可思議的境界。

早知殞驚天會死在千島盟人的手上，那就大可不必走將香兮公主下嫁盛九月這一步了。

這一計謀，冥皇是在天惑大相的暗示下想到的，當時冥皇只覺得殞驚天是一個燙手的山芋，一心只想如何解決此事，所以當有了這一對策時，冥皇的確是如獲至寶。

沒想到人算不如天算，到頭來，這「妙計」反而成了多此一舉。非但如此，香兮公主的失蹤還使冥皇在舊疾「未癒」的情況下又添「新病」，眼看婚嫁之日迫在眉睫，香兮公主卻不知所蹤，這豈非將成爲樂土一大笑話？

所謂解鈴還需繫鈴人，此計說到底，應該算是天惑大相想出來的，所以冥皇特地留下了天惑大相，最主要的就是想聽聽天惑大相有沒有辦法化解此事。

天惑大相聽罷冥皇的話後，嘆了一口氣，「真未曾想到公主會突然失蹤，依聖皇看，公主是被迫離開紫晶宮，還是自己離開紫晶宮的？」

冥皇當然不願提這些關於皇族秘密的事，但如今他卻不能不說。輕咳一聲，冥皇道：「看樣子，十有八九是她自己偷偷離開紫晶宮的。」

其實冥皇能夠完全斷定香兮公主是自己逃離紫晶宮的，他留了一點餘地，就是爲自己保留一點顏面，畢竟這可不是什麼光彩的事。

天惑大相點了點頭，「無論是公主自己逃離紫晶宮，還是其他原因，一旦此事洩露出去，都會招來閒言。但若要是想讓事情一直隱瞞下去，又絕對不可能，因爲聖皇定下的大喜之日馬上就要到了。」

冥皇聽得有些不耐煩，暗忖這些我早已想到，但他唯有耐著性子繼續聽，以他對天惑大相的瞭解，知道天惑大相應該還有應對之策。

果不出他所料，天惑大相接著道：「聖皇一直在考慮如何才能找到香兮公主，結果一無所獲。其實，聖皇爲何不換一個角度想想，成親的並不是香兮公主一人，而是香兮公主與盛九月兩

人，若是因爲香兮公主的原因而使婚禮大典無法進行，當然有損大冥威嚴，但若是因爲盛九月的緣故就不同了。」

冥皇心頭頓時有如撥雲見日，茅塞頓開。

他不由哈哈大笑，由衷地道：「大冥有大相這樣的智囊，何愁國運不昌？」

昆吾得知小夭不知所蹤之後，與戰傳說一樣心情沉重。

雖然戰傳說不願讓他人知道那紅衣男子與他約戰祭湖湖心島的事，但若是對昆吾也保密，昆吾以爲尋找小夭毫無希望，會更加擔心，所以戰傳說還是把這件事告訴了昆吾。

聽戰傳說這麼一說，昆吾雖然感到救小夭多少有了點希望，但又不由爲戰傳說的安危擔心起來。

戰傳說便道：「千島盟人經銅雀館一役之後，在樂土境內的力量幾乎被消滅殆盡，剩下的人自保都有困難，他們就算有心設什麼圈套對付我，也是有心無力。你放心，只要能夠見到那紅衣男子，我一定能將小夭救回。」

話說得信心十足，但事實上，戰傳說卻實在沒有多少取勝的把握，那紅衣男子的修爲之高，已在地司殺這等級別的高手之上。

昆吾默默地點了點頭，也不知他是不是真的信了戰傳說的話。

天司祿府人多眼雜，兩人寧可在街上漫步邊走邊談。他們根本不知道此時天司祿府已在三名皇影武士等人的嚴密監視之下，也不知道天司殺奉冥皇之命，已經做好了一切準備，只等天黑下來之後，立即放出靈鶴。

銅雀館一役，雖是由天司危主持大局，但天司危昨日與小野西樓全力一拚之下，受傷非輕，戰力下降，所以改由天司殺全權指揮。

一場狂風暴雨即將席捲禪都，而表面上卻絲毫也看不出。

戰傳說猶豫了一陣子，還是說出了他想說的話：「昆統領，你我留在禪都，待找到千島盟人並將之一網打盡，爲殞城主報了仇之後，隨後我們該如何做？」

昆吾看了看戰傳說，「陳公子是想說既然殺害城主的人是千島盟之人，那麼報了仇後，還要不要與冥皇對立？」

戰傳說笑道：「昆統領以後就別稱我什麼陳公子了，何況事實上我並不姓陳，我的真名是戰傳說。」

「戰傳說？」昆吾有些驚訝地重複了一遍，「原來你才是真正的戰傳說！」

戰傳說也很驚訝地道：「爲何你這麼快就相信我所說的？」

昆吾淡淡一笑，「那你爲何願把真相告訴我？」

戰傳說一怔，隨即也笑了：「現在，連天司殺都已知道我是戰傳說了，我又何必再隱瞞什

麼？」

「戰公子……」戰傳說截住了昆吾的話：「你我之間就不必如此稱呼了吧？」

昆吾也不再堅持，「就算爲城主報了仇，若是不爲城主昭雪，讓樂土人仍以爲城主有罪，我們坐忘城上下也難以心安。」

他輕輕地吁了一口氣，「死亡，對於我們來說，其實是微不足道的事，如果城主是戰死沙場，那才是死得其所。如今雖然同樣是爲千島盟人所殺，但卻是死得不明不白。」

戰傳說點了點頭，忽然道：「爲何我說我是戰傳說，你不問更多的事？」

「因爲我相信你。」昆吾道，「相信你，我便相信你的一切，即使你的過去我一無所知，就如同城主相信我一樣；或者說，是城主如此待我，才影響了我。」

戰傳說「哦」了一聲，「聽你這麼說，似乎你的過去是一個秘密。」

昆吾竟點了點頭，「不錯，我的過去的確是一個秘密。坐忘城中的每一個人，甚至包括城主，都並不真正地知道我的過去，但城主卻依然信任我——絕對的信任！這正是我最敬佩殞城主的地方。」

戰傳說感慨地道：「是啊，像殞城主這樣頂天立地的人物，若就這樣不明不白地死去，天理何在？」

頓了一頓，他說出了他總覺得有些難以措辭，卻又不得不說的話：「可是，在禪都的這幾日，我忽然有一種感覺，那就是雖然冥皇高居樂土萬民之上，但事實上，樂土仍是千萬樂土人的樂土，而非冥皇的樂土。所以，我就想，若是因爲對冥皇一人的仇恨，而將禍亂加諸於樂土之上，那是不是也是樂土的罪人呢？」

昆吾沉默了良久。

戰傳說也不再開口，兩人就這麼默默地走著。

終於，昆吾緩緩地道：「你說得很對。」

戰傳說只是在問他，但他卻說戰傳說說得很對，而戰傳說竟也笑了笑，似乎彼此之間已然有了某種默契。

不知不覺中，兩人已出了內城。

置身於外城的感覺與在內城就是不同，內城太整潔、莊重、有序，什麼都像是肅穆不可親近。出了內城，街巷變得更爲喧嘩了，戰傳說心裏感到輕鬆自由了許多。

一群孩子從他們身邊跑過，一邊跑一邊仰望著天空，歡快而驚喜地叫著：「會唱歌的風箏！風箏會唱歌。」

他們一直仰望著天空，跑得跌跌撞撞，讓人不由擔心他們會不會摔跤。

看著這些天真可愛、歡呼雀躍的孩子，戰傳說不由笑了，爲他們的歡樂所感染。

「有趣，風箏怎麼會唱歌呢？」戰傳說笑著對身邊的昆吾道。

卻沒聽到回音。

戰傳說驚訝地側臉望去，才發現昆吾竟也抬頭全神貫注地注視著天空，像是沒有聽到他所說的話。

戰傳說一呆，不覺有些好笑，心道：「難道他也對風箏感興趣？」

在好奇心的驅使下，戰傳說忍不住也抬頭順著昆吾的目光望去。

天空中果然飄著一隻風箏，很像是一隻龜的模樣，但卻又有兩隻翅膀。

「唏……」天空中果然有清脆悅耳的聲音傳來，甚是動聽。想必那些孩子說的會唱歌的風箏，是做風箏的人在風箏上巧妙地裝了一隻哨子。當風箏在天空中飛舞的時候，高空的風便將哨子吹響了。

這哨聲當然應該早就有了，只是淹沒在其他各種各樣的聲音中難以分辨罷了。戰傳說與昆吾一直沉浸在交談中，當然不會留意。

不過，這風箏雖然構思有些巧妙，但也不至於可以這樣吸引昆吾，所以戰傳說頗有些不解。

沒等他開口發問，昆吾終於低下了他一直昂著的頭，說了句讓戰傳說大吃一驚的話：「走，去看看這隻風箏是在誰的手中。」

「什麼?!」戰傳說幾乎無法相信自己的耳朵，以爲自己聽錯了。

沒等他再問，昆吾已大踏步地向前走去，看樣子他竟真的要找到放這隻風箏的人。

戰傳說目瞪口呆地望著昆吾的背影，一時回不過神來。他覺得自己實在有些糊塗了：放風箏的人，或是這個孩子，或是那個孩子——但，這重要嗎？與昆吾又有什麼關係？

「如果不是昆吾瘋了，那就是我瘋了。」戰傳說心道。

思忖間，昆吾已大步流星地走出好遠。

戰傳說終於大叫一聲：「等等。」

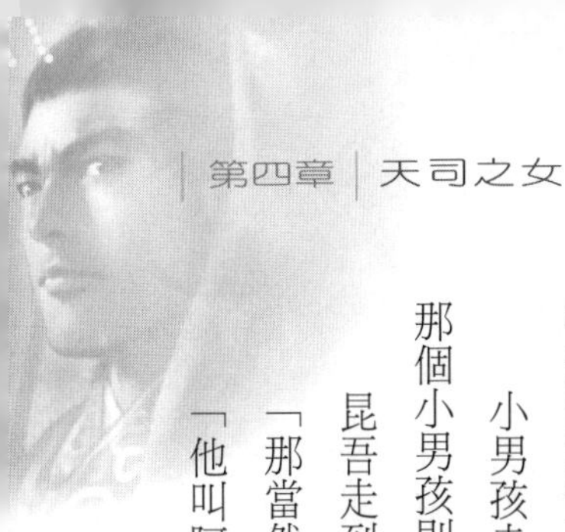

第四章　天司之女

要找出一隻風箏是由什麼人放飛的當然非常容易，只要看緊著風箏的線是由什麼方向延伸出來的就可以了。

所以昆吾、戰傳說很快就見到了他們要找的人——一個十一二歲的小男孩正扯著那隻風箏，在一片空地上順著風向不斷地來回走動著。小男孩的膚色雖然有些黑，卻挺可愛，在他的身邊還有幾個比他更小的孩子，正一臉羨慕地望著他。

小男孩走到哪兒，他們就跟到哪兒，看起來這些孩子倒像是被風箏的引線串著的一串魚，而那個小男孩則是魚餌。

昆吾走到那小男孩身邊，弓下腰，搭訕道：「你叫什麼名字啊?風箏飛得真高。」

「那當然。」那小男孩一臉自豪地道，卻沒有說出自己的名字。

「他叫阿飛。」倒是旁邊一個八九歲的小女孩替他回答了。接著她又問：「叔叔，你是不是壞人？」

「叔叔不是。」昆吾忙道。

戰傳說在一旁像是不認識昆吾一般望著昆吾，現在，他覺得自己就是想破腦袋，也想不出昆吾接下來會做什麼了。

昆吾指了指天上飛著的那隻風箏，對那小男孩道：「叔叔把你的風箏先收回來，看一看後再把它飛起來好不好？」

「不——好！」小男孩回答得乾脆而俐落。

戰傳說忍不住用力擰了一下自己的腿——痛！看來不會是在夢中了，但一向嚴謹的昆吾怎會忽然間有了這異乎尋常的舉止？

「叔叔是壞人！」那小女孩對著昆吾嚷嚷道。

「叔叔不是壞人。」昆吾趕忙解釋，「叔叔把風箏收下來後，會把它放飛得更高，因爲叔叔的本領很大。」

「有天那麼高嗎？」小女孩用手比劃了一個高度，腳還踮了起來，似乎天就是她比劃的那個高度。

「當然有。」昆吾扯起了彌天大謊。

「騙人！」小女孩再次下結論。

昆吾竟不肯放棄，他對那小男孩道：「我給你一兩銀子買下這風箏好不好？」

「不好，因爲銀子給了我，也會被我娘收去的。」

很有道理的一句話，就算給他十兩銀子，卻要被他母親收去，倒不如這隻風箏給他帶來的樂趣。

「除非你能證明你真的很有本事。」那小男孩總算給昆吾留下了一線希望。

昆吾向戰傳說自我解嘲地笑了笑，然後道：「看好了。」

突然間他憑空掠起，如一隻飛鳥般掠至數丈高空，倏而擰身，一連在空中翻了好幾個空翻，隨即急速落下，眼看就快撞向地面時方強擰身軀，下落速度突然減緩，慢得就像一片落葉般穩穩著地。

對戰傳說來說，昆吾顯露的這一手當然很正常，但在這群孩子看來，卻有驚爲天人的感覺了。

大冥不愧是以武立國的，這些孩子對昆吾頓時佩服至極，那小男孩也慷慨地將手中的線遞給了昆吾。大概是因爲他相信有這麼高的武功的人一定是個大英雄，而大英雄當然是不會欺騙小孩的。

在戰傳說疑惑的目光中，昆吾迫不及待地將那隻風箏收回。

正如戰傳說先前看到的那樣，風箏的確是一條附加上一對翅膀的造型。

昆吾仔細地端詳了風箏的每一個部分，忽然間他目光一跳，像是發現了什麼，將風箏湊近了細看。

少頃，他向戰傳說道：「我必須立即去見一個人。」

「難道你從這風箏裏看出了什麼？」戰傳說很是驚訝地道。

「不錯，製作這風箏的人的目的，就是欲找到我。我不能再作耽擱了，必須立即去見他。」說著，昆吾將風箏向戰傳說那兒一遞，「這件事就交給你了。」

戰傳說稀里糊塗地接過風箏，沒等他再問什麼，昆吾已匆匆離去，邊走邊道：「你先回天司祿府，不必等我。」很快便消失在轉彎的地方了。

戰傳說若有所思地看著手中的風箏，他終於在風箏的一隻翅膀上看到了些奇特的符號與線條，但卻無論如何也看不懂。

難道昆吾就是從這些符號線條中看出了什麼？

這時，那小男孩大聲責問戰傳說：「你的朋友爲什麼不守信義？」

戰傳說趕忙解釋道：「我朋友臨時有事不能多逗留，你放心，我一定會替他做到他答應下來的事。」

他也懶得奔跑，就那麼信手將風箏往空中一拋，同時悄然吐出一縷極爲柔和的掌力，將風箏送入一丈餘高時，收止掌力。

風箏失去掌力的依托，開始下落。而戰傳說已抓住了那條線，疾吐內力，一股氣勁已沿著那條長線傳出，整條線立時繃得筆直，並且向上不斷延伸，而風箏則在長線的牽帶下越升越高，與正常情況由風箏帶著線升空恰好相反。

小孩子們卻看得呆住了，直到見那風箏果真升到了比原先更高的高空，這才歡呼雀躍不已。

戰傳說見他們如此開心，不由也笑了。

「戰公子的絕世武學原來是用來哄一些無知頑童的。」忽然有女子的聲音傳入戰傳說的耳中。

戰傳說循聲望去，只見不遠處正站著三個年輕女子，其中一人，就是先前曾無緣無故地向他出手的那美豔女子，不過此刻她所穿的已不是那身湖水綠武士服，而是換了飄著兩條連理絲帶的衣袍，外披一件鮮麗奪目、裁剪得體的廣袖裙衫，嫵媚動人至極，與白天所見的英姿颯爽相比，別有一番風韻。

而追隨她身邊的人，也由天司殺府的家將換成兩個年輕侍女。

戰傳說微微一笑，將風箏的線軸交還給那個小男孩後，「有何不妥？」

「當然不妥，男兒立世，當叱吒風雲，建雄基大業，方不失英雄本色，否則豈非辜負了一身修爲？」那美豔女子道。

戰傳說看了看那些在奔跑歡笑的孩子，「很遺憾，看來在下永遠也無法成爲姑娘心目中所認爲的那種英雄了，因爲在下覺得能讓這些孩子開心，竟已經很滿足了。在姑娘看來，這是否就是燕雀之志，而非鴻鵠之志？」

美豔女子道：「令尊當年在龍靈關力戰千異，何等光榮，難道戰公子就不希望成爲令尊那樣的人物？」

「在下當然希望能如家父那般爲樂土做點什麼事，但姑娘方才所說的那番話，證明姑娘其實並不懂家父——當然也就無法懂得在下了。」

美豔女子神色微變，微嗔道：「戰公子一向都是如此狂嗎？」

戰傳說哈哈一笑，「在下只是心中如何想，便如何說罷了，並非有意輕狂。所幸姑娘與在下並不熟悉，就是看不慣，也無大礙。」

「你！」美豔女子幾乎爲之氣結！

她身邊的兩個侍女再也忍不住了，不滿地道：「戰公子可知你是在與天司殺大人最寵愛的唯一愛女月狸小姐說話？」

戰傳說雖然早已推測此女子在天司殺府中頗有地位，但得以確知竟是天司殺的女兒時，仍是不由有些意外。忽然間，他想到天司殺一直稱自己爲小兄弟，那麼論輩分，眼前的天司殺的女兒，豈不是要稱自己爲叔叔？想到這一點，戰傳說大覺有趣。

月狸見戰傳說隱有笑意，以爲他在嘲笑自己的侍女借父親天司殺之名威懾他人，不由又氣又

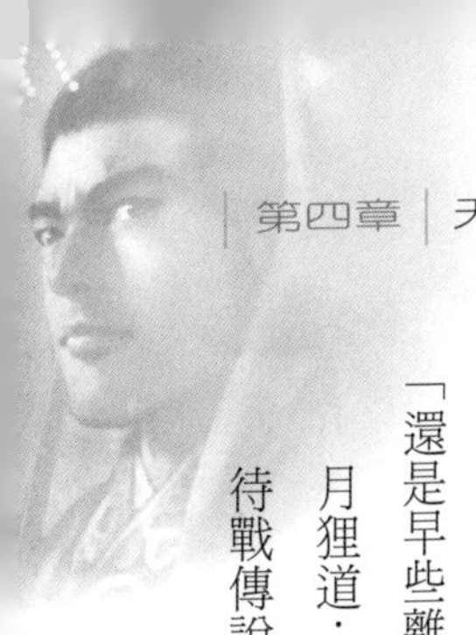

急又有些惱怒，還從來沒有人敢這麼輕視被天司殺視如掌上明珠的她！可戰傳說所說的又不無道理，他與她本就是陌生人，道不同不相爲謀，又何必將自己的心意強加於他人身上？

月狸一時芳心大亂，不知當如何是好，以至於將她自己的來意也忘了。原來她在此遇見戰傳說，並非偶然，而是一路尋來的，她先是去天司祿府打聽，未見著戰傳說，隨後才尋到這兒來。未見戰傳說之前，她本有一件重要的事要告訴戰傳說，但此刻一急，竟將之全然拋在了腦後。

雖然心頭極不好受，但以她爭強好勝的性格，自是將之壓在心底，不肯表現出來。她若無其事地笑了笑，「戰公子別與她們一般見識，家父是什麼人並不重要，我也只是兩次巧遇戰公子，感到彼此還有點緣分，所以不知天高地厚地說了幾句，倒讓戰公子見笑了。」

其實她兩次與戰傳說相遇，又何嘗有一次是「偶然」相遇的？

戰傳說見對方反而語氣和緩了，便感到自己方才或許有些過分了，何況天司殺對自己總算不錯，自己又何必與他的女兒弄得很僵？

於是他道：「在下也有失禮之處。」頓了頓，又道：「若無他事，在下先告辭了。」心道：「還是早些離去爲妙，免得與她相對彼此尷尬。」

月狸道：「戰公子請便。」

待戰傳說走後，月狸呵斥她的侍女道：「誰要你們多嘴多舌，把我的名字告訴他的？」

一侍女道：「小姐不是找他要告訴他天司殺大人今夜有所行動，而且還要告訴他小姐的身分嗎？」

月狸一時無言，顯然這侍女所說的是事實才讓她語塞。她想告訴戰傳說的事，就是天司殺今夜將對付千島盟之人。

本來如此機密的事天司殺是決不會輕易透露的，月狸極受天司殺寵愛，視其爲掌上明珠，所以有時難免會將一些事情悄悄向女兒透露。而月狸也一直很識大體，並未因此而給天司殺帶來麻煩，故天司殺也不用擔心什麼。

至於這一次，月狸爲什麼想將父親準備對付千島盟的事告訴戰傳說，則不得而知了。可惜戰傳說卻在不知不覺中錯過了這個機會。

一間很不起眼的二樓最西邊的房內，那青衫老者正坐在桌前，專心致志地擺弄著那副智禪珠。

叩門聲起，門外有夥計的聲音：「老人家，有一位公子想見你。」

青衫老者將手中抓著的一顆智禪珠重新放回盒中，站起身來，將門打開。

門外站著兩個人，一個是叩門的夥計，一個是神情有些激動的昆吾。

「你終於來了。」青衫老者望著昆吾道。

隨後，他對那夥計道：「有勞了。」

那夥計便退了出去。

昆吾隨青衫老者一同進入房中後，將門掩上了，隨即面對青衫老者跪下，叫了聲：「師父！」便再也說不下去，只有恭恭敬敬地磕頭行禮。

青衫老者也不攔阻，待他禮畢，方道：「起來吧，五年未見，你已經成人了，坐吧。」

他指了指一張椅子，充滿慈愛地道。

昆吾坐下了，「師父爲何不去坐忘城尋找弟子，卻來了禪都？」

青衫老者一捋長鬚，「爲師已去過坐忘城，雖然他們未說你去了何方，但爲師相信你必定是在禪都。」

昆吾驚嘆道：「啊呀，從弟子離開坐忘城到現在，也沒有多少時日，師父去坐忘城時弟子既然已不在，那時間就更短，這麼短的時間趕到禪都，一定辛苦了。」

青衫老者故意板起臉，「這還不是你的過錯？說石敢當已在坐忘城出現，害得爲師急匆匆直趕坐忘城，結果非但沒有見到石敢當，而且連你這小子也沒有見著。」

昆吾趕緊離座，不安地道：「是弟子讓師父受累了。」

青衫老者卻笑了，嘆了口氣道：「你這孩子凡事皆十分認真，爲師是與你說笑的。我雖然老了，但這點累還是經受得起的，何況你也不是有意如此的。」

昆吾這才稍安，重新落座。

青衫老者道：「如今是該把真相完全告訴你的時候了。你可知爲師爲什麼算是武道中人卻沒有絲毫內力修爲？爲師又爲何讓你進入坐忘城設法打聽石敢當的下落？」

頓了頓，他自答道：「這一切，都與玄流三宗的分裂有關。」

「你師祖天玄老人擁有不世之智，在仙去之前，就看出玄流將有分裂的危險，並且知道三宗一旦分裂，就極難重歸一處。你師祖決不願在他仙去之後，玄流走向分裂並永無再聚之日，所以，在他仙去之前五年，他做了一件事，爲日後重振玄流埋下了伏筆，那就是收了爲師我成爲他的唯一親傳弟子。你師祖曾說在爲師的眾多師兄當中，以雙隱、文宮的天賦最高，但他們都心胸狹窄，不宜接任門主之位，相對而言，堯師的品行更合你師祖之意，但堯師的武學天賦與雙隱、文宮相比，卻有所不及。權衡之後，你師祖最終還是將門主之位傳給了你的堯師師伯。你師祖之所以選擇爲師成爲他的親傳弟子，是因爲爲師天生殘疾，七經八脈中缺少一經一脈。爲師自幼也曾隨父習武，但過一年，卻未植下絲毫根基，但爲師對父親所傳的武學卻並非無法領悟。爲師之父大爲奇怪，他與你師祖天玄老人有些交情，而天玄老人乃武界不世高人，於是他便向你師祖求教。也就是在那時候，你師祖發現了我的與眾不同，知道我缺失了一經一脈，永遠也無法擁有屬於自己的內力。這對一般人來說，當然是一個致命的缺憾，但正是這一點，讓你師祖選擇了我作爲親傳弟子，並賜爲師以『天殘』之名。」

昆吾雖然沒有發問，但他內心的驚訝卻可想而知。誰不希望自己的弟子將本門武學發揚光大？若是自己的弟子永遠無法擁有內力，那豈非絕無實現這一點的希望了？

藍傾城、嫵月、弘兕等人竭心積慮要找的「天殘」，竟是一個永遠也無法擁有內力者！照此看來，他們要找天殘，就不應該是擔心天殘對他們有什麼威脅了。

天殘接著道：「如爲師這樣的人，當然無法爲玄流力挽狂瀾，但你師祖本就沒有期望爲師能做到這一點，他之所以將我收爲親傳弟子，其最終的目的，只是爲了能夠等到你的出現。」

昆吾惑然道：「師祖他老人家真的能知道五十多年之後，會有一個名爲昆吾的人成爲他的徒孫？」

天殘笑了笑，「當然未必知道他的徒孫就叫昆吾，但他卻已料知在五十年後，會有一人可以替玄流化解劫難，重振玄流。爲師的職責所在，就是找到這一個人，然後將玄門絕學傳於此人。」

「那……師祖他爲什麼不選擇一個可以擁有內力修爲的人來完成這件事？」

天殘搖了搖頭，「你師祖擔心的是，如果選擇一個可以修煉成玄門絕學的人做弟子，此人或許又是第二個文宮，第二個雙隱，一旦玄流有難，此人自恃擁有絕高修爲，所想到的就不是如何等待五十年後由何人化解玄流劫難，而是如何凌壓同門，培植自己的親信，與他人爭權奪勢。一日到了五十年後的劫難降臨，玄流仍是一片混亂，人人皆爲權力熏心，玄流必在劫難逃。而一個自身無法擁有內力的人卻是不同，因爲這一點，此人必然不會有什麼野心，他所能做的，唯有一心一意地完成師門重任。爲師雖然沒有任何內力修爲，但卻將玄門絕學領悟了大概，所以才可以收你爲徒。」

「五十年何其漫長，師祖何以能預知五十年之後的事？」昆吾道。

「你所問的，已牽涉到玄流的來歷。玄流的來歷源遠流長，而且可以說，玄流的存在，關係著武道命運。因爲玄流始祖乃武林神祇時代的第一智者——智佬！」

「啊?!」這一次，昆吾是真的大吃一驚了，他沒有料到玄流的源頭，竟可以追溯到二千年前的神祇時代。

「師門先祖智佬擁有絕世無雙的智慧，唯有智佬，方能將禪術發揮至最高境界，可以洞悉天地萬物生滅更迭的真諦，可以推究過去，卜測將來，甚至可以借禪術更易陰陽五行！非但如此，武林神祇最輝煌時的局面，憑藉的一半是天照的力量，一半是智佬的智慧而創造的。」

「天照?!爲何不是玄天武帝？」

天殘冷冷一笑，「所謂的玄天武帝光紀不過是天照麾下四帝之一，何嘗輪得上他？」

昆吾目瞪口呆！

天殘道：「武林神祇的真正主人是天照，光紀、威仰、栗怒、招拒爲天照麾下四帝，但光紀包藏野心，一直欲取代天照的地位。雖然最初他處處掩飾其狼子野心，但在擁有通天智慧的智佬面前，如何隱瞞得住？可惜，天照卻是昏庸至極！創建武林神祇，憑藉的就是他的武力與智佬的智慧，可以說沒有智佬，就不會有武林神祇。但天照在成爲武林神祇至高無上的武神之後，竟然開始擔心智佬功高蓋主，會威脅到他的地位，所以天照對智佬竟千方百計設法打壓！其中一個辦法，就是利用光紀牽制智佬。智佬幾次提醒天照要小心提防光紀，但卻反而遭天照斥責，指責智佬無事生非，妒才嫉能！」

天殘嘆了一口氣，接道：「或許光紀正是抓住了天照的這一心理，才敢爲所欲爲。唉，智佬縱然有通天智慧，但人心卻不是以智慧能推測的。對人的心理的把握，也許智佬尚不如狡猾的光紀！直到有一天，智佬以智禪珠推知四大瑞獸中的蒼龍已爲光紀所殺，大爲震愕！因爲四大瑞獸乃應劫而生的靈瑞之物，劫瑞相互對立相互聯繫，形成了微妙的平衡，方保蒼穹安寧。蒼龍被屠，劫瑞失衡，陰陽囂亂，大劫將至，武林神祇輝煌基業難保！正因爲事關重大，所以智佬不顧已數次爲天照斥責，再一次向天照稟告此事，並指出此事極可能是光紀試圖製造作亂的機會的前兆。後來的事實證明智佬這一推測是聖明無比的，可惜天照對智佬的排斥已到了走火入魔之境，他太清楚智佬的智慧了，所以才會覺得智佬對他有著巨大的威脅。天照竟然聽信光紀的詭辯，而再一次呵斥了智佬！也許，天照也知道光紀包含野心，但他自恃論武道的力量，他完全比光紀更強，他會擔心擁有絕世之智的智佬，卻不會擔心力量比他弱的光紀。最終，天照爲這一錯誤付出了慘重的代價，武林神祇毀於一旦，而天照也被迫遠避千島盟。」

「如此說來，千島盟所尊信的天照神，才是武林神祇的主人？」昆吾萬分驚訝地道。

他是玄流的秘密傳人，但同時他已在坐忘城生活了五年，作爲乘風宮的統領，作爲大冥王朝的將士，他對千島盟理所當然地存有敵視。所以當他得知千島盟的天照神才是武林神祇的真正主人時，難免有些難以接受，心道：「若真的如此，那麼千島盟年復一年地試圖佔據樂土，豈非是有他們的理由了？因爲武林神祇所在，就是今日的樂土！」

天殘點了點頭，「天照以及他的後人，當然希望能夠重新擁有樂土，乃至再鑄昔日武林神祇的輝煌！」

昆吾不解地道：「難道……師父要讓弟子相助千島盟？!」

既然如今的千島盟人是天照之後代，而智佬當年又是忠心輔佐天照的人，昆吾這麼猜測，也在所難免。他心道：「若是師父真的讓我這麼做，我該不該答應師父？雖然師父說的一切應該是真的，天照才是武林神祇昔日的真正主人，但我生於樂土，長於樂土，難道竟要反過來幫千島盟人對付樂土人?!但師父之命……」

一時間心中一片混亂，陷入茫然之中。

「若是爲師讓你幫千島盟對付樂土，你會怎麼做？」天殘竟偏偏就問了這件事。

昆吾看了師父一眼，「我……我……」遲疑了少頃，他毅然抬頭望著天殘，果斷地道：「請恕弟子不肖，若師父讓弟子這麼做，弟子將難以從命！」

天殘靜靜地注視著他，片刻，忽然笑了，讚許地頷首道：「很好！爲師總算沒有看走眼，你若是應承下來，倒讓爲師失望了。樂土是生你養你的地方，如果連生你養你的地方，你都不能珍愛，又豈能胸懷整個人世蒼穹？」

昆吾有些歉然地道：「師父太看得起弟子了，弟子在泱泱樂土也只是再平凡不過的一個人，只求能夠做一個堂堂正正的人，就已經心滿意足了，又豈敢去想什麼胸懷人世蒼穹？」

天殘正色道：「此言差矣，若只是一個尋常人，能夠一心想到只求堂堂正正做人，就已算是人中豪傑了。但你不同，因爲你是玄流的秘密傳人，也是智佬的傳人，你將要肩負的，甚至不僅僅是重振玄流，還有在天道危傾之時，要肩負起匡扶天道的重任！」

天殘從未有過的肅然使昆吾再也坐不住了，起身道：「師父，弟子無論武學智慧，都只是平庸之輩，師父卻對弟子寄以如此厚望，弟子實是惶恐，只怕會辜負師父的一片厚望。」

天殘道：「師門先祖既然可以與天照一同開創武林神祇，爲何你就不能創下不世偉業？」

昆吾雖然不知該怎麼說，但卻無論如何也無法相信自己能與智佬那等如神一般的人物相提並論。

天殘道：「你是冥年寅月丁日出生的，與智佬正好相同，冥年寅月丁日出生者乃天地人三奇之才中的天奇之才。若有機緣，必將成爲大智大慧者，而丁日出生者逢年、月、日爲申的，就有了驛馬，貴人遇驛馬多升躍，常人遇驛馬多奔波，你是天奇之才，當然是貴人。而今年正好是申年，此刻又恰好是剛剛入秋爲申月之末，所以如今正好是讓你躍升的大好機會，但逢機緣，你就是真正的天奇之才了，可經天緯地，輔佐一代明主！」

昆吾見師父說得投入，不由感到既有些好奇，又有些好笑，忍不住故意惋惜地嘆了一口氣，「師父說我是天奇之才，讓我大爲欣喜，到頭來卻不是開創不世偉業，而是輔佐一代明主。」

天殘正色道：「天奇之才已是世所罕見，而天奇之才還需機緣方能開啓不世之智，雖然你定能達到這一步，但在天奇之才之上，尚有天德罡星，天德罡星才是王者之星，而天、地、人三奇之才，都是輔佐天德罡星的良才。」

正解釋著，忽見昆吾神色有異，方恍然大悟，明白昆吾剛才所言只是說笑而已，當下假怒道：「好小子，竟尋爲師開心！」

很快他也逕自笑了：「爲師也知道你的秉性，休說你不是天德罡星，即使是，以你的性情，也不願成爲高高在上的王者。」

昆吾笑了笑，沒有說話。天殘生性質樸，有時似乎已看遍了人間世情，有時卻又顯得自然天真有如孩童，無論如何，昆吾都對自己的師父極爲尊重。

天殘道：「真是冥冥之中自有天意，石敢當失蹤了整整二十年，卻恰好在申年申月重現樂土，而且還被你所見，這正好應了驛馬之說，你定可大有作爲！」

「這與石……石師兄又有什麼關係？」昆吾不解地道。

論輩分，天殘是石敢當的師叔，所以昆吾應該稱石敢當爲師兄。但昆吾多少感到有些彆扭，畢竟石敢當早在三十年前就已名揚樂土，而且石敢當在坐忘城的日子裏，昆吾也一直稱其爲前輩，現在在師父的面前改稱爲石師兄，當然很不習慣。

「當然有莫大的關係！」天殘肯定地道，「你可知爲何爲師已將玄門的『悟真寶典』及『無上神訣』都傳與你，你的修爲卻反而不及今日三宗宗主之中的任何一人？」

「是不是弟子天賦太差？」昆吾道。

「當然不是！術宗擁有無上神訣，內丹宗擁有悟真寶典，所以他們今日宗主的修爲都已躋身當世樂土武界巔峰高手之境，而道宗的藍傾城，其成就卻比他們低了，這是因爲藍傾城沒有得到玄流三大絕學中的星移七神訣！」天殘道。

昆吾明白了：「這是不是因爲石……師兄在二十年前突然去向不明，才導致藍傾城雖然已是道宗宗主，但卻沒有能夠修煉星移七神訣？」

「正是！」天殘道。

「可是，弟子的修爲平凡，並不是像藍傾城沒有能夠習練玄門絕學。事實上，弟子所修煉的，比他們三人中任何一人都更多，但弟子的修爲卻連藍傾城都不及。」

天殘一笑，「正是因爲你同時修煉了悟真寶典與無上神訣，才導致了這樣一個結果。悟真寶典的武學其性陰柔，而無上神訣的武學其性陽剛，兩種截然相反的力量在你體內雖然同時增長，但卻相互克制，因此你所能顯現出來的就很弱小了。而且當你體內由悟真寶典修煉出來的陰柔內力占上風時，所使出的內力氣勁就為陰柔氣勁，反之則為陽剛氣勁。正因為這樣，你雖然同時修煉了玄門兩大絕學，卻反而成就不如他人。」

昆吾終於明白自己平日並未少下工夫，為何武學進展卻出奇得慢，如果不是他毅力驚人，只怕更是碌碌無為，沒想到這其中還有這一層關係。

「既然師父早已知道會是這樣的結果，為何還要讓自己同時修煉悟真寶典與無上神訣？」昆吾心中又有了新的疑惑。

天殘當然知道他在想什麼，「若想解決這一束縛，唯一的辦法，就是修煉星移七神訣！」

「天地蒼穹有陰陽五行，人之孔竅皆通於天，是以，人之軀體心神，便與天地玄奧暗相吻合，猶如千千萬萬個獨立而精妙的蒼穹。天有九重，人有九竅；天有四時，以衍十二月，人有四肢，以衍十二節；天人之間，遙遙相應，禍福興衰，生老病死，無不是以人的陰陽五行演變之故。而星移七神訣獨到之處，就是能以強大的內力，在人的體內形成玄道氣場，呈陰陽無窮太極，讓人體內的陰陽之氣互融互生，而不再是相互克制。如此一來，陰陽成道，道生一、一生二、二生萬物生機，你所修煉的悟真寶典、無上神訣的內力非但可以融合為一，而且還可躍升至更高境界！」

「所以師父要讓我去見石師兄？」昆吾終於明白了，他對自己的武學修為不如人意也一直耿

耿於懷，忽然聽說有辦法可以讓他的修爲突飛猛進，難免有些興奮。

「正是如此。因爲你師祖雖然將悟真寶典、無上神訣傳於爲師，但卻唯獨留下了星移七神訣未傳，因爲他還擔心萬一爲師所選擇的弟子懷有邪心，若是同時修煉了三種絕學，那豈非又將是玄流之禍？所以只傳了爲師悟真寶典、無上神訣，卻將星移七神訣由堯師那一脈傳下來，就是爲防萬一。而你師祖之所以選擇了以道宗人作爲最後一道關卡，當然是出於他對堯師品行的信任，否則也不會把玄流門主之位交給堯師。堯師雖然沒有能夠制止三宗分裂的趨勢，但他卻選對了後人——也就是你的石師兄石敢當。石敢當的爲人足以讓他擔負爲玄流選擇重振玄流的主人把關的重任。品行不端者，是絕對無法得到石敢當的星移七神訣的。」

看來，天殘對石敢當頗爲信任。

「石敢當失蹤之後，不單是爲師，便是三宗的人都在暗中尋找其下落，可是卻一無所獲。無奈之下，爲師唯有想出一個辦法，那就是讓你進入坐忘城，因爲在坐忘城中，有他的一個朋友伯頌。石敢當一心爲道宗的事奔波，在失蹤之前疏於交友，所以他的朋友是少之又少。爲師感到既然其他途徑都已行不通，無法找到石敢當，不如就守候在伯頌的身邊，或許會有所收穫。」

昆吾道：「師父神機妙算，石師兄重現之後首先就是出現在坐忘城。」

天殘哈哈一笑，「那時他已根本不打算掩飾行蹤了，天下人都知道他在坐忘城，又何以僅只你我二人知曉？說起來，爲師這個計策只能算是守株待兔了，並無多大效果。」

師徒相別五年才見，天殘難掩其高興的心情，他對昆吾可以說是亦師亦父。

「如今師兄已回了天機峰，弟子急於趕赴禪都，以至於沒有機會把這件事告訴師父，實是該死！」

「唉，他怎能草率返回天機峰？」天殘嘆息道，「如今他已是眾矢之的，回天機峰，恐怕是凶多吉少了。爲師進坐忘城後，尚不敢打聽他的下落，而只敢問你的下落，就是因爲爲師知道關注他的人太多了。」

對於師父對石敢當安危的擔憂，昆吾知道這種擔憂是不無道理的。在坐忘城時，道宗老旗主黃書山的死，以及白中貽與術宗的戚七之間的勾結，就很能說明問題。

不過，白中貽在自殺前對石敢當所說的那番話，甚至白中貽是自殺而亡的這件事本身，石敢當都沒有告訴其他任何人。所以，昆吾對石敢當返回道宗的危險性仍是估計不足。在他看來，畢竟石敢當是昔日道宗宗主，而且其星移七神訣的修爲絕對不容小覷，藍傾城就算有什麼野心，也不能不有所顧忌。

師徒二人又敘了一番別後之情，天色便漸漸地暗了下來，房外的景致漸漸地沒入夜色中，再也看不見了。

又過了一陣子，外面點起了各種各樣的燈，餘光照在窗戶上。

昆吾想起一件事，「雖然師父早就與我約定，一旦失去聯繫，就以『飛魚』爲號，可是弟子

卻沒有想到師父會將風箏製成飛魚的模樣。」

天殘道：「那可不叫飛魚，而叫做䲰䲰魚。傳說中，䲰䲰魚很富靈性，平時牠們生活在水中，當到了大劫之時，牠們會用自身的翅膀飛入空中，發出『唏唏』的鳴叫聲。師門先祖智佬曾爲武林神祇司職觀測天地之變，所以玄流就將䲰䲰魚作爲圖騰，但時日一久，兩千年過去了，玄流都已分爲三宗了，就再也沒有什麼人留意這樣的細節了。」

言語間，頗有感慨之意。

昆吾道：「如今弟子暫居於天司祿府中，師父不妨也搬去那邊，禪都現在很是混亂，天司祿府中或許安全些，不會有什麼危險。待在禪都的千島盟人被除去之後，我便隨師父同去見石師兄。」

天殘道：「爲師聽說是千島盟人殺害了你們的城主，是嗎？」

「是。」昆吾聲音有些低沉地道。

天殘不以爲然地一笑，「如果真是這樣，那麼千島盟人未免太愚笨了，不遠千里前來禪都殺一個人，結果卻自身難保，全陷在了禪都。」

「師父的意思是……？」

「千島盟人爲什麼要殺殞城主？」天殘不答反問。

「他們欲讓坐忘城與冥皇徹底決裂。」

「那麼他們殺害殞城主之後，是否達到了其預期的效果？」天殘又問道。

昆吾一怔，思忖片刻，若有所悟地道：「確切地說，因爲有了千島盟這一共同的敵人，坐忘城與冥皇的關係反而有了緩和，否則弟子也無法安心住在天司祿府了，難道……」

後面的話他沒有說，而是以徵詢的目光望著天殘。

「如果爲師所猜沒錯的話，千島盟應該只是替罪羊羔，殺害殞城主的另有其人！」

昆吾一下子愣住了。

傍晚時分，自天司祿府走出幾個人，赫然是姒伊、物行以及兩名姒伊的侍女。

姒伊不是已讓物行離開天司祿府嗎？爲何物行竟還留在天司祿府？

姒伊幾人一出天司祿府，就已被皇影武士所察覺了。隱於暗中商議之後，他們很快有了決定，由其中兩名皇影武士一直跟蹤姒伊四人，只要他們不離開天司祿府太遠，就不加以阻止。只要掌握姒伊、物行的行蹤，就不會出什麼偏差。

姒伊、物行四人走到兩個路口時，暗中跟蹤的皇影武士開始有些緊張了，他們在心中暗自決定，如果姒伊幾人繼續前行，那麼他們就要現身強行攔阻。

他們之所以沒有一開始就這麼做，只是因爲到現在爲止，天司殺的人馬尙沒有以煙花傳訊，這就是說，圍殺千島盟人的人馬還沒有找到目標。既然如此，皇影武士就不能不有所顧忌，過早與姒伊發生衝突，萬一影響了追查圍緝千島盟人的事，可就得不償失了。

但他們又不能讓姒伊離開天司祿府太遠。潛伏在天司祿府外的並不僅只有三名皇影武士，還有不少宮中侍衛，一旦失去了後援的支持，他們沒有控制局面的絕對把握。

就在他們有所打算的時候，姒伊忽然與物行發生了爭執。看樣子他們都不願讓外人知曉他們爭執的內容，所以雖然雙方的神情都有些激動，卻又都竭力地壓制著聲音，以至於皇影武士想要分辨他們在爭執什麼，也只能隱隱約約地聽到幾個字詞。

姒伊與物行的爭執讓皇影武士暫時地按兵不動。

過了一陣子，姒伊忽然帶著那兩名侍女折返天司祿府，而物行立於原地待了片刻，也默默地跟隨在姒伊身後折返天司祿府。

兩名皇影武士一直跟隨他們，眼見四人已相繼進了天司祿府，這才鬆了口氣，只把方才發生的事當做一個無關緊要的小插曲。

兩名皇影武士根本不知道，就是因爲這個在他們看來無關緊要的小插曲，使真正的物行有了脫身的機會。皇影武士所佈下的監守本是十分的嚴密，但兩大皇影武士暫時的退出這張無形的網，使本來無懈可擊的「網」出現了漏洞。

這正是姒伊所要達到的目的。

至於與她一道離開天司祿府片刻的「物行」，當然是由一名劍帛人易容而成。皇影武士本就對物行並不熟悉，加上又有夜色的掩護，他們根本無法分辨真假。

最關鍵的是，他們一直將主要目標集中在了姒伊身上，而姒伊的明豔，以及她獨一無二的絕世風韻，都是別的女子很難模仿取代的。他們沒有料到劍帛人會將地位最高的姒伊留下來擔當風險，而讓物行借機脫身。

就在皇影武士見姒伊四人回了天司祿府而暗鬆一口氣時，物行已離開了天司祿府，出現在銅雀館附近。

他要與銅雀館的主人眉小樓——亦即他們劍帛人的眉樓大公聯繫。

戰傳說「偶遇」天司殺的女兒月狸，結果弄得不歡而散，自覺有些無趣，又已找不到昆吾，便自行慢慢地走向天司祿府。

先前他與昆吾邊走邊聊不知不覺中走到了外城，後來爲了尋找那隻風箏的主人，又穿過了好幾條街巷，不知不覺中已將方向忘了。不過，反正也不必急著回天司祿府，戰傳說邊走邊看，直到天黑了下來，才進了內城，遙遙望向天司祿府。

戰傳說回到天司祿府時，物行已離開天司祿府。對於皇影武士來說，他們所關注的只是什麼人離開天司祿府，對於什麼人進入天司祿府他們並不太在意。

戰傳說回到天司祿府，想到這一整日來，又意幾乎都是獨自一人處於天司祿府這樣全然陌

生的環境裏，還要爲他爲小夭爲昆吾牽腸掛肚。想到這裏，他不由加快了腳步，想早一點見到爻意。

爻意屋內亮著燭光，門虛掩著，戰傳說叩了叩門，爻意的聲音傳出之後，他便推門而進了。

燭光中的爻意是那般風姿卓絕，戰傳說雖然不是第一次見她，卻仍是有些癡了。

爻意先問道：「怎麼不見昆吾?」

戰傳說簡單地道：「我與他出了內城，他忽然決定要去見一個人，讓我先回天司祿府了。」

至於詳情，他倒不是不願說，而是因爲昆吾的舉動太不可思議，要向他人細述，恐需一番解釋。

爻意說了聲「原來如此」，就不再多說什麼了。

戰傳說這才感到爻意神情略顯憂鬱，忍不住道：「妳是不是有什麼心事?」

爻意搖了搖頭，淡淡地笑了笑，輕聲道：「算不上什麼心事，只是忽然間有一種空虛的感覺。自從在隱鳳谷遇見你之後，就一直有形形色色的事情發生，這些事讓我的心思也一直沒能夠空下來。方才我獨自一人在這兒坐著，靜下來之後，忽然間想到發生了這麼多的事，這麼多的悲歡離合，其實都與我毫無關係，因爲我根本就是來自於另一個世界。對於這個世間來說，我是虛幻的，而對於我來說，這個世間也是虛幻的。」

戰傳說默默地聽著，心頭漸漸變得沉重，他唯有道：「妳想得太多了。」

「不。」爻意搖了搖頭，「除了我自己，沒有人會知道此時此刻我的感受，因為沒有人會有我這樣的經歷，甚至於連想像都有些困難。」

「其實，妳不是虛幻的，這個世間也不是虛幻的。我、小夭、昆吾，還有很多人，都願意視妳為親人、朋友。」戰傳說道。

爻意再一次搖了搖頭，「算了，不提也罷。」

戰傳說忽然變得很固執，他正視著爻意，「不，我仍要提。妳一直感到這個世間與妳無法相通相融，那其實並不是妳與這個世間格格不入，而是因為妳從來都沒有試圖融入這個世間，妳一直都希望能回到妳所熟知的世間。」

「你說得沒錯，我正是如此想的，沒有人能夠改變這一點，包括我自己！」爻意以少見的極快的語速一口氣說完了這些，她美麗的胸脯在急促地起伏著，可見她說這番話時心緒很激動。

在戰傳說的印象中，爻意一直是恬靜的，就像是不食人間煙火的仙子，所以面對爻意的激動，他先是感到有些驚訝。

但很快他便道：「妳若回到從前的世間，回到屬於妳的天地，那自是再好不過了，但是，相信連妳自己也知道這很不現實。我可以與妳一同努力，但我更希望妳能夠學會接受這個世間，在這個世間，亦能有妳的喜怒哀樂！」

「你……也對讓我重回武林神祇絕望了？」爻意輕輕地道。

她的目光中有著莫名的哀傷。

此時的她在戰傳說眼中，已不再是火帝的女兒，不再是與他有兩千年時光相隔的女子，而只是一個需要有人呵護憐愛的女子。

戰傳說不忍心讓爻意所有的希望都破滅，事實上，他覺得武林神祇時代早已過去，已經過去了的時光，又怎麼可能再重現？這與爻意在兩千年之後復生並不相同，正如一個人活一百多歲並非不可能，但讓一個白髮老人又重回孩童時重新開始生活，這怎麼可能？

爻意只是將前一種生命的奇蹟擴大了數倍，十數倍，而後一種則已不是奇蹟所能形容的。

但戰傳說還是道：「我們自會盡力而為的，只是……只是希望有一天若妳發現已根本不可能再回到武林神祇時代時，妳還能平靜以待，就當妳本就與我一樣，一直就是生活在今日這個世間的。」

頓了頓，又道：「就如同朝陽，每日清晨都會升起，似乎今日的與昨日的已是不同，但其實它又何嘗不依舊是昨日那一輪？」

戰傳說想安慰爻意，但總覺得有滿腹的話卻又不知從何處說起。說了這一番話，連他自己都感到語氣不足，含含糊糊。

爻意卻似有所觸動，美得讓人心醉的眸子深深地望了戰傳說一眼，忽然道：「你可知若是方才我是對……木帝威仰說這番話，他會怎麼說？」

戰傳說一怔，復而搖了搖頭，示意不知。

「他會說，若是無法回到從前，我便要讓天地間的一切更易成妳喜歡的模樣！」爻意幽幽地道。

這的確大大出乎戰傳說的意料！

他竟然感受到來自於兩千年前木帝的超然霸氣！

那是一種視天地萬物如芻狗的凌然霸氣，自信可以控制天地萬物的霸氣。

戰傳說心頭有了莫名的震撼。

怔了片刻，他才道：「但……這又如何能做到？」

爻意一臉神往地道：「我也知道這是根本無法做到的，但我就是喜歡聽威郎這樣對我說！」

她的唇角浮現了淡淡的笑意，一抹淺淺的笑意就已讓她神采飛揚，動人至極，一掃方才的憂鬱。

戰傳說忽然感到有絲微微的失落，暗忖道：「好生奇怪，她也知道這是無法做到的，為何卻喜歡聽？」又想到天司殺的女兒月狸莫名地忽喜忽嗔，頗有些感慨，心想：何以女人的心思總是這般不可捉摸？

爻意見他呆呆出神，意識到了什麼，便道：「但你所說的話或許更實在一些，也許我是該試著忘記我的出生、來歷了。」

「如此……便好。」戰傳說道。

小野西樓、哀邪、斷紅顏的隱身之處。

將離——亦即天司祿府的陰管家剛剛離去。他是爲小野西樓三人送來食物的，同時還爲小野西樓帶來一些對她的傷有所裨益的藥。

如此外面的形勢可想而知，將離送食物與藥來此，定是冒著極大風險的。小野西樓心忖哀邪選中的這個人倒真是沒有選錯。

將離在送來食物的同時，還帶來一個讓小野西樓三人大感懊惱的消息：千島盟人之所以被發現了行蹤，竟然是因爲殞驚天被殺！

而小野西樓等人非常清楚殞驚天被殺與千島盟毫無關係，千島盟怎可能蠢到去殺一個被囚押於黑獄中的人？千島盟此次進入禪都的目的，是爲了尋找龍靈，而與殞驚天毫無關係。

大冥王朝爲了查找殺害殞驚天、青叱吒的兇手的下落而找到了藏於銅雀館中的千島盟人，可謂是千島盟時運不濟。

但小野西樓卻隱隱感到，事情決不會只是巧合那麼簡單。

爲什麼分明與千島盟毫無關聯的事，卻讓大冥王朝認定是千島盟所爲？難道，是大冥有意要嫁禍於千島盟？

小野西樓很快否定了這一種可能，因爲當千島盟人秘密潛入禪都時，大冥根本不需要尋找什麼藉口，就可以對付千島盟，何必多此一舉？

想到這兒，小野西樓道：「相信這一次我們千島盟是被人陷害了，一定是有人知道我們潛入禪都後，先殺了殞驚天，再將我們的行蹤透露給大冥冥皇。」

其實當哀邪聽了將雛的話之後，也已有了這種猜測，現在聽小野西樓如此說，便附和道：「聖座說得有理，但不知此事是何人所爲？」

小野西樓道：「應該是一個與千島盟有利害衝突的人，而且，此人應該有極高的修爲，因爲要闖入黑獄擊殺殞驚天並不是一件容易的事情，殺了殞驚天、青叱吒尙能全身退走則更不容易！」

她看了哀邪與斷紅顏一眼後，接著道：「這還不是最可怕的，最可怕的是，此人竟能搶在大冥冥皇的人之前發現我們的行蹤！這一借刀殺人之計實施得實在是很高明！」

想到暮己、負終之死，小野西樓眼中已有了森寒之氣，尤其是負終之死，更讓她對這來歷不明的對手懷有徹骨之恨。這一次，千島盟的損失實在太慘重了。

但眼下突圍之日遙遙無期，休說根本不知是誰施下這一毒計嫁禍千島盟，就算知道了，要想復仇又談何容易？

身處敵方腹地，四周強敵環伺，小野西樓三人感到無比的壓抑與沉重。

這時，哀邪取出了他的紫徽晶，做他每隔一個時辰必做的事——觀察左近有無異常情況。

紫徽晶形如圓鏡，約有二寸厚薄，通體泛著晶瑩光芒，似可透視，內有五彩流動，變幻不定，似輕煙，似浮水。

哀邪將自身內家真力貫入紫徽晶中，以求問陰陽五行之象。浩然真力進入紫徽晶後，紫徽玄力大增，晶內五彩之氣飄移更快，並開始分離重合。

哀邪全神貫注地凝視著手中的紫徽晶，他的神色漸漸變得凝重了。終於，他脫口道：「紫徽晶東、西、南、北側皆呈乳白之色，白爲五行中的金氣之色，四周金氣大盛，莫非是兵革之象，我們已被伏兵圍困?!」

小野西樓神色微微一變，沉聲道：「對這一推測，你有幾成把握？」

哀邪道：「應有九成。」

小野西樓緩緩站起身來，「躲果然是躲不過的。」

因爲進入禪都必須掩藏行蹤，她的天照刀沒有放在那弧形長匣中，以免引人注目，而只是配以普通刀鞘。

小野西樓將天照刀握在手中，「既然這一戰已在所難免，我們便不必再回避了。讓我們三人在死亡之時，也多少死出一點千島盟人的骨氣——隨我殺出去吧！」

哀邪雖然不是貪生怕死之輩，但就這麼死未免有些不甘心，他心道：「我哀邪可不是千島盟的人。」

復又想到從此以後，樂土人又何嘗願視自己為同類？驚怖流在樂土人看來從來都是如洪水猛獸的。

斷紅顏道：「萬一我們並未被發現，這樣衝出去反而是自我暴露了。何況將雛剛來這兒不久，如果外面有異常，他應該有所察覺，事實上，他卻沒有告訴我們外面有異常情況。青衣為了掩護我們不惜性命，我們如若不顧惜自己的性命，豈非辜負了青衣？」

哀邪心道：「這話從何說起？難道我們不希望自己活下去？問題是，按兵不動也未必就是上上之策。」

不過他知道斷紅顏雖為「孤劍」，一向喜歡獨來獨往，讓人感到無法接近，但她對扶青衣卻頗有好感，也許已情愫暗結也未可知。只是她的性情太過孤僻，從未明白地表露出來而已。

扶青衣之死，她更是惜言如金，方才所說的話，只是證明扶青衣的死是她心頭之痛，所以才說出了這樣多少有些牽強的話。她一向不喜言辭，更少與他人交流，這一番話，則顯露了她的真情。小野西樓或許不能懂，但作為她與扶青衣的門主哀邪卻是懂的。

小野西樓果然不明白斷紅顏這一番話的真正用意，她沉聲道：「既然我們已無法選擇生與死，那就讓本座選擇樂於接受的死亡方式！」

還未等哀邪、扶青衣回過神來，小野西樓倏然拔出天照刀，沖天掠起，天照刀驀然劃出，光

芒閃過之處，屋頂立時爲之一分爲二，小野西樓自洞開處飛掠而出。

哀邪、斷紅顏一下子驚呆了！

他們無論如何也沒有想到小野西樓竟會如此衝動，在他們毫無心理準備的情況下便作出了這樣的舉措，一下子將他們推到了唯有背水一戰的絕境。

甚至可以說是推向了死亡，就算方才並未有伏兵包圍，小野西樓此舉也等於是引火自焚，勢單力薄的他們，在禪都與大冥王朝正面交戰，結局可想而知。

哀邪心頭升起絕望之情。

反倒是斷紅顏更爲平靜，甚至她的神色間還可看出如釋重負的輕鬆。也許，自扶青衣死後，她就一直只期待痛痛快快地血戰一場，結果是死是生，卻全然不再重要。

因爲，她與扶青衣都是殺手，殺手也許會在乎一些東西，唯獨最不在乎的，卻是自己的生命。對於每一個殺手來說，自他成爲殺手的那一天起，他就已經將自己視爲已死過一次的人。

小野西樓掠上屋頂，感受著夜風的吹拂，竟然有一種掙脫禁錮的感覺。

不錯，正是掙脫禁錮的感覺。

這禁錮，是來自於她自己的心中。而當她決定不再回避大冥王朝的追殺時，心中的禁錮便自然而然地消失了。

逃避與躲藏，從來就不是她小野西樓的處世風格，她更願意做的是迎難而上，寧折不屈。只是，在身為武道中人的同時，她還是盟皇駕前的聖武士，不能不顧全大局。

小野西樓居高臨下環視四周，並未見到明顯的異常，唯有感到周圍一帶似乎格外的寂靜，很少有走動的人。

從這並不明顯的異常中，小野西樓已嗅到危險的氣息——哀邪的紫徽晶看來並未出錯。

「嗖……」一道亮光沖天而起，升至足足有十丈高的高空方驀然爆開，形成一朵絢麗的火花，在夜空顯得那般醒目。

小野西樓心頭暗自冷笑一聲：「以煙花為號？看來他們是勢在必得了！」

此言未了，四周突然間亮起了無數的火把，星星點點的火把聯成串，如同環繞四周的一條巨大的火龍，一下子將群星的光芒完全蓋過。

正好這時哀邪、斷紅顏也掠至小野西樓身邊，目睹這一情形，不由倒抽了一口冷氣。

小野西樓靜靜地站著，神色平靜得不可思議。

她的平靜彷彿有一種神秘的力量，讓哀邪、斷紅顏都隨之而沉默。

終於，小野西樓揮劍直指東方，「那個方向，便是千島盟所在的方向，就讓我們向那個方向衝殺吧！」

「聖座……」哀邪想要說點什麼。

但小野西樓卻已如一隻滑翔的鳥般向東面飄然掠去，沒有片刻的猶豫。

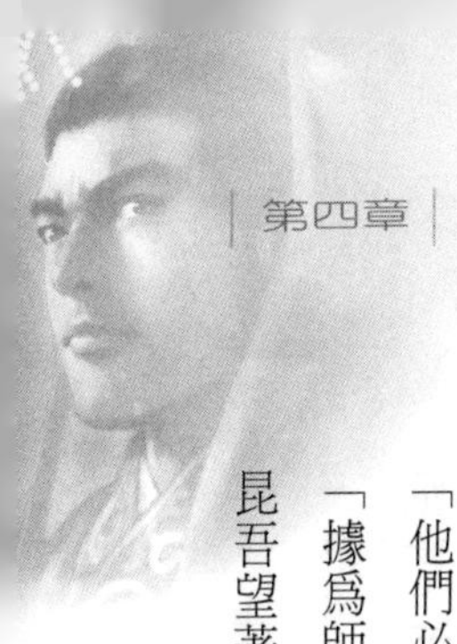

僅僅是這份果決，就讓哀邪自嘆弗如。

「我們已經別無選擇了。」

哀邪的話讓斷紅顏不明他此時的心境如何，但想必決不會太輕鬆。

「奇怪，今日並不是什麼佳節，香兮公主下嫁盛九月是在後天，禪都何以無緣無故燃放煙花？」

昆吾看見了遠處在夜空中綻放的煙花，有些奇怪地道。

隨後他收回思緒，重新回到原來的話題：「如果城主真的不是千島盟人所殺，那麼兇手又會是什麼人？難道是……冥皇的人？」

地司殺曾率二百司殺驃騎進入坐忘城乘風宮，以及後來發生的其他事，都讓昆吾不能不有這一聯想。如果殺害殞驚天的人不是千島盟人，那麼最大的可能就應是屬於冥皇的力量了。

天殘道：「此事的真相一時難以確知。」頓了頓，又道：「就算的確是千島盟所爲，難道你想殺盡千島盟人？」

「他們必須付出代價！」昆吾毫不猶豫地道。

「據爲師所知，這一次千島盟在禪都已折損了不少力量。」天殘道。

昆吾望著天殘，有些困惑地道：「莫非師父想讓我就此甘休？可是就算不提城主之仇，還有城主的女兒落在千島盟手中，城主女兒凶吉難料，又豈能置之不理？」

天殘道：「如此看來，一時半刻，你是無法離開禪都的了。」

昆吾一時語塞，不知該如何應對。

天殘道：「昨夜爲師夜觀天象，竟發現有七星連珠。所謂七星連珠，天下應劫！其時還可見天樞陰晦，搖光赤芒，正是亂兵大起之象！天地蒼穹將有一場浩劫。你乃天奇之才，又是身負重振玄流重任之人，爲師希望你能以大局爲重。」

「師父，我……」昆吾實在放心不下小夭的事，殞驚天待他有恩，而他更是極爲敬重殞驚天，如果小夭有什麼三長兩短，他將有何顏面面對殞驚天亡靈？

天殘輕嘆一聲，「爲師答應你留在禪都，但一旦找到殞城主的女兒，你就必須隨師父去見石敢當。」

「多謝師父。」昆吾感激地道。

煙花飛升之時，戰傳說正在爻意的房裏，他們也看到了窗外絢麗的煙花。

爻意目光凝望遠處的煙花升騰、綻放，直至目睹它從視野中完全消失。她忽然道：「不知爲何，這煙花讓我感到有些心神不寧——莫非有什麼事發生？」

戰傳說隨口道：「但願發生的事是找到了千島盟人。」

爻意笑了笑，沒有再說什麼。

天司祿府一處軒亭。

姒伊正臨窗撫琴，有兩個侍女俏立於她身後。

五指輕揚，翩飛如蝶，輕攏慢撥間流韻淡遠，讓人不由爲之所醉。

忽然間，姒伊眉頭微微一跳，復而恢復了平靜。但過不了多久，「錚」的一聲響，一根琴弦應聲而斷。

姒伊索性甘休，琴聲止住，餘音嫋嫋。姒伊道：「好重的殺氣！何方高人？既然有意要見小女子，爲何卻隱藏行蹤？」

她身後的兩名侍女聞言一驚，目光四掃，卻未見有何異常。

驀聞一聲長笑，一個奇特的聲音傳入姒伊耳中：「什麼皇影武士，老夫進入天司祿府他們根本無所知，反倒不如一個不能視物的女子！」

勾禍赫然已出現在軒亭正對著的一座假山頂上，穩穩佇立，驚世高手的絕強氣勢凌壓一切，清晰可感。兩名侍女神色頓時更爲緊張。

姒伊冰雪聰明，立即明白皇影武士是奉冥皇之命守在天司祿府外的，而這不速之客顯然不是冥皇的人。

「難怪方才我感到有絕強氣機迫近，相信在大冥王朝中唯有天惑大相、法應大相或許可以與之相匹比，但同時感受到的可怕殺機，恐怕就非他人所能有，難道來的人是……勾禍?!」

「你是勾禍？」姒伊心念所至，即開口相問。在此之前，她已得知銅雀館一役之後，勾禍曾在禪都出現。

除了勾禍這樣曾讓整個樂土陷於血腥之中的一代絕魔外，有幾人會有如此可怕的殺氣？

「聰明，就憑這一點，老夫可以不殺妳，只要妳交出老夫想要的東西。」

勾禍的聲音在姒伊聽來忽然變得很流暢正常了，她先是一愣，旋即明白了對方此時並未真正地開口說話，而改成了憑藉無上內家真力向她傳音。

「勾教主銷聲匿跡數十年，何以不甘寂寞再現樂土？」

對於對方所說的要她交出一物，她甚至隻字不提，這份從容，實是讓人嘆爲觀止。

正如姒伊所料，此時她身後的兩名侍女只能聽到她的聲音，卻不能聽見勾禍的聲音。

「因爲我是勾禍！」勾禍的回答似有些答非所問，但卻顯示出了一種極度的自負與狂傲。

「勾教主早在數十年前就已名動天下，而姒伊不過是一個不爲人知的劍帛女子，能有什麼東西是值得勾教主親自來取的？」

她依勾禍昔日九極神教教主的身分稱呼對方，顯然是想盡可能避免與勾禍對立。對於冥皇的手段，她早已有所預料，當然也就有了應對之策，但勾禍突然出現卻是她根本始料不及的。若非

萬不得已，她實在不願與勾禍發生衝突——她的身上，肩負了太多太重的使命。

在大冥樂土與極北劫域之間，本有一個國土狹小的劍帛國，人口也很稀少，不過只有三萬餘人。此國擅於造帛、鑄劍二術，因此有了「劍帛」之名。

劍帛人多善行商市賈，而少有人習武，如此一來，處於以武立國的大冥與劫域之間的劍帛國就很難立足，加上劍帛人勤勞而精明，所以國富民裕，這更招來了大冥與劫域的垂涎。於是自找藉口，不斷壓迫勒索劍帛人。

劫域的人口雖然與劍帛國相近，卻幾乎是人人修煉武學，生性驃悍嗜殺，常常強佔劍帛國土，燒殺奸擄無惡不作，直到劍帛國人交出足夠多的財物，他們才肯退出。但一旦貪欲再起，他們便會捲土重來，給劍帛國帶來無盡的災難。

在這種情況下，劍帛人犯了一個致命的錯誤，那便是他們決定向大冥求援，結果卻前門拒狼，後門納虎。劫域人雖然退出了劍帛國，大冥人卻藉口防止劫域捲土重來，滯留於劍帛國不肯退出，並以有恩於劍帛國自居，漸漸控制了劍帛國的大權。

劍帛人不堪忍受，終於爆發一次大規模的反抗！

但他們如何是能征慣戰的大冥人的對手？非但沒有驅走大冥王朝的人，反而爲劍帛人帶來滅頂之災。當時的劍帛王及其后妃等王室主要人物被大冥王朝帶回樂土，將他們安置於離禪都一百餘里的「安逸堡」，名為保護，實為幽禁。

劍帛國反抗被鎮壓，加上劍帛王被軟禁，劍帛國內部又起內亂，一個富庶的小國就這樣在一片混亂中分崩離析，而劍帛王及后妃等人也相繼客死異鄉。

三萬劍帛人不堪忍受在劍帛國所受到的種種滋擾，大部分人轉涉樂土境內，一小部分則在阿耳國等其他蒼穹諸國漂泊。

照理，最後一代劍帛王及其后妃子裔皆已被帶至樂土幽禁，劍帛人當中不可能再出現所謂的公主——被幽禁於安逸堡的最後一代劍帛王有七子四女，但在安逸堡中，他們鬱鬱寡歡。亡國之恥使他們生活在巨大的陰影之中，所以非但劍帛王在被幽禁的第三年就鬱鬱而終，留下的七子四女也都英年早逝。

二十年前，劍帛王的六王子在年僅三十歲的時候，便亡於安逸堡，劍帛國六王子也是劍帛王七子四女最後一個死去的人，長達二十五年的幽禁，讓整個劍帛王室在無聲無息中消亡了。

這是大冥王朝所樂於見到的結果，他們本以為這樣可以一勞永逸，佔據富庶小國劍帛國後可為他們帶來巨大的財富。沒想到幾年的內亂已使劍帛國消耗一空，加上後來的劍帛人大量遷徙樂土，劍帛國人丁更為稀少，到處荒無人煙，大冥的一番苦心，換來的只是一場雲煙。

到後來，留在劍帛成了一件苦差事，沒有人願去劍帛了，最後一批大冥王朝的人馬也在十八年前撤回了樂土。

姒伊的出現以及她的身分來歷是一個謎，而從劍帛人對她的尊重以及她的舉止來看，她的劍帛公主的身分應該並非假冒。

早在劍帛國未亡之時，劍帛人對大冥的反抗讓劍帛王意識到了危機。

事實上，對自己子民對大冥的反抗，劍帛王內心深處是支持的，而且也曾經數次設法保護部分劍帛人。作爲一國之主，卻只能偷偷地保護自己的子民，劍帛王心頭之悲哀，可想而知。

在大冥王朝尚未將劍帛王帶入樂土幽禁之前，劍帛王便秘密安排了四名絕對忠於劍帛國的人──「重光」四臣，交與他們一項重任，那便是一旦劍帛王室遭遇不測，他們就必須設法找到一個遺落民間的劍帛王子，此王子並非劍帛王的后妃所生，至於其中內幕，誰也不知。

劍帛王賜予這四人代表劍帛王無上權威的「大千玉牒」，一旦劍帛王及其王室有難，重光四臣即以「大千玉牒」號令天下劍帛人共尊遺落民間的王子。

從最後一代劍帛王被幽禁那一日起至今，已有五十年，算起來，就算末代劍帛王被幽禁樂土「安逸堡」中，遺落民間的王子剛剛出生，時至今日，也應已五旬有餘。

所以，姒伊的身分唯一的可能就是劍帛國遺留民間而僥倖倖免於難的王子的後裔。

當然，重光四臣所做的一切，都是在不爲大冥所知的情況進行的，在大冥王朝認定劍帛人已成了一盤散沙的時候，劍帛人餘眾依舊互通聲氣，並暗中聽從重光四臣的號令。

姒伊既然是劍帛末代王室的後人，肩負的重任可想而知。

此次進入禪都，姒伊的目的就是設法爲劍帛人謀得一立足之地，唯有這樣，劍帛人復國的希望才有可能成爲現實，而不會成爲空中樓閣。以劍帛人的力量，要想在徹底擊敗大冥王朝及劫域的情況下再重建劍帛國是根本不切實際的，最可行的辦法就是利用機會建立一個聚居地，擴充勢力，造成割地而居的局面，再逐步復國。

姒伊盡可能對勾禍平和以待，自有其用意。她知道在天司祿府就潛伏有大冥王朝的人，大冥樂土對勾禍的忌憚決定他們會視勾禍爲最重要的敵人，決不會對勾禍的出現坐視不理的！所以姒伊希望盡可能拖延時間，若能夠讓勾禍與大冥王朝的人先起衝突，那是最理想的結局。

「小女子不過只是一普通的劍帛女子，除了多少有些錢財家資外，可以說身無長物——只是，這些財物又怎能入勾教主之眼？」姒伊一邊說著，一邊暗忖爲何天司祿府的人還沒有動靜？若不是他們太無能了，就是勾禍的修爲太可怕了。

三大皇影武士在見到煙花傳訊之後，終於開始行動了。他們與勾禍不同，他們是奉冥皇之命行事的，大可不必強行闖入或者潛入天司祿府，而只需光明正大地進入。先前之所以一直潛隱身形，只不過不想在沒有找到千島盟人之前驚動姒伊。現

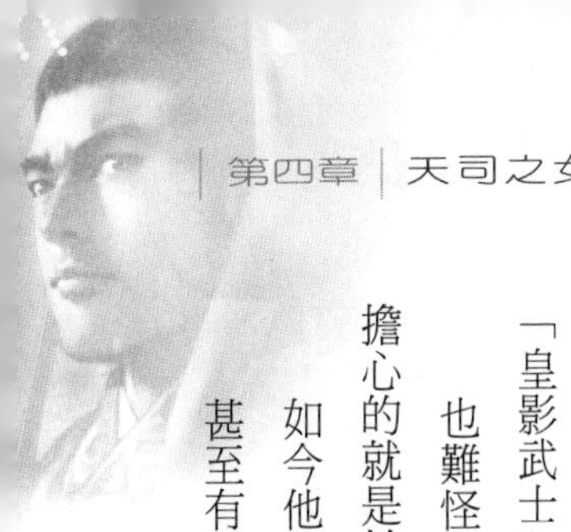

在既然已有煙花傳訊，他們就不必再顧忌什麼了。

天司祿府的人忽見三大皇影武士及大批紫晶宮侍衛闖入天司祿府，皆大吃一驚，正猶豫著不知該如何應對時，皇影武士已亮出了十方聖令。

天司祿府的人識趣得很，立即閃開了，任皇影武士長驅直入。

紫晶宮侍衛一進天司祿府，立即封鎖了天司祿府的幾個出口，控制了各要道。天司祿府的人還不知發生了什麼事，一片驚亂。

戰傳說、爻意也被驚動了。

戰傳說默默地聆聽著外面的聲音，皺眉道：「奇怪，似乎很混亂，但卻未有兵刃交擊的聲音。」

想了想，他道：「走，我們去看看發生了什麼事。」

兩人一起出了房間，走不多遠，就見有天司祿府的人在低聲議論什麼，留神一聽，隱約聽到「皇影武士」、「宮中侍衛」等字眼，戰傳說暗吃一驚。

也難怪他會爲之震動，他第一次與皇影武士打交道就是被皇影武士追殺。進入禪都後，他最擔心的就是被冥皇發現了他的行蹤再派人追殺。

如今他剛剛心神鬆懈了點，就有皇影武士突然闖入天司祿府，如何不讓他暗吃一驚？

甚至有那麼一瞬間，戰傳說想到了天司殺，暗忖：會不會是天司殺向冥皇透露了什麼？

但很快他就否定了這一點，如果天司殺要對付他，早在他進入天司殺府的時候就已經動手了，何必等到現在？

戰傳說強定心神，裝作很隨意地向天司祿府一個年輕的侍女打聽究竟發生了什麼事。

天司祿府有皇影武士闖入，怎麼說都不是天司祿的光彩，這樣的事對外人當然是要盡力隱瞞。但那侍女一見俊偉得近乎完美無缺的戰傳說，早已六神無主，被戰傳說問起時更是芳心大亂，又豈能再對戰傳說隱瞞什麼？一五一十地把她知道的一切全告訴了戰傳說。

戰傳說表面上不動聲色，道謝之後，拉著爻意到了僻靜處，對她低聲道：「從現在起，妳我暫時不要在一起……若我有什麼意外，妳也不要驚慌，更不用做什麼，只需等昆吾回來，再見機行事。」

爻意平靜地笑了笑，「沒有用的，這是在禪都，如果他們是爲你而來的，又怎可能不知道我與你一直在一起？」

戰傳說的確是擔心連累了爻意，但爻意所說也不無道理，他只好苦笑一聲，「既然如此，我們只有見機行事了。」

勾禍已失去了與姒伊周旋的耐心，他何嘗不知無論他在何時何地出現，都會很快吸引不少人出現？而且這些人絕大多數都是想取他性命的！

所以，他直言不諱地道：「老夫是來取與龍靈有關的圖的，妳既非樂土人，也非不二法門的人，只要交出那份圖，老夫可以不殺妳。」

姒伊嘆息一聲，「關於龍靈的種種傳說，我也聽說過，但一直不相信真有此事。現在聽勾教主這麼一說，才知道確有此事。不過我手中根本沒有勾教主想要的東西，龍靈對我毫無用處，我怎可能會有？對於我們劍帛人來說，沒有利益的事，沒有用處的東西，我們是決不沾手的，倒讓勾教主失望了。」

「三言兩語就想打發老夫?!哈哈哈……妳太天真了，既然妳說龍靈對妳毫無用處，老夫勸妳還是早早地交出那份圖，否則留在身上，終是禍端！」

姒伊道：「我是以實相告，勾教主卻始終不肯相信，我也無能爲力。」

「看來，老夫在樂土銷聲匿跡太久了，以至於越來越多的人忘記了『勾禍』二字意味著什麼！」

話音未落，勾禍雙足一點，已遙遙撲向姒伊這邊。

他腳下的假山立時轟然碎裂，聲勢駭人。

姒伊身後的兩名侍女在第一時間作出反應，但姒伊的喝止聲已及時響起：「退下，在勾教主面前，你們只能是枉送性命！」

五指倏然疾挑，身前立時有五根琴弦應指而斷，纖纖玉指再度揚起，五根琴弦已齊齊射出，奇快無比，雖然角度各不相同，目標卻皆是指向勾禍的咽喉要害，以聲辨形的修爲已臻驚世駭俗之境。

勾禍毫不在意，以指爲劍，輕易封擋。但他的去勢也難免爲之一緩。

姒伊右掌一按琴身，內力一吐，琴身立時碎開，她的手中卻已多了一把劍。

這是一柄極爲奇特的劍，因爲此劍的劍鋒兩側不是平展的平面，而是呈無數塊如晶體表面般的折射面，而且劍身極爲炫亮，光芒變幻不定，炫人眼目。

勾禍只覺眼前倏然有閃掣不定的光芒幻變莫測，銳利劍氣已撲面而至。

姒伊深入禪都，爲的是復國大計，可以說是步步兇險，所以也必須處處防備，連平時彈奏的琴體內竟也隱藏了兵器。

勾禍面對天司殺、戰傳說的聯手一擊也敢同時正面相迎，何況一個雙目不能視物的女子？

他根本未有任何的猶豫，右掌照準姒伊之劍的來勢疾拍過去！

他的出擊簡單得無以復加，但因爲兼具了最可怕的力量與速度，已然擁有驚天地、泣鬼神的可怕威力。

第五章　略使小計

天下間，已沒有幾人能夠接下勾禍的全力一擊。所幸勾禍的目的不是殺姒伊，而只是要得到龍靈圖。在沒有得到龍靈圖之前，他還不願讓姒伊就此死去，所以出手時仍難免留了一點餘地。饒是如此，其攻擊力之強，也已駭人聽聞。

一掌拍出，駭然擊空，明明已擊中了對方的劍，卻是一片虛無。

勾禍一怔，有絕對無法相信的感覺。

「對方是一個雙目失明的女子，在靈巧及判斷力上都要大打折扣，沒想到我第一擊竟然落空了！」勾禍心頭之震愕不難想像。

心頭雖然在飛速轉念，但他的動作卻絲毫沒有慢下來，在極短的時間內已連出數十掌，浩然真力由掌而出，形成了強大至難以想像的氣場，有如銅牆鐵壁，牢不可破。

能讓勾禍剛一出手就易攻爲守的又有幾人？但姒伊卻偏偏做到了。

勾禍的攻擊落空，使他意識到對方的內力或許不強，但在招式上卻極可能有獨到之處，自己一擊落空之時，便是對方最好的反攻機會。能不可思議地避過自己勢在必得一擊的人，勾禍不敢小覷！

在勾禍心目中，還從來沒有把姒伊當做值得他認真對待的對手。他的對手是不二法門元尊那樣在武界高高在上的人物，而姒伊在此之前還默默無聞，甚至更多地被視做一個行商女子，而不是武道中人。

正因爲未將姒伊視爲重要對手，所以勾禍才不願在對付姒伊時就祭起最高修爲，他相信只要略略多一點耐心，就可以毫不費力地擊敗姒伊，而不必冒什麼風險。

但姒伊又再一次讓勾禍意外了！

在勾禍一擊落空之後，姒伊根本沒有利用這一機會趁勢反攻，而出人意料地全速倒掠而退，身勢美妙如凌波仙子。

勾禍風雨不透的防守忽然變得毫無意義。

勾禍擁有無比堅定的意志與自信，但這一刻，他也不由略有震撼之感。

雖然雙方幾乎沒有實質性的交戰，自然就更無所謂高下勝負，但姒伊卻兩次讓勾禍有出乎意料的感覺，在心理的較量上，姒伊顯然已占了上風。

勾禍一生之中經歷的血戰何止百數？若說作戰經驗之豐富，只怕他將獨步蒼穹無人能比。但姒伊卻兩次讓他始料不及，這不能不讓勾禍對姒伊刮目相看。

「若說原先老夫對妳能擁有龍靈圖還有所懷疑的話，現在卻越來越相信這一點了。敢低估妳的人，終有一天會發現自己的錯誤！」勾禍並不急於進攻，以內力向姒伊傳音，「雖然還未見識妳的最高修爲，但妳的智謀已足以讓老夫刮目相看！」

姒伊卻淡淡一笑道：「勾教主莫忘了劍帛人除了善於行商市賈之外，還善於鑄劍，我手中的劍雖非名器，卻也有不同尋常之處。方才我只是借這把劍自保罷了，若無此劍，又何嘗有我全身而退的機會？」

她根本無意在這種時候與勾禍爲敵，當然有意在言語間示弱了。

可惜，勾禍對龍靈圖是勢在必得，而且他似乎已認定姒伊絕對擁有龍靈圖，所以姒伊的這一番苦心並無多大效果。

「勾教主，我已將龍靈圖交與你了，你爲何反悔，不肯放過我們？」姒伊忽然略略提高了聲音道。

「什麼?!」勾禍一怔之下，不再以內力傳音，而是直呼出口。

姒伊突如其來的話讓勾禍不明所以！但緊接著，他便聽到了衣袂掠空之聲，由幾個方向同時迫近，立時明白過來了：姒伊此舉是要讓自己成爲眾矢之的！

事實的確如此，姒伊的內力修爲並不比勾禍深厚，且雙目失明，只能以耳代目，所以她的耳力反而在勾禍之上，在勾禍還沒有發現有人接近時，她已搶先發現了。

因此她有意提高了聲音，所說的話其實不是說與勾禍聽，而是說與其他人聽的。

勾禍明白過來之後，不由又驚又怒。

而這時，三大皇影武士已全速趕至，人影閃掣，轉瞬間，勾禍已在三大皇影武士的包圍中。

顯而易見，姒伊方才略使小計，已取得了很好的效果。而此計成功的最關鍵處，就在於姒伊對時機把握得恰到好處。

若是待皇影武士趕到之後再假稱聖諭、龍靈圖已被勾禍劫走，皇影武士未必會相信，而現在皇影武士必會相信他們是「碰巧」聽到了姒伊所說的話，自然就不會有所懷疑。

何況，勾禍突然在天司祿府出現，當然不會是毫無目的，不是爲龍靈圖或聖諭而來又會是爲了什麼?以勾禍的修爲，加上他兇殘嗜殺的本性，姒伊屈服於他是再正常不過的了。

皇影武士就是爲了龍靈圖、聖諭而來的，他們豈能讓勾禍捷足先登?

三大皇影武士中，最爲年輕者名爲南陽不歸，約三旬開外，容貌尙屬清俊，只是兩眼若閉若開，似有神又似無神，予人以沉於酒色的印象。此人背插雙鉤，頗具威勢。

另外兩名皇影武士中，矮上一頭的名爲浮禺，此人雖然比另外兩名皇影武士都矮了些，但他骨骼粗大，一切橫向發展，胸闊背厚，臉容黝黑有如鐵鑄，讓人感到他的體內似充盈著無窮無盡

的力量。

他的左手牢牢地握著一柄未出鞘的刀，看似不經意地立於勾禍的一側，其實無論他的步伐、姿態以及與勾禍的間距，都已有了精確無比的估算，能讓他在最短的時間內，以最快的速度揮出最有效的一刀！

顯然，浮禺的作戰經驗極爲豐富，而且他還是一個從不肯有絲毫疏忽自大的人，他所願意做的，就是盡可能地佔據一切有利因素。

這樣的對手，總是比較難纏，因爲他們總是很少有失誤的時候。

剩下的那名皇影武士身形瘦高，鼻翼尖削，目光冷酷，予人以極難接近的感覺。此人名爲嬰狐，乃皇影武士之首，除了武道修爲決不在任何皇影武士之下外，更以冷酷著稱。

冥皇之所以派出嬰狐，或許就是擔心其他皇影武士面對姒伊這般風華絕代的女人時，會有所手軟，而派出嬰狐，就絕對不需有此擔心。

嬰狐所用的兵器是一柄極短的劍，幾乎只有尋常之劍的一半長度，如此短的劍，自然凶險無比。

也唯有如嬰狐這般冷酷的人，才適合用這樣的劍，因爲他漠視的不僅僅是對手的性命，還有他自己的性命！唯有如此，方能無所畏懼。

嬰狐目視勾禍，沉聲道：「勾禍，你能夠活到今日，應該對老天感恩戴德了。沒想到你居然還敢到禪都興風作浪，分明是自取滅亡！」

勾禍自從在禪都突然現身之後，這件事早已迅速在禪都傳開。如今他詭異的模樣使每個人都能輕易地認出他來，何況方才姒伊已經稱他爲「勾教主」了。

三大皇影武士雖然是第一次親眼見到勾禍，卻能夠立即斷定其身分。

勾禍怪笑一聲，以他那獨特的聲音道：「老夫名動天下時，你們還乳臭未乾，真是狂妄無知！」

皇影武士地位超然，在他們眼中，沒有什麼是值得懼怕的，勾禍的話並不能讓他們改變主意。

嬰狐沉聲道：「交出聖諭與龍靈圖，可賜你全屍！」

勾禍眼中精光爆射！驀然吐出一個字：「死！」

勾禍雖然不可思議地重新獲得了驚世駭俗的力量，但他正常的說話聲卻消失了，取而代之的是如此詭異的聲音。

若是出自他人口中，或許會讓人感到滑稽可笑，但出自勾禍的口中，卻讓人絕對沒有可笑的感覺，而只會感到致命的壓力。

三大皇影武士此時的感覺就是如此。

勾禍向姒伊出手時尚留有餘地，但對皇影武士出手，則是不留絲毫餘地。

他以一往無回之勢長驅直入，目標直取對他出言不遜的嬰狐！

嬰狐只覺一股空前強大的殺機以驚魂奪魄的速度驀然迫近，頓時有遍體生寒的感覺。

巨大的精神壓力使嬰狐不由自主地比平日提前出劍了。

這看似有主動搶佔先機的效果，而事實上卻是一大敗筆。因爲他的劍奇短，其優勢就在於劍法的凶險，越是近身搏殺，就越能發揮嬰狐的長處。

平時對敵，嬰狐無不是在等待對方已近在咫尺時方才出手。但這一次，嬰狐卻已無法做到這份冷靜沉著。勾禍給了他致命的壓力，讓他感到若再不出手，就將是身首異處的下場。

這種感覺，讓嬰狐戰意大減。

身爲皇影武士之首的他，其意志力不可謂不堅毅，但與勾禍相比，可能是窮盡他一生也無法逾越的。

尚未接實，勾禍已在精神上佔據了絕對的上風——而這正是勾禍的可怕之處！

勾禍的一生，可以說都是奇蹟，包括他擁有的驚天地、泣鬼神的九極神功，包括他的兩次死而復生！

他幾乎是一個與天下人爲敵的人，而一個與天下所有人爲敵的人卻能夠活得這麼長久，實是一件不可思議的事情。

南陽不歸、浮禺與嬰狐是多年的老搭檔了，對嬰狐的習慣、嬰狐的劍法都熟悉無比。當嬰狐一反常態地提前出劍時，他們二人立即意識到了事情的不妙，南陽不歸、浮禺一察覺情形有異，立即同時出手，自兩個不同的方位直取勾禍，成夾擊之勢，勢必救下嬰狐。

「轟……」勾禍與嬰狐甫一接實，強橫無匹的氣勁頓時如奔湧流瀉的驚人怒濤，瘋狂地衝向四面八方，衝擊著每一寸空間。

在這狂野無儔的氣勁中，空間似乎已然扭曲變形，氣勁以摧枯拉朽之勢衝向四周，方才姒伊所在的軒亭立時轟然倒坍。

嬰狐悶哼一聲，噴血倒飛而出。

而這時，勾禍已在間不容髮之間連出數掌，生生將南陽不歸、浮禺迫退。

嬰狐雖然一招受挫，但總算南陽不歸、浮禺見機得快，救下了他一條性命，這已足夠讓南陽不歸、浮禺二人暗稱僥倖了。

但事態變幻竟然並未就此結束！未等嬰狐墜落，勾禍掌勢化陽爲陰，翻掌之間，一團黑氣森然射出，直取嬰狐，形成一道向嬰狐迅速延伸的黑色氣柱。

黑氣飛旋，駭然形成了強大無比的錐狀氣流，一股吸扯之力將嬰狐的身軀吸扯得倒飛過來，有如玩偶般身不由己。

南陽不歸、浮禺見狀大駭，心臟在那一剎那幾乎全然停止了跳動。

可是他們已來不及作出更多反應了，方才與勾禍在頃刻間連接數招，已讓他們大有虛脫之感，只感到身軀有種極度的虛脫感。眼下他們所需要的是立即調息回氣，又怎可能再一次及時出手去救嬰狐？

嬰狐本就已經在全力一拚下受了傷，正是力道極度衰竭之時，他何嘗想到勾禍的內家真力竟然如此深不可測，在一連擋下三大皇影武士的輪番攻襲後，還能出此奇招？

他只覺自己的身軀在即將落地之時，忽然被無形之氣所捲裹，竟然身不由己地吸扯向勾禍這邊。

嬰狐已難有反抗之力，但他的意識卻是十分清醒，正因爲如此，更是被駭得魂飛魄散，若是被勾禍吸扯近身，其結局可想而知。

勾禍以驚世駭俗的修爲將嬰狐吸扯得飛近身邊後，立即一掌拍出，直取嬰狐胸前要害，無比得從容自信，使他的出擊就像是探囊取物般信手揮就，予人以不可抗拒之感。

事實也正如勾禍所預計的那樣，他的凌厲一掌準確無比地擊中了嬰狐的前胸要害，骨骼折碎的聲音清晰入耳。

但生命的潛能卻在死亡的威逼下終於被徹底地激發，勾禍眼前驀然有一道紅光怒射而至，距離極近而且快不可言。

更重要的是，這全然出乎勾禍所料！

勾禍只覺雙眼一痛，眼前已然一片漆黑，一團血腥之氣將他籠罩了。

是血！

是嬰狐的血出其不意地傷了勾禍！

原來，嬰狐在最後的時刻，在明知必死無疑的情況下，竟想到一著奇招！他將自己所有殘存的真力全都聚於一處，將胸中一口逆血迫至喉底，對於勾禍的攻擊則全然不設防。

勾禍一掌擊中他之後，其無比強大的掌力迫入他的體內，與他的內力合作一處，一下子將那口逆血激出。

作爲嬰狐最後的反擊手段，蘊涵了他真力的一口逆血的攻擊決不容小覷，它無異於一柄利劍突然刺向勾禍，而且絕對是在勾禍意料之外。

勾禍空有一身絕世修爲，在這一刻卻無法替他化解此厄運，雙目爲「血劍」射中，立時瞎了。

這正是嬰狐的可怕之處，雖然他在極短的時間內就敗於勾禍的手下，但他的冷靜與冷酷卻沒有絲毫的改變，在最後的時刻，他竟完全不顧自己的死亡，以生命爲代價，只求最後一擊奏效。

嬰狐中了一掌，五臟六腑已然被生生震碎，立時命殞當場，頹然倒下。

但他的屍體卻仍不得安寧，勾禍雙目奇痛入骨，眼前一片黑暗，頓知已雙目失明！

這讓他頓時狂怒無比，憑直覺一腳踢出，正中嬰狐的軀體，氣絕身亡的嬰狐當即被踢得直飛出足足有十數丈遠，正好撞在了匆匆趕來的一名紫晶宮侍衛的身上，一下子將之撞得暈死過去，足見力道之猛。

南陽不歸與浮禺可謂是悲喜交加，悲的是嬰狐之死，喜的則是勾禍雙目已被擊瞎，他們取勝的希望頓時增加了不少。

這時，部分紫晶宮侍衛及天司祿府家將已趕至，南陽不歸脫口呼道：「勾禍老魔雙眼已瞎，快用箭！」

他的本意是要讓紫晶宮侍衛、天司祿府家將用箭射勾禍，勾禍雙目失明，對於亂箭的防範必然有所減弱，不料，他無意中犯了一個天大的錯誤，那就是不該出聲！

勾禍雙目失明，心神難免有所混亂，對周遭事物的判斷不可能那麼敏銳準確。此刻他正愁不知對手在何處，難以準確掌握攻擊目標，南陽不歸這一喊，等於把自己暴露出來了。

勾禍怎會錯過這樣的機會？雙目失明讓他殺意如狂，不吐不快，南陽不歸話音未落，他已悍然疾撲而出。

身形凌空，勾禍雙掌齊出，無儔氣勁全力催發，狂烈無匹的氣勁與虛空劇烈摩擦。超強的力量以及不可想像的速度終使氣勁化虛成實，一道奪目光芒向南陽不歸席捲而至，其毀天滅地的力量完全籠罩了南陽不歸身側方圓數丈內的空間。

那一剎那，南陽不歸心中充滿極度的懊惱與後悔，他實在沒有信心接下已動了真怒的勾禍的全力一擊！可他根本沒有選擇的餘地，唯有硬著頭皮、竭盡所能地全力迎向那團如風捲殘雲般的光芒。

連旁觀的浮禺也心生絕望之情，本能感覺到勾禍的無可抵禦。

而眾紫晶宮侍衛、天司祿府家將目睹那團炫目驚心的光芒時，無不在心頭驚呼：「這是什麼武功?!」

「轟……」一聲巨響，那團光芒在眾目睽睽之下已與南陽不歸的雙鉤接實。

「呀……」慘呼聲中，南陽不歸手中雙鉤脫手暴飛，而他的雙臂駭然生生折斷，折斷了的臂骨戳破了包裹它的肌膚，白森森地顯現於他人眼前，旋即又被殷紅的鮮血所覆蓋，其情景駭人至極。

而南陽不歸的去勢未了，被狂烈氣勁撞得如同毫無分量的輕羽般倒飛而出，地位超然的皇影武士此時竟然敗得如此乾脆徹底!

浮禺一動不動地立著，眼睜睜看著勾禍在重創南陽不歸之後順勢而進，一拳擊出，正中南陽不歸的胸口，鮮血立時由南陽不歸口鼻如箭般標射，南陽不歸連哼都沒有哼出一聲，就已氣絕身亡。

浮禺之所以沒有任何舉措，並非對同伴的死無動於衷，他只是不想在根本不可能救得了南陽不歸的情況下再作無謂的犧牲。

一旦他出手相救，非但救不了南陽不歸，反而會暴露自己所在的方位，步南陽不歸的後塵，若連他也很快地亡於勾禍之手，試問還有誰能夠困住勾禍？若是勾禍走脫，帶走了冥皇想要的東西，那便是皇影武士最大的失職。

所以浮禺沒有貿然出手，倒不是惜命，而是想拖延時間，等待援手。

當然，現在看來，真正有可能對勾禍形成有效威脅的，只有如雙相八司那等級別的人物了。

至少，在天司祿府中，就有天司祿可以作爲援手。

但不知爲何，天司祿府中已一片混亂，天司祿何以還沒有出現？倒好像這兒不是他的府第一般。

對於其中原因，唯有姒伊最清楚不過了。

天司祿與天司殺、天司危一樣，看似比地司祿風光，其實在冥皇的眼前辦事，雖然司責掌管禪都的錢物財產，但卻沒有多少油水可撈。有一點浮財，又多半最終還是落到了高人一等的紫晶宮手中。與之相比，地司祿則逍遙自在多了，沒有冥皇的約束，他可以大飽私囊，單單是遍佈樂土的劍帛人，就可以讓地司祿撈足好處了。

天司祿生性貪財，偏偏面對數目龐大的財物卻苦於不敢下手，這著實是一種莫大的煎熬，所以十年前的天司祿是又黑又瘦的，讓人感到他已爲大冥王朝鞠躬盡瘁，卻沒有多少人知道真正的原因是他每日都在備受精神煎熬。

物行適時出現，設法與之攀上關係，並開始予天司祿以小恩小惠，天司祿當然來者不拒。在他看來，一個普通的劍帛人向他堂堂天司祿大人奉送一些財物，是再正常不過了。

而物行所送的數目也在不斷地加大，天司祿的貪欲就這樣被物行一點一點地培養起來，漸漸地，他已習慣了揮霍無度的生活，反正自會有物行源源不斷地送上大批錢物供他揮霍。他的身軀也開始迅速變得臃腫富態了。

六年前，物行突然離開禪都，並且整整半年沒有在禪都出現，當然也就不可能再送錢物給天司祿了。但天司祿已不可能再回到從前那樣的生活，他幾乎沒有什麼猶豫，就決定暗中動用大冥天字號財庫中的財物以供私用。

不知不覺中，財庫中的財物已被天司祿私自竊取了頗大一筆數目，天司祿開始有些擔憂了，為了彌補天字號財庫的虧空，天司祿想到私挪財庫的財物做幾筆買賣掙回一筆錢，一來可以掩飾自己監守自盜的罪行，二來可以供以後花費。

碰巧的是那些日子，天司祿相繼認識了兩大巨賈，皆是八面玲瓏、十分精明的人物，天司祿讓自己的人與之接觸了一些日子後，發現只要與他們合夥做幾筆買賣，定是有賺無虧。於是，天司祿親自出面，約見兩位巨賈，說出了他的用意。

有天司祿這樣位高權重的人物做靠山，兩巨賈怎有不答應之理？

當下，天司祿再從財庫中挪用了近萬兩金銀，準備好好地掙上一回。

沒想到數月後，天司祿的買賣竟連連失利，兩位巨賈爲他指出的行商良徑根本毫無用處，而且就在天司祿適得焦頭爛額的時候，兩巨賈也突然不知去向。

天司祿頓時驚慌失措，惶惶不可終日，因爲如今財庫的虧空數目已大得足以讓冥皇大動肝火了。

不久前，千島盟大舉進攻冥海四島，天司祿一聽此事，幾乎要急得發瘋，因爲他知道兩城之戰，必然耗資甚巨，一旦戰爭持續一段時間，冥皇必定會讓他調撥錢糧給卜城，那時天司祿就再也不可能繼續掩飾下去了。

若是影響了卜城抗拒千島盟，冥皇十有八九會讓他人頭落地。

眾所周知，大冥是以武立國的，所以雙相八司中的八司看似地位平等，其實天地司祿及天地司命的地位權勢根本不及天地司殺、天地司危。

在冥皇看來，兩大司殺、兩大司危爲大冥王朝奔走廝殺，立下了汗馬功勞，這一點又豈是司祿、司命所能相比的？

若有大錯，冥皇或許會饒恕司殺、司危，但卻很難饒恕司祿、司命，對於這一點，天司祿是心知肚明的，所以他才如此惶然不安。

這時，已消失了半年多的物行突然再次出現了，隨同他一起來見天司祿的，還有被物行稱爲「小姐」的姒伊。

那時，姒伊不過只有十七歲，但言行之間，卻已讓天司祿不敢起絲毫小覷之心。

姒伊的不俗讓天司祿意識到物行與姒伊絕非一般人物，甚至他已隱約意識到物行與兩個巨賈的出現與失蹤有著某種聯繫。只是他的醒悟來得有些遲了，待他清醒過來時，已是欲罷不能了。

物行帶來一個讓天司祿喜憂參半的消息，那就是一旦有需要，他家小姐姒伊願意以自己的家產為天司祿消除災禍。

這等於是給了天司祿一根救命稻草，雖然他知道事情沒有那麼簡單，天上不會無故掉下餡餅，可在當時的情形下，他根本別無選擇。

於是，天司祿與姒伊達成了某種默契。

後來，天司祿依物行的意思，向姒伊透露了一些大冥王朝的機密之事——事實上，這等於天司祿的頸上又套了一條鎖鏈，若是姒伊、物行的異常行蹤舉止被大冥王朝發現，天司祿必會被牽連出來。

通敵洩密，加上揮霍財庫中的錢物，天司祿必死無疑。這就決定了天司祿不能不全力以赴地為姒伊、物行作掩護，唯有姒伊、物行安然無恙，他才不會有事。

到後來，天司祿為劍帛人做的事越來越多，也就越來越不可自拔了。

這正是姒伊在天司祿府何以能夠如此行動自由的原因，與其說姒伊是天司祿的客人，倒不如說她才是真正的主人。

姒伊料定冥皇會出爾反爾，知道用不了多久，冥皇的人就會進入天司祿府對付她。所以她讓天司祿除非在萬不得已的情況下不可露面，因爲一旦天司祿露面，皇影武士是奉冥皇之命行事，天司祿非但不可能明著助姒伊，而且還可能不得不與其他人一起對付姒伊。

既然不可能得到天司祿的相助，那又何必冒讓對方增強實力的風險？劍帛人復國之事，爲長久之計，而非一朝一夕可成，不到萬不得已，姒伊還不願意失去天司祿的暗中相助。

就算她已無法再留在禪都甚至被冥皇所殺，眉樓大公——亦即銅雀館的主人眉小樓仍可留在禪都，繼續利用天司祿。

姒伊的考慮也算是很周全了，但她沒有料到會突然殺出勾禍這一魔頭。照現在的形勢看，不讓天司祿露面的安排，反倒是弄巧成拙了。

更要命的是，姒伊帶入天司祿府的劍帛人人數不少，而且其中不乏高手，但姒伊出於同樣的原因，也已叮囑他們決不可擅自出手，因爲他們一旦出手，冥皇一定會對天司祿與劍帛人的關係產生懷疑。

姒伊打定主意對付冥皇派來的人只以智取，盡可能地避免正面衝突，連千島盟的人都難衝破大冥的困鎖，何況是比千島盟人更勢單的劍帛人？

可是面對勾禍，有時是根本無計可施的，因爲他根本就無所顧忌，這一點與冥皇截然不同。即使暗地裏冥皇會做出一些不擇手段的事，但在表面上，他卻必然要全力維持他聖明的形象。

當南陽不歸喝令紫晶宮侍衛向勾禍放箭時，眾侍衛已依言而行，張弓搭箭。

但未等他們將箭射出，南陽不歸便已走上了不歸路！

莫可名狀的恐懼一下子緊緊抓住眾人的心，已在弦上的箭，竟再也沒有勇氣射出。

因為他們知道弓弦響起之時，便是他們身形暴露之時，一旦身形暴露，就必然會成為勾禍下一個獵殺的目標。

十餘支箭已指向了同一個目標，卻沒有一個人敢射出，這樣的情景，顯得既滑稽又不可思議。

勾禍一臉血污，那既有嬰狐的血，又有自他自己傷口流出的鮮血，顯得猙獰而可怖。

他的心中充滿了極度的恨！

為了等候重現樂土武界的時機，他已足足等候了二十載。如果不是靈使派出了不二法門的弟子去尋找他的下落，他根本不可能有重獲不世魔功的機會，還必須遙遙無期地等待下去！

他當然知道靈使派出的人是為了殺他，只要他還活著——但也正是靈使想斬草除根的舉止，反而為勾禍提供了機會。

所以對靈使，他的心中更多的是嘲諷，而不是仇恨。

他恨的是南許許！

因為這世間只有南許許一個人知道他還活著，知道他在何處，如果南許許不向他人透露，又

怎麼會有人想到要殺他？

一定是南許許出賣了他！

而勾禍此生最恨的就是被出賣！

如果不是被自己最信任的人——不二法門元尊出賣，他又怎麼會成爲一個天下人共恨之的十惡不赦的魔？他本應該與法門元尊一樣，成爲法門地位超然的「一尊一聖」中的聖者，與法門元尊一樣受到成千上萬人的敬仰。

但事實卻是法門元尊陰毒至極的出賣，將他從理想的天堂一下子打入了現實的地獄之中，讓他成爲一個只要在這個世上存活一日，就必須面對一日的殘酷追殺的巨魔！

如果不是南許許兩次救了他，他早已死了，死於法門元尊的出賣。

偏偏這一次，曾兩次救過他的南許許又出賣了他！

他一直覺得，如果這世間還有一個人可以讓他感激的話，那麼這個人就應該是南許許，畢竟他救過他兩次。而任何人都知道，救勾禍，那等於是將自己推向整個樂土的對立面。

而事實上也的確如此，南許許第一次救了勾禍之後，就成了不二法門乃至其他樂土門派追殺的對象。也許追殺南許許的未必都真的仇視南許許，但追殺南許許就意味著是與邪惡爲敵，可以標榜正義，何樂而不爲？

爲了救勾禍，南許許將自己的後半生都交付於不停的如噩夢般的逃亡生涯中了，南許許所付出的代價不可謂不大。

如果說南許許第一次救勾禍只是出於師命的話，那麼第二次救勾禍，則更讓勾禍感到意外與震撼。這讓他在相當長的一段時間內，都在想著：如果他還能重獲不世修爲的話，那麼他首先要做的兩件事就是：一是向元尊復仇，二是向南許許報恩。

對勾禍來說，能讓他想到「報恩」這樣的念頭，是絕對的不同尋常。

但當靈使派出的人出現在他的面前時，他才突然想到，這就意味著南許許已經將他出賣了！

那一刻，勾禍心頭的感受實是難以用言語來形容。

他本是不二法門的人，本性並不邪惡，但既然元尊讓他做一個邪魔者，那麼他就必須依照一個無惡不作的邪魔的言行去做。而且在九極神教中，雲集的本就是邪魔之道，久而久之，勾禍的心已漸漸入魔。

當他突然被元尊出賣時，失望、悔恨、憤怒使他徹徹底底地淪爲魔道中人。

直到南許許的出現，才讓他的心中有了唯一的一點光明。而今，南許許卻再一次讓勾禍絕望了，勾禍心中的最後一點光明也滅了，從此，他便墜入了無邊的黑暗之中，而且比以前更瘋狂，更極端！

既然這個世界給予他的只有負面的、黑暗的一切，那麼他便要讓這個世界變得更爲黑暗！

他最仇視的自然是不二法門與大冥王朝，而偏偏無論是不二法門還是大冥王朝，其勢力之龐大都是極爲驚人的。他們擁有成千上萬的人，而勾禍的九極神教早已煙消雲散，以勾禍一人的力量，如何能與之抗衡？

所以勾禍想到了要利用千島盟的力量。千島盟一向與大冥王朝勢不兩立，與千島盟聯手對付大冥樂土是再好不過的。

正是因爲有這樣的念頭，勾禍才會去救小野西樓等人，只要救出小野西樓等人，也可以算是給了千島盟盟皇一份見面禮了。

可惜要救小野西樓等人實在太難，他雖然成功地讓小野西樓等人從天司殺、天司危等人的圍攻下解脫出來，但他卻被迫與小野西樓分道而行。

待他重新殺回想找到小野西樓等人與之會合時，小野西樓等人卻已不知所蹤。休說是他，連大冥王朝的人都不知道小野西樓的下落了。

勾禍若是獨自一人離開禪都，禪都人馬應該還困不住他，但他又豈會甘心就這樣一無所獲地離開禪都？這些年來，他的孤獨與寂寞是旁人絕對無法想像的，因爲他已十數年沒有見到過一個人，直到靈使派出的人出現。

廝殺、血腥、死亡——這些才是勾禍所熟悉、所渴望的。今日的禪都是如此的混亂不堪，這讓勾禍著實興奮不已，他又如何捨得就此離去？

勾禍的第二次死裏逃生，可以說絕對是一個奇蹟，因爲在不二法門看來，當年勾禍是被攔腰斬殺的，一個被攔腰斬殺的人，又怎麼可能活得下來？

這其中的秘密只有勾禍與南許許知道。而南許許已死，勾禍自己就是唯一的知情者了。

當然，勾禍此時還不知南許許已死，否則他或許就不會再如現在這般仇恨南許許對他的出賣。

勾禍在禪都悄然隱藏下來，與小野西樓等人的隱藏方式自是不同，在禪都乃至整個樂土，都不會有人暗中助他的，而且他的容貌肌膚如此獨特，無論在什麼地方都會被人識出，所以他只能隱避在禪都的一些僻靜無人處。

但禪都畢竟是禪都，而不是荒山僻野，所謂的僻靜也只是相對的。勾禍必須不斷地更換隱身地點，才不會被人發現。

所幸他的修爲實在太高了，其身法之快，可以讓他在尋常人面前迅速移形，而不會爲之發現，最多只是以爲有一陣風掠過，何嘗會想到是勾禍？

就這樣，勾禍一連更換了幾次隱身之地，他在等待小野西樓等人的再次出現。

湊巧的是，勾禍最後一次隱身之地就是在天司祿府附近。

勾禍本來並沒有對天司祿有什麼興趣，只不過是因爲天司祿府西側有一座塔正好可以供他隱身罷了。

他萬萬沒有料到，就在他潛入塔的最上面一層隱身之後，有皇影武士隨即而至，就在比他低一層的地方潛伏下來。

勾禍大覺有趣而不是緊張，他自恃武學修爲已臻足以笑傲蒼穹之境，又有什麼可以讓他懼怕緊張的？

如果不是勾禍聽到了兩個皇影武士的對話，也許這兩名皇影武士在這座木塔中就已死了。

那兩名皇影武士正是南陽不歸與嬰狐，而他們所商議的正是有關「龍靈」、「聖諭」的事。

南陽不歸、嬰狐的修爲就是在整個樂土，也算是出類拔萃了，他們當然有足夠的自信能夠感覺到左近是否有人，又何嘗料到會遇上勾禍？

嬰狐、南陽不歸以爲附近並沒有人，所以交談時毫無顧忌，卻被勾禍一五一十聽了個清清楚楚。

聽罷勾禍心頭大樂，他何嘗不知龍靈非比尋常？雖然眼下只是有與龍靈有關的一份圖，但也絕對可以說是價值連城了。若是能將之取來，按圖上標誌找出龍靈所在，那自然是再好不過了，那定可使他如虎添翼。

若是不能從這份圖中看出什麼，那麼就將之交與千島盟人，算是做個順水人情，爲與千島盟的聯手作一個舖墊。所以他才會闖入天司祿府，向姒伊索要龍靈圖。

在勾禍看來，此事應該是手到擒來的事。天司祿府在一般人眼中或許是戒備森嚴，難以越雷池一步，但對勾禍來說卻是如入無人之境。

事情的最初發展也的確如勾禍所想像的那樣，他極爲順利地潛入了天司祿府，並且找到了姒伊——雖然他從未見過姒伊，但姒伊雙目失明這一特徵卻太明顯了，要認出她是一件很容易的事。

讓勾禍始料不及的是，一直進展十分順利的事，卻在已經找到了姒伊後突然起了波瀾，而導致這一轉折的自然是姒伊的計謀。

結果，勾禍被三大皇影武士圍攻，雖然他一舉擊殺其中的兩名皇影武士，但卻付出了一雙眼睛爲代價。

他還有太多的雄心壯志沒有實現，還有最強最可怕的對手——法門元尊沒有除去，豈能在這種時候雙目失明？

勾禍縱然再如何自信、狂妄，卻也深知自己雙目失明之後，要想戰勝在武界人眼中已有如神一般的法門元尊，希望已變得格外得渺茫。

這對於勾禍來說，實是一種致命的打擊。在他看來，區區兩個皇影武士的性命，怎能與他的一雙眼睛的代價相比？

勾禍重獲武功內力之後，可以說是充滿勃勃野心，如今他的勃勃野心卻被無情地潑了冷水。

勾禍只覺有萬丈怒焰在他的心中熊熊燃燒，此時此刻，他只有一個念頭，那就是粉碎這個可惡的世界！殺絕世間一切的人！讓天地蒼穹和現在的他一樣，陷入無邊無際、無始無終的黑暗中！

他緩緩地移動著「目光」，就像是他的雙眼還能視物般緩緩掃過四周，雖然眾人皆知他的確已失明了，但當他已不能視物的雙眼正對著自己這邊時，仍會讓人心頭泛起寒意。

「以爲老夫失明就無法發現你們?那你們就大錯特錯了!老夫會逼得你們不得不現身！」

他依舊是一字一字地吐出，每個字都說得很短暫很清晰，很有斬釘截鐵般的果斷與堅決，並形成了一種讓人感到無法抗拒、無法逆違的力量。

沒有人不相信勾禍能夠做到這一點。但除了繼續保持沉寂，繼續等待外，他們又能做什麼？

戰傳說終於意識到了皇影武士並非是針對他而來的，因爲那廝殺者足以說明這一點。

天司祿府的人是不會爲了他而與皇影武士發生衝突的。

難道……是爲了姒伊而來？

他早已意識到姒伊的神通廣大，也意識到她絕對不會是一個普普通通的行商市賈女子，這一點從她與天司祿的關係就可以看出。

一般的行商市賈女子對天司祿這樣的人避之唯恐不及，更勿論主動與之接近。而姒伊不但與之接近，而且在這天司祿府似乎還有超然的地位。天司祿乃大冥雙相八司之一，姒伊這麼做，多半是有目的。

戰傳說知道隨姒伊同來天司祿府的劍帛人中有不少好手，也已經看出姒伊本身就身懷絕學。但她畢竟是雙目失明，而對方卻是皇影武士，皇影武士的修爲，戰傳說早在坐忘城中就已見識過了，殞驚天的雙生胞弟就是亡於皇影武士手中。

所以，戰傳說不能不爲姒伊捏一把汗。

無論怎麼說，姒伊畢竟對他有所幫助，而且她給他的印象很好，如此一個絕世女子，若是有什麼不測，實是蒼天無眼。但自己若是介入，或許就會引火焚身了。

戰傳說的心事爻意看出來了，她低聲道：「不若由我去看看究竟發生了什麼事吧。」

戰傳說立即道：「不可，何況就是讓妳去，妳也未必能去成，因爲各處通道都有人把守！」

爻意道：「他們應該是防止有人逃出，而不是爲了防止有人闖入的。」

戰傳說道：「或許是兩者兼而有之……」

話音未落，忽聞不遠處有人飛奔而來，邊跑邊喊道：「勾禍已進入天司祿府！快快稟報天司祿大人！」

此人是一名劍帛人，雖然姒伊早已下令自己的人不得擅自出手，但她身分特殊，可謂是劍帛人心目中的精神支柱，又怎放心讓她獨自一人面對迫在眉睫的危險？此人便一直悄悄地潛至姒伊的不遠處，只等姒伊萬一有危險時便出手相救。

正因爲如此，當最先趕至的紫晶宮侍衛及天司祿府家將都爲勾禍所懾，不敢輕舉妄動的時

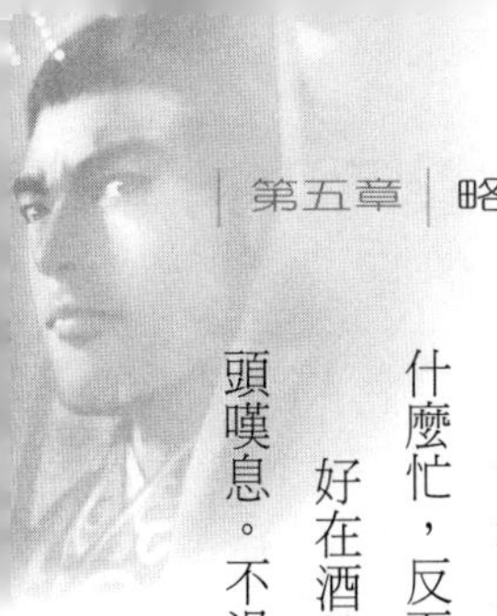

候，反倒是潛藏於較遠處的他有了脫身的機會。

此人也十分的機靈，他如此大聲吶喊，其目的就是要讓天司祿的人自己去請出天司祿。而且對方是勾禍，天司祿很可能還會向冥皇求助，援兵一至，姒伊便安全了。

其實此人也是救姒伊心切而亂了陣腳，眾多大冥王朝的人進入天司祿府，其實對姒伊很不利。

不過可以稱得上是因禍得福的是，他這一舉措在尚未引來大冥王朝中諸如天司殺、天司危這樣的人物時，卻先促使勾禍下決心出手了。

戰傳說對爻意叮囑了幾句，隨即掠向廝殺聲傳來的方向。

紫晶宮侍衛得知勾禍出現之後，哪裡還會攔擋戰傳說出手相助？

東門怒的酒館裏早已打烊了，東門怒在傍晚時分離開酒館後就一直沒有回來。眾人雖然有些擔心，但礙於有古湘在場，也不能說什麼。

古湘雖然還算勤快，但卻顯得笨手笨腳。他忙忙碌碌了大半天，其實非但沒有給眉溫奴幫上什麼忙，反而添了不少亂。

好在酒館的生意實在是不敢恭維，古湘忙裏添亂也並無多大的影響，只是于宋有之不時地搖頭嘆息。不過眾人皆知他是刀子嘴豆腐心，只是圖個嘴上痛快。

現在，他正在給古湘包紮被菜刀傷了的指頭。

古湘想要拒絕，于宋有之便一板臉，「你道我是爲何？我只是想讓你這點傷早些好了可以多幹活！別以爲手傷了就可以不用幹活了，十銖錢雖不是大數目，卻也需得做點事才行，要不我于宋有之也天天去混吃混喝，再在自己手上割那麼一小刀。」

「你！……」古湘氣道，「我何嘗是有意傷的？」

一氣之下，他的臉已漲得通紅。

于宋有之哈哈笑道：「怎麼像個姑娘一般？說幾句就受不住了。」

眉溫奴道：「有幾人像你這樣嘴快臉厚？」

古湘強自笑道：「我若是女子，你又怎會橫豎看我不順眼？」

于宋有之咧嘴一樂，「哪裡，哪裡，我于宋有之年屆四旬，雖風流倜儻，英俊瀟灑，卻未成家，有六大原因……」

還未將六大原因一一說出，他忽然「咦」的一聲，連聲道：「奇怪，奇怪。」

古湘見他直勾勾地盯著他的手，不由有些慌亂，卻聽于宋有之道：「據我所知，切菜時若傷了手，或是傷食指，或是傷中指，卻從未聽說會有小指受傷的。」

他一臉佩服地道：「高！的確是高！小古公子畢竟是見過大場面的，連受傷也與眾不同，不同凡響。」

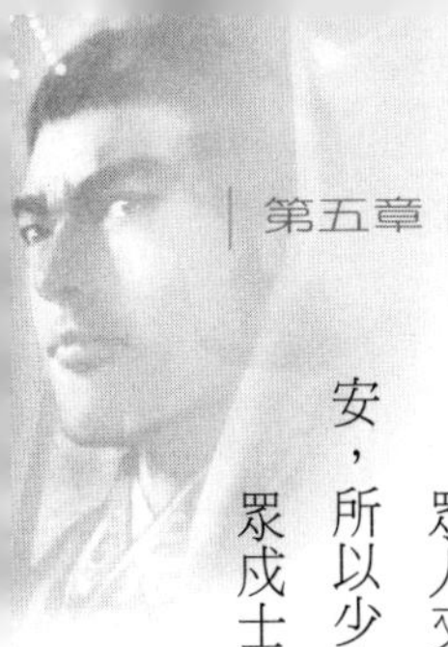

古湘緊張之色頓去，也笑道：「我也奇怪，刀那麼一偏……」

忽聞高辛道：「好像有廝殺聲。」

于宋有之、眉溫奴、史佚、齊在都靜了下來，果然聽到了有廝殺聲隱隱傳來。

于宋有之乾咳一聲，「我們只管做我們的小本買賣，就算他們殺個天昏地暗也與我們毫不相干。」

史佚、高辛便應和著。

這時，門外響起了叩門聲，于宋有之問了一句，回答的是東門怒的聲音，便將門打開了。

于宋有之問道：「大掌櫃，外面的廝殺聲是因何而起的？」

東門怒道：「好像是千島盟的人已被天司殺大人發現，這一次，千島盟人只怕是插翅難飛了。」

古湘道：「千島盟人敢深入禪都，自然是自取滅亡，照常理，他們是不應做出這樣冒險的舉措的，這其中一定有不爲外人所知的原因。」

于宋有之半調侃半認真地道：「高見，高見。」

眾人又收拾了一陣，東門怒稱明日還要早早開門迎客，這幾日禪都被千島盟人鬧得人心不安，所以少有客人，千島盟人一除，明日的生意定能有所起色。

眾戍士見東門怒說得煞有其事，都暗自好笑。

東門怒來了禪都，他們就不必再擔心難以度日了。在禪都天天都有新鮮的事發生，比起稷下山莊的沉悶要有意思多了，如果不是還要見戰傳說，眾戍士定會感到在禪都的日子可比在稷下山莊快活多了。

不料臨睡前，古湘卻問東門怒有沒有單獨的房間可供他住，東門怒道：「酒館只有一大一小兩個住處，實在騰不出地方，古公子就將就著住上幾日吧。」

古湘道：「大掌櫃或許是誤會了，在下倒不是挑揀，而是在下有一個毛病，入睡之後，常常在夜半時分起身四處走動而自己卻渾然不知，我怕會驚擾了高大哥他們。」

「那是夢遊，據說有此病的人，甚至會手執利刃殺了人之後再重新倒頭酣然入睡。」于宋有之趕緊道。

「殺人我倒是不會的。」古湘道。

「總之是有些可怕。」于宋有之轉而對東門怒道：「隔壁的柴房裏倒可以在柴堆上架一張床，只是不能點燈。」

「無妨，無妨。」古湘趕忙道。

小野西樓在殺過第二道長街的時候，忽然有了異乎尋常的壓迫感。

抬眼望去，天司殺正昂首立於街心。

四周全是大冥王朝的人，卻未見哀邪、斷紅顏。殘酷的廝殺生生將他們迫散開了，眼下他們只有各自爲陣，能否脫身，就看各自的造化了。

天司殺朗聲道：「妳十三歲方隨柳莊子習練刀法，卻在四年之後有了今日這等成就，本司殺也不能不佩服妳！」

小野西樓沉聲道：「不必多說，你我之間，唯有一戰！」

天司殺哈哈一笑，「妳比本司殺的女兒還要好勝！既然如此，就讓本司殺的驚魔見識見識千島盟聖武士的刀道修爲吧！」

小野西樓幹練果決，天司殺也是豪爽乾脆，他們的相遇，注定一場生死搏殺會瞬間爆發！

天司殺一聲沉喝，已如驚電般暴進數丈空間距離，一百七十一斤重的「驚魔」倏然破空而出，捲起一股可怕的風暴，向小野西樓席捲而去，剛猛絕倫。

可怕氣勁似乎在頃刻間耗盡了周遭空間的所有氣息，讓人感到無法呼吸。

小野西樓的目光更爲清冷！她知道，一場惡戰即將開始了。

天照刀倏起！

揚起一道看似簡單卻又似若蘊涵了無窮玄奧的弧線，似慢實快地劃空而出，迎向驚魔。

刀耀虛空，讓四周觀戰者頓有目眩神迷之感，仿若天照刀中蘊有神奇的力量，攝走了觀者的魂魄。

勾禍動了——絕對是超乎人想像的速度！

他突然向一側如怒矢般暴射而出，聲勢駭人至極。

「嗖嗖嗖……」十數支箭不約而同地射了出去。

這是紫晶宮侍衛射出的箭，但卻絕對不是他們的本意。

只是當勾禍倏然發難時，致命的威脅感讓他們本能地作出了這一反應——他們的箭早已在弦，只是一直沒有勇氣射出。

箭出之時，眾射手已神色倏變，心頭掠過森森寒意。他們的驚悚並沒有錯，因爲箭剛射出，突然間已不可思議地重新向他們自身反射而回，一切都如噩夢般可怕而不真實。

慘呼聲中，十數名射手已倒下了大半，小部分未曾中箭的人也已駭得魂飛魄散。

而更多的紫晶宮侍衛、天司祿府家將已身不由己地做出了足以讓他們後悔一生的舉動：他們拔出了各自的兵器，而兵刃脫鞘聲足可爲勾禍指明攻擊的方向！

轉瞬之間，已倒下了七八個人，而同伴的死亡則使暫時倖存者心理的壓力更大，更不可能保持冷靜，自然也就更有機會成爲勾禍下一個目標！

勾禍已然成了一股死亡的颶風，他所過之處，留下的唯有血腥與死亡。

浮禺已不能不動，他是皇影武士，若是他帶來的所有紫晶宮侍衛全都死於非命，而他卻竟然

沒有出手，那麼他在大冥將永無立足之地。

一聲幾乎已扭曲的大喝，浮禺在勾禍背後驀然出刀了。

但刀出之時，往日的人刀合一、相通相融的感覺全然沒有了。刀似乎已不再是往日的刀；人似乎也不再是往日的人，一切都顯得那麼的生澀，那麼的不協調，這種感覺讓浮禺幾乎絕望。

可以說，雙方還未交手，他已在戰意鬥志上處於絕對的下風了，而這種情形，本是決不會在皇影武士身上出現的。

勾禍及時察覺了浮禺的偷襲——其實也不是真正的偷襲，連浮禺自己都知道自己的出擊決不可能不爲對方察覺，他之所以在勾禍背向他時出擊，只是想盡可能地爲自己爭取一些時間罷了。

可惜他很快發現這麼做其實並沒有實際的意義，因爲這根本不能改變他失敗的命運。

勾禍倏然出手，竟徑直抓向浮禺的刀——這絕對是一個極度瘋狂的舉止，他似乎沒有意識到自己的對手是地位超然的皇影武士，而將之視做一個普通的對手。

那一剎那，浮禺心頭狂喜至極，本是毫無信心的他忽然自信心無限膨脹，他相信勾禍的一臂將與其身體分離！

但迅如奔雷的刀條而凝滯，再也無法動彈分毫，就如同奔瀉洶湧的江水突然凝止不前般不可思議。

刀赫然已被勾禍穩穩地抓住，他的手沒有絲毫的損傷，泛著詭異的金屬般光澤的肌膚使他的手與浮禺的刀像是連成了一體，或是一起鑄成的一尊雕像，不可分割，不可動搖。

反而是刀的主人浮禺忽然間變得與自己的兵器毫不相干似的，刀雖然依舊握在他的手中，但此刻他握刀的動作卻顯得有些滑稽而可笑。因爲他分不清是應該放棄自己的兵器，還是奮力將之奪回！

「你的修爲並不弱，可惜你害怕了，這讓你的刀道修爲大打折扣！」

是勾禍的聲音，但已不是原先的那種一字一字的奇異說話方式，而是以內息向浮禺傳音，聽到這句話的只有浮禺自己。

浮禺的臉色煞白如紙。他知道勾禍所言，的確正中了他的要害。

但他並不甘心就此甘休，一聲低哼，他已在瞬息間向勾禍要害部位連踢二十餘腳！

勾禍雙目不能視物，所以浮禺盡可能地追求速度之快，畢竟雙目失明的勾禍在反應上會受到影響。

浮禺的二十餘記重逾千鈞的重踢無一不中，勾禍照單全收。

浮禺雖然比南陽不歸、嬰狐要矮上半個頭，但自他的體形不難看出，若單論力量，他絕對在南陽不歸與嬰狐之上！這二十餘記重踢可以說是一記重過一記，浮禺最後的求勝欲望全借此爆發。

連連被重擊的勾禍卻等到浮禺攻勢已盡之時，方暴然擊出一拳，浮禺立時被轟得如彈丸般倒

飛而出，鮮血狂噴。那二十餘記重踢，勾禍連本帶利還給了浮禹。他雙目失明，當然不願一味地以快對快。

浮禹比南陽不歸、嬰狐的生命力更強，這一拳雖然轟得他幾乎靈魂出竅，卻未死。只是當他落地之時，墜地聲足以讓他再一次成爲勾禍攻擊的對象，那時他就不可能再抵擋勾禍的一擊之力了。

浮禹實在想不明白：一般高手即使只承受他一記重踢，定然也非死即傷，勾禍何以能夠在他二十餘記力逾千鈞的重踢之下，仍能安然無恙？難道他真的已成了永不死亡之魔？

浮禹將不可避免地墜落，這便等於說，死亡將不可避免地降臨，他的心中掠過絕望之情。

一連撞斷了幾根竹子之後，勾禍已如揮之不去的陰影般淩空掠至，直取他這邊而來。

浮禹心如死灰！

就在他絕望地閉上雙眼時，有兵器破空之聲傳入他的耳中——浮禹由兵器破空聲可以聽出出手的人修爲甚至在他之上，所以也不可能是紫晶宮侍衛。而勾禍手中只有從他手中奪得的刀，自然也不會是勾禍，那麼剩下的可能，就是他們三大皇影武士最初的目標，姒伊了！

複雜的念頭其實只在很短的時間內閃過，只聽得一聲讓人極爲壓抑的沉悶而驚人的交擊聲響過，驀然有狂烈絕強的氣勁四向橫溢，如秋風掃落葉般將飛墜落地的浮禹捲飛老遠，重重地撞在一堵牆上，幾乎暈死過去。

爲浮禺擋下致命一擊的是戰傳說！

雖然戰傳說曾被皇影武士尤無幾、甲察追殺，但他們只是奉命行事，更與眼前的浮禺無關。只要他們不是對付戰傳說或姒伊而來的，戰傳說都不會見死不救。

勾禍喝了一聲：「什麼人？竟敢壞老夫之事！」

「戰傳說。」戰傳說毫不顧忌地道。

連天司殺都已知道他是真正的戰傳說，他又何必再作隱瞞？同時，他說出自己的身分時，迅速地掃了浮禺一眼。

見浮禺一臉吃驚，反而更斷定浮禺不是爲對付他而來的。浮禺吃驚的應該是戰曲之子戰傳說早已被殺，何以現在又有了一個戰傳說？如果浮禺是奉命來追殺他的，反而不會這樣驚訝了。

「似實似虛，銳不可當！老夫一生之中，只有昨夜一戰中，遭遇擁有兲兵的年輕人時，方給老夫這樣的感覺！你就是昨夜那個年輕人？」

戰傳說開口之後，勾禍即可判斷出他所在，於是以內息傳音。

「正是。」戰傳說道，這時，他已發現勾禍雙眼已瞎，心頭略略鬆了一口氣。

「據說只有達到神魔之境者，方能擁有兲兵，老夫一生之中，還從未與達到神魔之境的高手決戰，今日能與你一戰，實是讓老夫感到無比的興奮，希望你不要讓老夫失望！」

戰傳說見勾禍雙目失明，一身血污，卻還不肯退卻，心中湧起一股很是複雜的滋味。

他道：「據說當年你的九極神教盛極一時，勢力如日中天，而今九極神教卻已灰飛煙滅，你幾次死裏逃生，難道還不能看破『權欲』二字嗎？」

勾禍怔了怔，忽然冷笑一聲，「小子，還輪不到你來教訓老夫！天下人皆有負於我，我爲何不可負天下人?!」

「此言差矣，真正有負你的，只有一個，而你卻將這份仇恨轉加於天下人身上，這便等若不肯寬恕自己，你將永遠爲仇恨所累！」

「什麼?!你所說的負我者只有一人，所指是何人?!」勾禍一激動，又以那嘶啞詭異的聲音道。

旁人自然是無法聽懂他與戰傳說到底在交談什麼，因爲勾禍的話時而可讓每個人都聽到，時而卻只有戰傳說一人能聽見，當然無法理解。

「我所說的是何人，你應該清楚。也只有他才能傷害勢力如日中天的九極神教及其教主，才會讓你如此仇恨！換了他人，連傷害你的可能都沒有，又怎麼能爲你所恨？」戰傳說道。

勾禍神色倏變！半晌他才道：「你所指的，可是元尊?!」

第六章　虛偽之神

「不錯！」戰傳說道，「你的仇人，本應只有一人，那就是他！而你不能向他復仇，卻以弱小者爲敵，這又豈是一方強者所甘願爲之的事？」

若是在正常情況下，戰傳說自然不會說出勾禍的仇人是元尊，畢竟此事關係太過重大，一旦此言出自他的口中，那麼從此他就將成爲天下人共同的敵人，必不得片刻安寧。

但此時，「元尊」二字是由勾禍所「說」，而勾禍所「說」的，只有他一人聽到，他肯定了勾禍的說法，也只有勾禍明白他的意思，旁人卻絕對無法知道他所說的「勾禍的唯一仇人」所指的是什麼人。

而戰傳說所說的話，對勾禍的震撼之大卻是可想而知的！因爲除了他、元尊及南許許、顧浪子之外，還沒有第五人知道當年九極神教的內幕——勾禍一步步地被元尊引向魔道，並最後將之出賣，使勾禍對元尊之恨，已達到恨不能寢其皮、食其肉的地步。

尤其讓勾禍無法忍受的是：即使他願意把有關九極神教的真相公諸於眾，也絕對不會有人會相信他而不相信元尊。

這才是勾禍最大的悲哀與痛苦。

對於每一個人來說，被愚弄與出賣的滋味都決不好受，而對於自信自負的人來說，則更是如此。

勾禍無論智謀武功，都可以說傲然於武界巔峰，所以他的痛苦仇恨實非言語所能形容。他本已絕望，不再對澄清當年的真相抱有希望，尤其是在他第二次死裏逃生，重涉武界，發現不二法門的力量比以前更強大，法門元尊更受尊崇時，他更絕望了。

他下了決心，從此就做一個真正的魔！

元尊將他自己塑成了武界人眼中的神，勾禍這真正的魔者，就要以實力擊敗這虛僞的神！

只要能擊敗元尊，那麼即使真相永遠不爲人所知又如何？

但當戰傳說的出現以及戰傳說所說的話，使他發現自己並沒有想像的那麼超脫！

甚至，可以說戰傳說帶給他的是難以抑止的狂喜：多少年來，戰傳說是唯一一個知道真相並且將之說出的人，而且從戰傳說的語氣聽來，並無偏袒元尊之意。

那一刻，勾禍幾乎有一種得遇知音的感覺。

「你是如何知道此事的?!」勾禍激動之餘，終於說出話來。

「世上沒有不透風的牆，在這世上，沒有人可以永遠隻手遮天！一切的真相，都有大白天下的時候。」

「好！」勾禍只聽得熱血沸騰，激動不已，以至於大呼出聲。

多少年來，他日日夜夜所企盼的，不就是讓世人知道元尊的真面目？雖然這樣並不會改變他的處境，但這總比讓元尊永遠高高在上強。

當勾禍自己都已絕望時，忽然聞聽一個年輕人無比自信地稱「沒有人可以隻手遮天」，他只覺得說不出的受用。

而姒伊及紫晶宮侍衛、天司祿府家將卻聽得雲裏霧裏，大惑不解。

片刻之前，戰傳說還與勾禍全力一搏，而此刻勾禍卻是一臉興奮。甚至出言讚賞戰傳說，前後的反應如此之大，不能不讓他們思忖戰傳說所說的話，爲何有那麼大的神奇力量，竟可將一個殺人如魔、視他人性命若草芥的魔頭打動。

驀地，勾禍向戰傳說道：「南許許是你什麼人?!」

眾人又是一驚，心道：「怎麼會與藥瘋子南許許也有關係?」

「我與南前輩沒有任何關係。」戰傳說道。

眾人心頭「咯噔」一聲，暗忖他怎麼稱「藥瘋子」南許許爲前輩?就是南許許救了勾禍才留下禍根，否則勾禍早已隔世爲人了，又豈會在今天殺了這麼多人?

至於勾禍爲什麼要問戰傳說與南許許有什麼關係，在眾紫晶宮侍衛、天司祿府家將聽來，倒不難理解，他們相信勾禍對南許許這一救命恩人一定懷有感激之情，所以他要問清戰傳說的身分。

勾禍傳音道：「不錯，南許許性情古怪，在這個世間與我勾禍一樣，只有敵人，沒有朋友、沒有親人，你不會與他有什麼關係，他還調教不出擁有炁兵的弟子！」

對戰傳說所說的，勾禍完全相信了。

「你如此年輕，就已達到擁有炁兵的境地，必有非常尋常的來歷！既然你已知元尊的真面目，又意欲何爲？」

迄今爲止，幾乎只有九極神教與不二法門公然對抗，對於這一點，勾禍當然是極不滿意的。他只希望有朝一日元尊的真面目被揭穿，落得天下人群起而攻之，方能解他心頭之恨。

「我並未知道更多內幕，而且尚無足夠的證據。」戰傳說道。

「那好，老夫可以把更多的內幕告訴你，也可以幫你找到證據。」勾禍道。

「如此甚好。不過，如果你此時不退出天司祿府，那麼我們之間必有一戰，至於其他的事，也就無從談起了。」

勾禍心頭飛速轉念，分析眼下的形勢：雖然自己已擊殺兩名皇影武士、打傷一名皇影武士，但這麼久時間過去了，如天司殺那等級別的高手應該即將趕至，而且僅僅是面前這年輕人就不易對付，自己雙目失明，修爲難免大打折扣，若再戀戰，即使可以勝了戰傳說，要想得到自己想要的東西，已是不可能了。

何況，他還不願失去與戰傳說聯手揭穿元尊的機會。換了別人，勾禍或許會不屑一顧，他知道元尊的力量太過強大了，但戰傳說不同，戰傳說的修爲讓勾禍深信他有著非比尋常的來歷。

沉吟之餘，勾禍果斷地道：「好！十日之後，你到九極神教昔日總壇所在與老夫相見，老夫會告訴你一些事情，但願你不會不敢赴約！」

戰傳說道：「好，一言爲定。」

勾禍一聲怪笑，驀然掠起，幾個起落之間，很快便自眾人的視野中消失了。

勾禍來得突然，退走得更突然，眾紫晶宮侍衛還未曾回過神來——事實上，就算他們有所預料，也不可能能攔截勾禍。勾禍已殺得他們心膽俱裂，此刻勾禍自動離去，對他們來說是求之不得的事，又豈會攔阻？

只是何以戰傳說的一番話就可以讓勾禍退走，眾人是無論如何也想不明白的。

戰傳說也有如釋重負的感覺，他當然知道勾禍曾無惡不作，今日又殺了這麼多人，能將之截殺自是再好不過的。

但昨夜他與勾禍交過手，方才又替浮禺擋了勾禍一擊，雖然接下了，但戰傳說在那一刻幾乎真力難以爲繼。

雖然勾禍因為雙目失明的緣故，其修為會打折扣，但戰傳說即使能勝他，也將付出極大的代價。

戰傳說並不畏死，但六日之後，紅衣男子在祭湖湖心島還等著他決戰，如果在這時候為勾禍所重創，那六日之後的一戰，就必敗無疑。

而戰敗的結果，首先便是小夭將極為危險！

正因為有此顧慮，戰傳說才沒有放手一搏，而是設法讓勾禍自行退走。

這一點，他是成功地做到了。但勾禍讓他十日之後去九極神教昔日總壇所在與之相見，卻又成了他新的燙手山芋。

「不想太多了，走一步算一步吧。」戰傳說一時決定不了到時是否要冒險去見勾禍，便決定暫不多想。

浮禺見勾禍已退去，繃緊的心弦一下子鬆弛，方感到全身劇痛如裂。

直到這時，天司祿才姍姍來遲。

雖然事先有姒伊的叮囑，但此刻他已不能不來，勾禍已殺入天司祿府而他若還無動於衷，那無論如何也說不過去，恐怕會讓人起疑，或是感到他太貪生怕死，這與他的身分、地位太不相符了。

夾於冥皇與姒伊之間的天司祿不由左右為難。

從這一點看，勾禍的出現反倒不失爲一件美事，尤其是當他見到三大皇影武士死的死，傷的傷，而且出手的人又並非姒伊而是勾禍時，他的心頭不由暗自鬆了一口氣。

皇影武士一敗，姒伊暫時就不會有危險了。對天司祿來說，一旦姒伊有什麼閃失，他的末日也就不遠了。

正當天司祿在暗自抹冷汗心道僥倖時，忽聞姒伊道：「天司祿大人，方才勾禍此魔闖入天司祿府，試圖加害於我，幸好聖皇皇恩浩蕩，及時派出皇影武士爲我阻截了勾禍。我想明日一早便去面見聖皇，向他拜謝救命之恩，還要麻煩天司祿大人代我求得面見聖皇的機會。」

「啊?!」天司祿剛剛踏實一點的心又「撲通撲通」地一陣亂跳，心道：「冥皇分明是要取妳性命，妳卻反而主動去求見，這不是自投羅網嗎?」

正不知如何是好時，忽然間腦中靈光一閃，一下子明白了姒伊的真正用意：姒伊這番話其實並不是說與他聽的，而是說與浮禹聽的！

想明白了這一點後，天司祿的心情頓時放鬆了不少，思維也清晰多了，他道：「聖皇日理萬機，妳有這份心意就行了，不必定要去面見聖皇。妳曾告訴本司祿，說聖皇曾賜妳令諭，勾禍是否爲此而來的?」

「那倒不是，他是爲龍靈而來的。其實我並不知龍靈在何處，只是有一張據說與龍靈有關的圖而已。我本想將它獻給聖皇，但物行說此圖十分玄奧難懂，很難看出是否真的與龍靈有關。我擔心把它獻給了聖皇之後，卻並非真的是一幅與龍靈有關的圖，所以遲遲不敢獻出，以免犯了欺君之罪。我本想待物行將此圖看出眉目之後，再決定是否獻給聖皇，不料勾禍不知由何處得知此事，竟將此圖自我手中奪走，並欲殺我滅口。若不是皇影武士來得及時，我定已性命不保。」

「哦，原來如此。」天司祿道，心頭自嘲：「妳這番話說得連我都幾乎信以爲真，現在看來，我天司祿栽在妳手中，是在所難免的了，也不算冤枉。」

這時，隨天司祿同來的負責救治傷者的家將稟報道：「浮禺大人暈死過去了。」

天司祿心頭暗笑一聲，忖道：「只怕他未必是真的暈死過去。」口中卻急切地道：「快找郎中，將府內最好的藥取出！」

戰傳說作爲旁觀者，一直注意著姒伊與天司祿的言行舉止。

現在，他越來越感到姒伊深不可測。

「柳莊子刀法的刀意狂癡，但仍缺乏足夠的捨我其誰的霸氣，這與天照刀並不真正相符。刀法與刀不能相互完美結合，就無法達到刀道的最高境界！你對刀的天賦的確讓人驚嘆，可是你沒有習練與天照刀匹配的刀法！否則，本司殺一定不是你的對手！」他既然如此說，足見他與小野西樓一戰，是他占了上風。

天司殺橫握重達一百七十二斤的「驚魔」，狀如天神。

小野西樓在與他相距五丈之外靜靜地立著，天照刀仍穩穩地握於她的手中。

但她的虎口處已迸出鮮血，鮮血染紅了刀柄，並沿著彎如弦月的刀身慢慢地滑落、滴下。

她的嘴角更有一縷血痕，一張令人魂牽夢縈的絕世玉容顯得有些蒼白了。唯有她的目光，仍是那麼的高傲與清冷。

她的眉心處有一紅色鳳羽狀的印記，非但沒有成為她臉上的缺憾，反而使她更顯得高貴。

此時，她已受了不輕的內傷。

天司殺內力深不可測，再加上他那剛猛絕倫的兵器，兩者結合一起，就是絕對具有摧毀性的戰力！

他的出擊幾乎可以說簡單得無以復加，但卻十分的實用，讓人感受到了大巧若拙的真正含義。小野西樓竟被迫不得不與之正面全力相接——絕無取巧的正面相接。

小野西樓在傷勢未癒的情況下，如何是天司殺的對手？天司殺一番狂攻，幾乎讓小野西樓無以為繼。

「我——還沒有敗！」小野西樓終於開口了。

「既然妳戰意如此之盛，本司殺沒有理由不奉陪到底。」

小野西樓再也沒有說話，唯有將天照刀握得更緊。

一彎炫目的銀芒由天照刀延伸，無形殺機若潮水般向四周瀰漫，且不斷增強，無孔不入，十

丈之內，已完全被這凌然萬物的氣勢所籠罩，讓人感到一切生機都在她天照刀的掌握之中！

天司殺默默地等待對方的傾力一擊！

驀地，一聲清嘯，小野西樓閃電般地暴進，天照刀在虛空劃過一道完美無缺的光弧，直取天司殺。

揮刀一斬，已有氣吞日月之勢。

如此絕強一刀，竟是由一年輕女子使出，實是讓人難以置信。

天照刀與虛空之氣劇烈摩擦所產生的側壓之力，使天照刀在長驅直入時，衍生出無數微小而錯綜複雜的細微變化，而這一切的變化，都在小野西樓的掌握之中，最終形成了絕對可怕的致命一擊。

天照刀的形象在天司殺的瞳孔中以快不可言的速度極速變大！直到那片奪目的銀芒即將完全佔據他的視野時，他的「驚魔」才呼嘯而出。

驚魔與天照刀尚未接實，似虛似實的氣勁已悍然相接，竟爆發出金鐵交鳴的鏘然聲，勁氣四向激溢。

小野西樓一聲低哼，身形暴退。

「噹……」的一聲，天照刀倏然下插，青石地面火星四濺，有如一條火龍在地面飛竄。

小野西樓生生止住去勢，旋即一擰嬌軀，身形甫閃，天照刀化縱爲橫，一團銀芒挾裹著一片火紅，破空而進。

驚魔早已蓄足了勢，在氣勢攀至最強時，天司殺奮力揮出驚世駭俗的一擊！

「轟……」決不像是兵器相交的聲音驀然響起，小野西樓只覺喉頭一甜，鮮血狂噴，倒飛而出，好不慘厲。

眼看就要撞在街邊石牆上時，小野西樓及時揮出一刀，斬於石墩上，借著一股巧力，已再度遙遙撲向天司殺！

天照刀發出可怕的震鳴聲，光芒奪目，耀於當空，似乎成了日月之外的另一天體。

天司殺終於神色微變！

他萬萬沒有料到小野西樓在傷上加傷的情況下，還能揮出如此驚世駭俗的一刀！

天司殺一直感到已勝券在握，但此時此刻，他忽然再也沒有原先的胸有成竹。

但小野西樓的刀勢攀至最強時，忽然再度鮮血狂噴，鮮血在氣勁激蕩下立時化爲血霧。而小野西樓竟已無力完成這最後的最具威力的一擊，頹然墜落。

小野西樓已催運精元過甚，終於使內傷全面迸發。她臉色蒼白如紙，但她墜落之時，竟強自穩住了身形，以刀拄地，勉強地站著不肯倒下。

她已徹底地敗了！

這時，即使是一個普通的禪戰士，也可以輕易地取其性命。

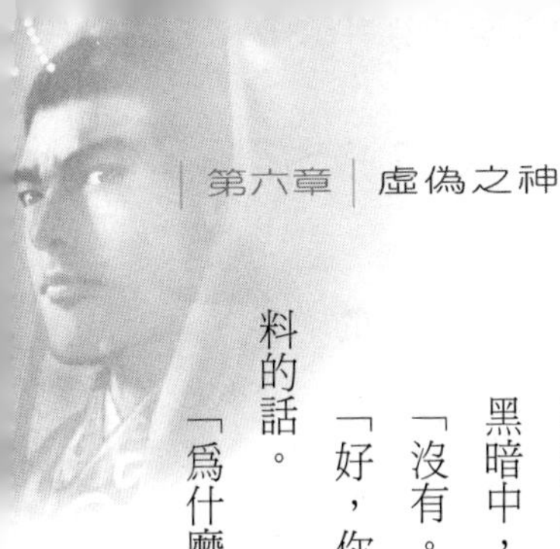

齊在躡手躡腳地回到了于宋有之幾個人合住的大房內。他現在示之於人的身分是眉溫奴的男人，雖然是假稱的，但在古湘這個外人面前，也只有假戲真演，先進眉溫奴的屋內，待古湘不留意的時候再回大房。

進屋時，齊在發現幾個人都上上下下地打量著他，像是要從他身上找到不同尋常的地方。

齊在頓時覺得渾身不自在，手腳不知如何擱置才好，心道：「他們一定是在想我到溫奴的房內會發生什麼樣的情景。天地良心，什麼事也沒發生，不過……就是她的眼神有點火辣辣的。」

所幸爲了不讓隔壁柴房裏的古湘聽出什麼蹊蹺，于宋有之也不敢開口取笑齊在，總算沒有讓齊在太難堪，他很聰明地將燈吹滅了。

這時，外面的廝殺聲也消失了，禪都開始漸漸地靜了下來。

不知過了多久，當眾人都欲睡未睡時，東門怒忽然輕咳一聲，眾人一下子都醒了過來。

黑暗中，東門怒低聲道：「都睡了沒有？」

「沒有。」七嘴八舌的回答，卻竭力壓低了聲音。

「好，你們都聽好了，以後要記住，不許再對古公子無禮。」東門怒說了一句出乎任何人意料的話。

「爲什麼莊……大掌櫃半夜三更叮囑我們這點小事？」于宋有之道。

「因爲古公子的身分很特殊。」東門怒道。

此時，古湘正將耳朵貼在與大房相隔的木壁上費力地聽著，木壁牆雖然不怎麼隔音，但說話的人都有意壓低了聲音，聽起來仍是很費力。

當古湘聽到東門怒說到「古公子的身分很特殊」時，古湘的心頭一陣狂跳，慌亂至極。只聽得東門怒繼續低聲道：「她其實根本不是什麼古公子，而是一個年輕的女子。」

古湘已經緊張得透不過氣來了。

大房內，一片壓抑著的驚呼聲。

「大掌櫃是怎麼看出來的？」高辛問道。

東門怒低低一笑，「這正是我閱歷比你們豐富的地方。平時你們總說我足不出門，但到了關鍵時候，卻還是我能明察秋毫。」

「啊呀，我道爲何她不肯與我們同住，而且又特別羞澀，原來卻是因爲她並非男子。」于宋有之恍然大悟道。

「對了，還有她總不肯將自己搓洗乾淨，這是因爲她怕有人認出她是女子。」史佚也道。

「你們全是事後智佬。」東門怒道，「雖然她沒有告訴我們真相，但一個年輕女子流落到我們這種小店，總有逼不得已的苦衷，以後你們當做不知此事，只要暗中的關照她一點便是。」

「我們聽大掌櫃的。」眾人低聲道。

「如果大掌櫃不介意，我于宋有之還願意獨自一人擔當照顧她的重任。」于宋有之道。

在稷下山莊，他們五大戍士並不如現在這般敢常常對東門怒說笑，畢竟身分尊卑有異，但在這酒館裏，彼此間卻親近了不少。

「于宋有之，以後不可在古姑娘面前說這些不著邊際的話。」

「是，是。」于宋有之忙應道，不知他想到了什麼，兀自樂了，笑出聲來。

黑暗中，東門怒也無聲地笑著。

翌日清晨。

天司殺、天司祿、天司命、天惑大相、地司命、地司祿早早地便被冥皇召至紫晶宮搖光閣。

昨夜禪都連番血戰，結果可謂是有喜有憂，所以眾人誰也不知冥皇將他們早早召來是禍是福。

冥皇終於出現了，從他的表情看不出是喜是怒。

坐定之後，一相五司施禮參見。

禮畢，冥皇目光投向天司殺，沉聲道：「天司殺，你自認爲昨夜功過如何？」

天司殺道：「臣自認爲功過正好相抵。臣之功勞在於誅滅追隨千島盟的驚怖流門主哀邪，以及其主將斷紅顏；臣之過在於功虧一簣，被小野西樓脫身逃離。」

小野西樓豈非已被他徹底擊敗，根本再無還擊的可能，又怎會逃脫？

這其中究竟有什麼秘密？

冥皇道：「小野西樓乃千島盟三大聖武士之一，身分非比尋常。本皇原想將千島盟三大聖武士一舉殲滅於禪都，可惜你沒能實現本皇的願望，念你已盡了力，就依你所言，算是功過相抵了。」轉而對天司祿道：「天司祿，勾禍既然已經在你府內出現，為何不能將之截殺？」

天司祿忙道：「勾禍此魔神出鬼沒，武道修為深不可測。昨夜若不是聖皇神機妙算，早已料到勾禍會在天司祿府出現，事先安排皇影武士，只怕後果將更不堪設想。事發之時，臣正在財庫中，待臣趕到之時，勾禍已退走。」

他明明知道皇影武士並非為保護天司祿府而去的，卻有意曲解冥皇的用意。之所以這麼做，正是受了姒伊的啓發。

對冥皇來說，他知道經歷昨夜的變故之後，劍帛人一定已將聖諭轉移了，這時再對付姒伊已毫無意義。

既然如此，倒不如順水推舟，假稱皇影武士的確是守護天司祿府而去的，這樣至少可以讓世人感到冥皇運籌有方。

當然，聖諭沒有截下，的確成了冥皇的一塊心病，但冥皇同時也相信，僅憑這份聖諭以及劍帛區區三萬人，短時間內尚難有什麼作為。更何況依照約定，大冥王朝還將派出人馬駐守於劍帛人聚居之地，名爲保護，實爲監視，這樣一來，劍帛人將更難有所作爲了。

倒是沒能得到那份圖才是冥皇感到最大的遺憾，但這樣的事，卻不宜在此時問天司祿，因爲在冥皇看來，連天司祿也未必知道此事——事實上，冥皇也是由紫晶宮侍衛的稟報才知圖已落入了勾禍手中一事。

對紫晶宮侍衛來說，休說他們並未看破姒伊的計謀，就算看破了，他們也願意把結局說成是勾禍奪走了那張圖，因爲勾禍的出現是出人意料的。這就可以成爲他們推卸責任的藉口，如果那張圖在姒伊手中而他們沒能得到，那冥皇怪罪下來，他們將更無法分辯。

冥皇不無遺憾地道：「本皇還是低估了勾禍的實力。」

他這麼說，便等於認同了天司祿所謂「神機妙算」一說，亦等於不再追究天司祿之罪。

隨即他接著問天司祿：「據紫晶宮內侍衛稱，挫退勾禍此魔，有一個年輕人功不可沒，據說此人叫戰傳說，可是當真？」

「這……」天司祿一時語塞了，因爲戰傳說進入天司祿府後，一直對他稱爲陳籍，而在天司祿看來，戰傳說是與姒伊同道而來的，所以他也不便多加察辨，此刻冥皇突然稱之爲戰傳說，天司祿當然有些措手不及。

萬幸的是，天司殺居然在這時候道：「不錯，他不但是戰傳說，而且就是四年前力戰千異的戰曲之子戰傳說！」

「戰傳說豈非在一月前已被殺？」天司命提出疑問。

天司命是不二法門秘密弟子，他當然會如此問，因爲「戰傳說被殺」是同爲法門中人的靈使一力促成的。

「被殺的其實並不是真正的戰傳說，而只是一個假冒戰傳說的人。戰傳說乃戰曲之子，關於他的種種爲非作歹的傳聞，本就令人生疑，原來爲非作歹禍亂樂土的並非是真正的戰傳說！」不知爲何，天司殺幾乎是不假掩飾地袒護戰傳說。

「依天司殺大人的意思，倒是不二法門失察了？」天司命看似平和，實則有些咄咄逼人地道，因爲沒有人敢輕易妄言不二法門的失察不公。

「不錯，的確是靈使失察了。」天司殺毫不示弱地道，但他言語之中卻偷梁換柱。

天司命有意將範圍擴大到整個不二法門，試圖以不二法門的盛名讓天司殺知難而退，可謂是頗富心計，但天司殺是何等人物，並沒有落入對方的圈套，反而將矛頭準確無比地直接指向了靈使。

這讓天司命有些措手不及，他從天司殺的語氣中感覺到了天司殺的胸有成竹，雖然尚不知其中原因，但卻足以讓天司命不敢輕易冒險與天司殺在這件事上多作爭執。

於是他以退爲進道：「看來天司殺對戰傳說一事，已有獨到見解了？」

天司殺凜然道：「此事若不是靈使失察，未能將假冒戰傳說的人分辨出來，就是靈使有意而

爲之！」

有意而爲之?!

此言一出，舉座皆驚！可謂是一石激起千層浪，可以說還從來沒有人在這樣的場合，對不二法門及法門中的重要人物提出非議！

一時間，眾人都靜了下來，默默地思忖著天司殺的話。

以天司殺的身分地位，這樣的話可不是隨口亂說的，它很可能就代表了一種跡象。

「天司殺，既然你覺得此事有蹊蹺，那本皇就命你將此事查清！」冥皇雖然沒有直接肯定天司殺的說法，但他讓天司殺去查此事，就已經表明了冥皇的一種態度：那就是對不二法門已不再是聽任自流。

五司皆震撼不小！

唯有天惑大相對此卻有所預見，因爲早在卜城人送殞驚天進入禪都時，不二法門居然派出數十名弟子「護送」殞驚天，就已引起了冥皇的不滿與警惕。

冥皇早已知道修訂祭湖盟約，無論對大冥王朝，還是對不二法門來說，都只是權宜之策。

作爲蒼穹諸國中最強大的兩股力量，他們之間的衝突畢竟是難免的，只是時間的遲早問題而已。

一相五司已然退去，冥皇獨自一人留在搖光閣內默默地想著心事。

冥皇早已知道「陳籍」才是真正的戰傳說，他的消息來源是卜城今日城主左知己。

左知己早在雙城之戰的時候，就已知道戰傳說的真實身分了，而且他還知道戰傳說曾被冥皇派人追殺，所以就毫不猶豫地將此事告之於冥皇，也算是因冥皇將他擢升為一城之主的回報。

至於戰傳說乃至戰傳說之父戰曲的身分，冥皇比誰都清楚。對他人來說，戰曲的出現是一個謎，因為在龍靈關一戰之前，樂土武界從未聽說過有戰曲此人。

唯有冥皇，他知道戰傳說父子是來自於神秘的桃源。因為，冥皇與桃源之間，本就有著某種不為外人所知的聯繫。

事實上，四年前，千異挑戰樂土武界高手之際，雖然各大高手紛紛敗於千異刀下，但冥皇並不慌亂，因為他知道，在最後的時刻，必然會有桃源的人出現，為樂土解除此難，而結果也正如他所預料的那樣。

冥皇本沒有理由要對付戰傳說的，但正如戰傳說所猜測的那樣，冥皇與劫域有著神秘的關係，他是身不由己！

沒有人會相信樂土至高無上的冥皇竟然會有身不由己的時候，但這卻是事實，而這也是冥皇心中最大的陰影。

為了殺戰傳說，冥皇在得知戰傳說進入坐忘城之後，立即密令殞驚天殺了戰傳說，但沒有料到殞驚天仁義寬厚，得知戰傳說非但無罪，而且還可以說於大冥王朝有功，因爲他殺了劫域哀將。於是殞驚天並沒有依令而行，反而全力掩護戰傳說。

這才有了甲察、尤無幾殺殞驚天滅口，以及後來的雙城之戰。

冥皇何嘗不知雙城之戰，對大冥王朝可以說是毫無益處？但這是劫域的旨意，冥皇只有照辦。

劫域太瘋狂了，僅僅因爲戰傳說殺了哀將，就根本不顧冥皇的爲難之處，照這樣下去，總有一天，冥皇定會被劫域推向萬劫不復之境。

「但，劫域對本皇的束縛制約，卻根本無法化解。難道本皇真的要這樣永遠生活在劫域的陰影之下嗎？」

如果不是因爲劫域的緣故，冥皇何嘗不知落木四、殞驚天都是大冥的良材，非但不能殺，反而應該重用？

冥皇折損了兩大重將，還落得個忠奸不明的名聲，實是有苦自知。

還有，殺戰傳說未遂，反而戰傳說的名氣在樂土越來越響，而且越來越多的人相信此戰傳說才是真正的戰傳說，包括天司殺。而戰傳說的武學修爲更是越來越可怕，照這樣下去，要想依劫域之意殺了戰傳說，是越來越困難了。

對於樂土人來說，因爲對戰曲的崇仰，每個人在心中都希望大俠戰曲的後人也如他父親一般，是個英雄俠義之人。

靈使以毒計使「戰傳說」名聲大壞，對樂土人來說，可以說是極為失望，一旦眾人知道原來真正的戰傳說另有其人，一定是歡欣鼓舞。而且，真正的戰傳說的所作所為，也的確如世人所期待的那樣俠義英雄。那時，僅僅是人心向背，也足以成為冥皇擊殺戰傳說的極大障礙。

在戰傳說這件事上，冥皇已陷入左右為難之境。

「難道，本皇就這樣束手待斃？或者，該是另取捷徑的時候了？」冥皇深深地陷入了沉思之中。

他早已想到這一問題，但當天司殺不加掩飾地支持戰傳說時，才讓冥皇真正意識到此事已到了非解決不可的地步了。

「這小子究竟有何能耐？以本皇的力量，非但壓制不了他，反而讓他越來越風光無限。」

稷下山莊後的稷下峰。

林木掩映之中，赫然有一個洞穴入口。縱深處，竟是主洞、支洞、橫洞、豎洞縱橫交錯，複雜莫測。

在其中一洞穴中，模樣醜怪的靈族羽老盤膝而坐，在其對面，是曾救過戰傳說的金劍重甲者，此刻他正以內家真力助那曾全力阻截劫域大劫主的箭手療傷。

他們三人既然一起在此出現，足以說明他們三人都是靈族的人。

待那金劍重甲者收功之時，羽老道：「共青的傷勢已恢復了多少？」

金劍重甲者道：「只恢復了六成。爲了阻截大劫主，他催運內氣過度而受傷極重！」

羽老輕嘆一聲，「他的師父卜矢子可稱天下第一箭手，也需要五行之時，方能使出五行神箭五箭齊施的絕世之技。共青以前從未試過五箭齊施，這一次，他冒險強行施展，可以說是九死一生，能夠倖存下來，已是大幸了。」

說罷，他看了猶自閉目養神的共青一眼。

原來，讓靈使很是忌憚的卜矢子其實已經離世，被他認爲是卜矢子者，其實是卜矢子的傳人共青。

如果早知這一點，也許當日在「無言渡」的一戰中，靈使就不會那樣輕易放棄殺戰傳說的機會了。

「噗噗噗……」通向此洞的過道那邊外響起了輕微的振翅聲，很快便見一隻鴿子飛了進來，在洞穴中略作盤旋後，落在了羽老盤著的又長又瘦的腿上。

鴿子的爪子上綁著一隻小竹管，兩端用蠟密封。羽老去解那鴿子爪上的小竹管時，鴿子也不逃避，顯然是他馴養的。

取下竹管，剔去封蠟，羽老自竹管內取出一張紙條，上面寫著幾行字。羽老匆匆看罷，臉上慢慢地展露出笑容，不過因爲他的模樣實在讓人難以恭維，所以他的笑容看起來多少有些滑稽。

「是東門怒帶來的消息嗎？」那金劍重甲者道。

「正是，東門怒帶來了一個好消息：大冥冥皇的胞妹香兮公主竟在他手中，而且沒有他人知曉此事。東門怒稱必可把握千載難逢的機會，牢牢掌握香兮公主。」

金劍重甲者有些不解地道：「爲何要掌握香兮公主？」

羽老神秘一笑，並不多言此事，轉而道：「我們已取得了天瑞甲，現在東門怒又進展順利，嘿嘿，看來靈族等待千百年的機緣，定然就要來臨了。」

他的神情顯示了說不出的激動與期待。

戰傳說再一次被天司殺邀入天司殺府做客，這一次，戰傳說再也沒有了上次的緊張不安，而天司殺也沒有讓他的手下作陪。將戰傳說領入一間密室中之後，他便屏退了身邊一切人，只與戰傳說單獨共處。

天司殺開門見山地道：「戰公子知道昨日本司殺與千島盟人一戰之事吧？」

戰傳說見天司殺顯得頗爲興奮，以爲他是在爲昨夜能找到千島盟人所在並一舉擊潰而興奮。

他領首道：「在下已聽說了。」

天司殺望著他，笑得有些詭秘地道：「你託付本司殺的事，本司殺已經辦了，你準備怎樣謝我？」

戰傳說吃了一驚，他猛地想起外面已傳聞昨夜一戰無比慘烈，結果仍讓小野西樓走脫了的消息。難道這消息有誤？而事實上，是天司殺爲了自己曾讓他留一千島盟活口，而將小野西樓擒而未殺，卻有意放出風聲說小野西樓已走脫？

想到這兒，戰傳說忙道：「天司殺的意思是……？」

「戰公子是聰明人，應該明白本司殺所指是什麼。」天司殺道。

戰傳說道：「莫非，小野西樓她……並沒有走脫？」

天司殺哈哈一笑，笑得既得意又詭秘：「並非如此。事實上，小野西樓非但走脫了，而且已經離開了禪都，相信此時她正在回千島盟的途中。」

戰傳說隱隱覺得天司殺話中暗含玄機，似乎別有意味，但一時間卻又分辨不出。

戰傳說道：「既然如此，在下就不知司殺大人之意了。」

「很簡單，小野西樓雖然走脫了，但追隨她的驚怖流的斷紅顏還活著。」

「哦，原來如此。」戰傳說道，他記起了那個冷豔無比的女子，「多謝司殺大人費心了。」頓了頓，又有些遺憾地道：「可惜在千島盟人眼中她並不重要。」

「你是說千島盟會不顧惜她的生死？」

「有這種可能——不過無論如何我都要感謝司殺大人。」戰傳說的確很感激天司殺，他知道這一次對付千島盟人可說非比尋常，若是讓冥皇知道天司殺竟擅自做主不殺千島盟的追隨者，其罪名可是不輕。

天司殺成竹在胸地道：「此言差矣，如今驚怖流門主哀邪已死，扶青衣亦已亡，剩下的在驚怖流中地位最高的就是斷紅顏了。千島盟也許可以不在乎斷紅顏的性命，但他們卻一定會想到如今能爲他們控制驚怖流的，就只有斷紅顏了，否則驚怖流將成爲一盤散沙。」

他看了戰傳說一眼，接著道：「其實真正在千島盟眼中不重要的是你的朋友，而不是斷紅顏。你的朋友雖然是殞城主的女兒，但如今的坐忘城城主已是原先的貝總管，殞城主被害後，他的女兒對千島盟來說當然就不再重要了。而他們之所以要挾制殞城主的女兒，是因爲她對你來說很重要，因爲他們的目標應該是你而不是殞城主的女兒。」

戰傳說一怔，繼而長嘆一聲。

天司殺道：「你也不必自責，這又不是你的錯，你與她在一起的初衷可不是爲了使她被千島盟人擒走。」

大概他自己覺得這句話說得很風趣，哈哈一笑，而戰傳說卻殊無笑意。

天司殺道：「要想讓千島盟人感到以殞城主的女兒要脅你並不十分有效，有一個最可行的辦法，就是證明她對你來說並不太重要，而要證明這一點並不難。」

戰傳說望著他，「那紅衣男子以爲殞城主的女兒小夭姑娘是……是在下的女人，又怎會認爲

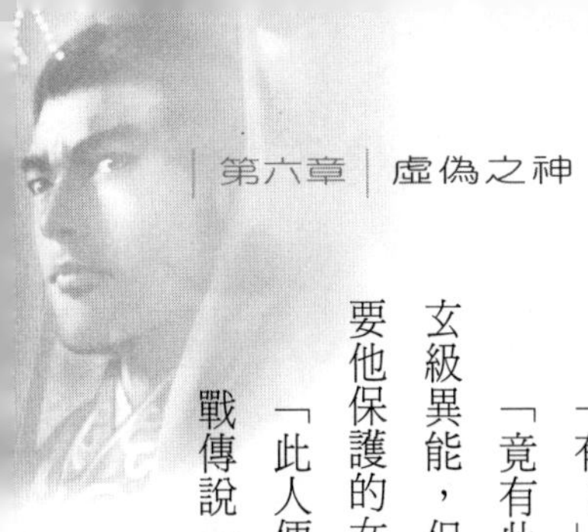

她對我來說不重要？」

「但事實上，她卻只是你的朋友，是也不是？」

「是。」

「有一個可行之計，就是你前去赴約之時，帶上另一個年輕貌美的女子，而且要讓對方感覺到你們的關係很親密，從而發現他手中的小夭姑娘並不是你的女人。那時，你再告訴他斷紅顏在你的手中，也許，爲了救出斷紅顏，他甚至可能不再與你決戰，而直接將小夭與你交換斷紅顏也未可知。因爲，這時他已感到小夭對你不再重要，而斷紅顏對千島盟卻還有利用價値。」天司殺一口氣說完這些後，靜等戰傳說表態。

戰傳說暗自奇怪天司殺怎麼會想出這種近乎兒戲的所謂「良策」，不由試探著道：「對方的目的應該是對付我，所以去見千島盟人時將十分凶險，又有誰願意與在下同去？」

「有！」天司殺道，「此人與你同行，非但不會拖累你，而且還可助你一臂之力！」

「竟有此人？」戰傳說道，他暗忖天司殺所指的是不是爻意？爻意雖然曾顯露出驚世駭俗的玄級異能，但似乎並不能隨心所欲地發揮，事實上在戰傳說眼中，爻意甚至是一個不諳武學，需要他保護的女子。

「此人便是本司殺的女兒！」天司殺終於說出了答案。

戰傳說一呆，忽然忍不住笑了。

他忽然覺得這一對父女都很是有趣。

「戰公子為何發笑？」天司殺惑然道。

「在下已見過令嬡月狸姑娘。」戰傳說道。

這次輪到天司殺發怔了，繼而哈哈大笑，以掩飾其尷尬，心中暗道：「這丫頭也未免太沉不住氣了，竟然這麼急著見他。」

笑罷，天司殺調整思緒，「我女兒的劍法尚算不錯，或許可以助你一臂之力。」

戰傳說道：「令嬡的劍法在下也已領教過了，的確讓人耳目一新。」

天司殺頓時瞪大了雙眼，半晌才搖頭道：「我這女兒一向性格刁蠻，心性卻又極高，倒讓戰公子見笑了。」

戰傳說連聲道不敢不敢。

天司殺本來還有話對戰傳說說的，但得知戰傳說已見過了自己女兒，而且還見識了女兒的劍法，便改變了主意，不著邊際地與戰傳說聊了一陣，戰傳說見天司殺再無他事，便告辭了。

待戰傳說走後，天司殺立即讓人去將他的女兒月狸找來。

過了好一陣子，月狸才出現在天司殺面前。

天司殺將旁人都支開了，把門掩好，這才嘆了一口氣，「月兒，妳見過戰傳說了？」

月狸點頭道：「是啊，見了兩次。」

「而且，妳還讓他領教了妳的劍法？」

天司殺不由哭笑不得。

月狸見父親天司殺似有責備之意，便拉著他的衣袖，嬌聲道：「爹，你不喜歡月兒這樣做嗎？」

天司殺儘量板著臉道：「妳一個姑娘家怎可如此？何況妳還是堂堂天司殺的女兒，這事若傳了出去，豈不讓人笑話？」

月狸不以爲然地道：「天下男人除了爹之外，沒有一個稱得上真正的頂天立地的男兒，我是聽爹將戰傳說描繪得那麼出色，才去見他的，這有何不妥？」

天司殺道：「他若不出色，怎可能連殞驚天那樣的鐵錚錚的人物也對其信任有加？他與殞驚天本是素昧平生，卻都願意爲對方出生入死，這才是真正的肝膽相照！可惜殞驚天太快遭遇不測，否則爹一定全力救他。」

「爹，你說遠了。」月狸調皮地笑道，此時看她，竟是一臉天真無邪。

天司殺的臉就再也板不住了，嘆了口氣笑道：「都怪爹把妳寵壞了，就算妳想見一見戰傳說是否如爹所說的那樣出色，也不必與之刀槍相見吧？」

「若是連月兒也勝不了的人，又怎能算是頂天立地的好男兒？大冥以武立國，若無一身絕世修爲，又豈能在大冥王朝建下偉業？」月狸道。

天司殺道：「照我看，這一點戰傳說或許不合月兒的心意了。他與我這天司殺大人相見時，也不知奉迎，這份直爽淳厚爹雖然喜歡，但要在王朝中立足乃至攀上高位，恐怕就不容易了，而且我見他頗為瀟脫不羈，恐怕也無意於此道。」

「爹錯了，真正能建不世偉業的並非善於阿諛奉承之人。至於說他是否會願意步入宦途，只要月兒嫁給他之後，一定能說服他。」

天司殺一驚，「什麼時候爹說要把妳嫁給他了？」

月狸道：「月兒早已說過，此生若無能入月兒之眼的人，月兒便終生不嫁！」

「這爹知道，因為妳這句話已說了無數次了。」

與女兒在一起，無論怎麼看，天司殺都不像是讓邪魔之人聞風喪膽的人物。

「而今月兒終於找到此人了，月兒不嫁給他，還會嫁給誰？」月狸一本正經地道。

知女莫若父，天司殺倒沒有太意外，他只是提出疑問：「戰傳說未必就願意娶妳。」

「爹，你不是說今天要向他提出這事嗎？」月狸反問道。

「這……恐怕不妥吧，爹無論如何也是雙相八司之列啊……」

沒等他把話說完，月狸已站起身來，「爹若不便開口，就讓女兒自己開口。」

天司殺大驚，忙一把將女兒拉住，連聲道：「怎可如此？怎可如此？這豈非……」「滑天下之大稽」這句話他總算及時咽了下去，因為他太瞭解自己這個女兒了。

他若是這麼說，敢作敢爲的月狸受此一激，恐怕真的會去找戰傳說也未可知。

天司殺唯有施以緩兵之計：「這幾日戰傳說需得去救一個人，正是心有所憂，豈能在這種時候向他提出這事？月兒放心便是。妳是我天司殺的女兒，又美麗聰明，劍道修爲亦很高，只要爹提出來，他豈有不應允之理？」

「不知他要救什麼人？」月狸問道。

「殞驚天的女兒。」天司殺道。

月狸皺眉道：「爹，你不是說他未婚娶嗎？」

「殞驚天與戰傳說是肝膽相照的老相交了，他救殞驚天的女兒小夭姑娘，不過是救故人之後罷了，妳就不必多慮了。」

月狸自信地道：「月兒才不怕，就算他有情人，只要還沒有成親，月兒也有信心將他奪過來！」

天司殺唯有搖頭苦笑，心頭暗忖：「若戰傳說與月兒真的能結成一雙，那倒的確是一對出色的人兒，只是不知戰傳說能否忍受得了月兒這刁鑽古怪的性格。」繼而想到此事尚毫無眉目，自己卻想得如此遠了，不覺暗自好笑。

只聽得月狸微笑著道：「他的確是一個奇怪的人，昨日我還見他與一群孩子在一起，他竟把自己的絕世修爲用在了爲孩子放風箏這樣的事情上，我以爲他定胸無大志，有些失望，但今天忽然又聽說他竟讓勾禍知難而退，此事又有幾人能做到？」

天司殺看她時，只見她一臉神往之色。

昨夜昆吾是在勾禍已退出天司祿府之後才回到天司祿府的，回到天司祿府時，他向戰傳說問明發生了什麼事，知悉多半不會再有變故這才放心。

戰傳說知道昆吾若是知曉當時的凶險情況，一定會自責沒有與他並肩對敵。而姒伊對昆吾有救命之恩，在姒伊面臨生命危險時，他卻未能相助，這也會讓昆吾內疚。所以，戰傳說提及那一戰的情形時，盡可能地輕描淡寫。

今日天亮之後，昆吾放心不下師父，所以早早地離開天司祿府，前去客棧。他心中暗自決定，如果今天還說服不了師父住進天司祿府，那麼他從今天開始便陪著師父住在客棧裏。

天殘的身分特殊，卻偏偏沒有絲毫的內力修爲，昆吾的擔心自是難免的。尤其是禪都連日來一直不安寧，更讓昆吾深感這一點。

由於千島盟人已徹底被擊潰，所以街上已不再有不斷穿梭巡視的無妄戰士、禪戰士，於是少了一份殺氣，多了一份安寧。

出了內城，昆吾便揀了一家包子舖，讓店家先包了幾個包子準備帶去給師父，隨後自己也要了點心，在舖中坐下吃了起來。

他是坐在一座涼棚下，與涼棚相挨著的還有一間屋子，裏面也有幾個客人，只是光線較暗，看不清面目。

正吃著，忽聽得內屋有一尖銳的聲音道：「總算將千島盟的人殺盡趕跑了，這幾日禪都既不許大批人馬進入，更不許一般人出城，我還擔心到門主壽辰，依然出不了城。」

另一沙啞的聲音道：「門主見三位大哥久久不返很是擔心，便讓小弟來禪都打探打探，誰知昨夜到了禪都外被盤查了半日方得以入城，好歹總算見到了三位大哥。」

昆吾聽出他們說的都是些無關緊要的事，也不甚在意。

正當他準備起身離開時，忽聽得那沙啞的聲音道：「最大的事莫過於道宗宗主石敢當回到天機峰後不久突然身亡了。」

昆吾只覺自己頭腦「嗡……」的一聲，手中的筷子幾乎失手墜地！

天殘正在寄居的客棧內推衍智禪珠時，昆吾有些失魂落魄地走了進來。

天殘見昆吾神色有異，便問道：「莫非有什麼事發生了？」

昆吾道：「師父，石師兄他……他已羽化而去了。」

天殘一驚而起，失聲道：「此言當真？」

「弟子也曾有所懷疑，因只是道聽塗說，由快意門之人聽到此事的，隨即弟子再細問快意門的人，從他們的言語來看，並不像說假。後來弟子又遇到幾個武道中人，他們亦已知悉此事。石師兄乃一代宗師，而且又是失蹤二十載後突然重現，所以他的哀訊傳得格外得快。師父，你怎麼了?!」

昆吾突然驚呼一聲，卻是天殘氣急攻心，暈死過去了。

昆吾好一陣忙亂，方將天殘救醒過來。

天殘已是風燭之年的人了，而且又毫無內力修爲，雖然救醒過來了，但卻在短短的時間內一下子顯得更是蒼老了許多，昆吾隱隱有不祥之感，心頭感傷，卻不敢在師父面前顯露出來。

天殘極度失望地道：「爲師本以爲石敢當在失蹤二十載後重新出現，便是重振玄流的開始，沒想到……卻會是如此結局，難道……真的是天要亡玄流嗎？石敢當一離世，星移七神訣失傳，你就再也無法成爲擁有三大絕學的絕世高手，重振玄流……從何談起？爲天下蒼生化解劫難從何談起？」

昆吾何嘗沒有想到這一點？但他擔心天殘過於傷懷，便好言寬慰，可天殘卻一味哀傷。

過了一陣子，天殘忽然振作了點精神，想要站起來，昆吾忙勸道：「師父，你就歇息片刻吧，有什麼事弟子自會代勞。」

天殘搖了搖頭，喘息著道：「智……智禪珠。」

昆吾頓時明白過來，看來師父仍希望石敢當之死只是謠傳，所以他要以智禪珠推演真相如

何。

昆吾忙道：「智禪珠極耗心力，師父身體虛弱，還是讓弟子來吧。」

「不！」天殘揮手拒絕了，「你雖曾隨爲師參悟禪術，但論禪術的修爲，應該……不及爲師，此事關係重大，還是爲師自己……來吧。」

言罷，他步履蹣跚地走至桌前坐下，惶惶地擺下了一局智禪珠。

他的神情無比得肅穆，容顏雖然顯得蒼白而虛弱，但雙眼卻異乎尋常得亮，讓人感到他所有的生命活力都已集中在他的雙目，並且整個靈魂都投入了禪術的世界裏。

他那枯瘦的手穩穩地抓著一顆禪珠，懸於空中，久久不落，竟予人以一種在無聲中聽風雪之感，有異乎尋常的懾人力量。

昆吾默默地望著師父天殘，心頭湧起一陣感動。

清晨的陽光斜斜灑入，落在天殘的肩上，爲他鍍上了一層金光，剎那間昆吾有些恍惚，竟感到眼前端坐的不再是他的師父，而是一尊心繫蒼生的神，一尊智者之神。

禪珠一顆一顆地落下，天殘的神情忽喜忽憂，變幻不定，昆吾的心也不由自主地隨之起起落落。

倏地，天殘身子一晃，竟噴出一口鮮血，鮮血頓時染紅了微盤中的智禪珠。

昆吾大驚失色，但還沒等他開口，就已被近於嚴厲的目光制止了。

天殘顫巍巍地舉著一顆智禪珠，再一次久久不落，神色凝重至極。

昆吾的一顆心也高高懸起，望著師父那凝重的神情，雙眼有些模糊了，百般滋味齊湧心頭。

天殘的目光終於離開微盤，收回目光時，讓人感到的是從另一個世界回到了現實中。

他舉起一顆智禪珠，緩聲道：「最後這一顆，可以是『拆』，也可以是『重』，若落在『拆』位，則是一局死局，若是落在『重』位，則是一局活局——所以，石敢當定是處於極爲危險之境，生與死只在一線之間。既然天意混淆模糊，那決定石敢當命運的，就應是人的努力了！」

他望著昆吾，「只要我們全力以赴，赤誠感天，一定可以逆轉局勢，化解石敢當此厄！爲師我今日便動身前去天機峰！」

昆吾沉默了許久，方道：「弟子可以隨師父同去。」

他沒有勸阻師父，因爲他知道根本勸阻不了，雖然明知前去天機峰十分危險，但只要有一線希望，天殘就絕對不甘願放棄。

這一點，昆吾從師父對石敢當的死訊的反應就可以深知。

天殘本就已年邁，經歷了今日的變故後，若獨自一人前去天機峰，千里迢迢的一路奔波，昆吾絕對放心不下。

而天殘決定前去天機峰的時候，卻並沒有提出要昆吾同行，顯然是知道昆吾一直牽掛著小夭的安危。他已答應昆吾先救出小夭，再隨他見石敢當，所以便不想讓昆吾爲難。昆吾明白這自是師父的一番心意。

天殘當然希望昆吾與自己同行，但他還是問了句：「那殞城主的女兒……？」

昆吾沉默了片刻，「昨夜我與戰傳說談起此事，照他說的情形看，其實我即使留下來，也不能幫上什麼忙。」

天殘默默地點了點頭，少頃方道：「既然如此，我們向戰傳說辭行後便前去天機峰吧。」

第七章　金蟬脫殼

秋日的百合平原草木枯黃，一片蕭索。

一輛馬車奔馳於百合平原上。

天地空闊，放眼四望，唯見這輛馬車在平原的灌木叢中時隱時現，遠處的映月山脈連綿起伏。

當馬車駛入一段爲茂盛的灌木蒿草遮掩住的路段時，車廂內傳出一個女子的聲音：「就在這兒停下吧。」

馬車緩了下來，直至完全停下。

車簾掀開，下來兩個女子，一個看來年約四旬，極具成熟韻味，另一人則是年輕女子。她們赫然是嫵月與尹恬兒！

那車夫問道：「夫人爲何要在這兒停下？」

嫵月道：「我臨時改變主意，不去苦木集了。這是給你的車資，你可以先行離去了。」言罷給了那車夫足足比原先說定的車資多出一倍的銀兩。

那車夫既歡喜又疑惑，看看四周，荒無人煙，而此刻又已接近黃昏，這兩個年輕的女子留在這兒，豈不極爲危險？嫵月出手大方讓他很是感激，於是他好心道：「不若小的在這兒再等等？」

嫵月拒絕了他的好意，「不必了。」

車夫只好道：「夫人、小姐多珍重了。」這才上馬，馬車很快就消失在嫵月、尹恬兒的視野之中。

尹恬兒目光投向遠方的天機峰，神色憂鬱。

嫵月改變初衷在這兒停留，本有些異常，但尹恬兒竟也不問緣由，似乎這與她毫不相干。石敢當的死，給她的心裏造成了極大的傷害，以至於難以自拔。雖然她與石敢當並非親人，但石敢當是看著她長大的，可以說是勝似親人。

「妳還在惦記著石敢當？」嫵月看了尹恬兒一眼。

尹恬兒沒有回答她的問話，只是幽幽地道：「宗主爲什麼要以那樣的手段對待他？殺了他真的能解宗主心頭之恨？恕弟子直言，弟子認爲宗主其實從來沒有真愛過，否則絕對不會如此狠心。」

她竟當著嫵月的面如此說她！

嫵月竟沒有生氣，而是輕輕地嘆了一口氣，「我之所以這麼做，是因爲這是我唯一能救他的方法。」

尹恬兒一怔，愕然望著嫵月，一臉的難以置信，她相信一定是自己聽錯了。

半晌，她才低聲道：「宗主是說……救他？」

她的神情是那麼的小心謹慎，就像是怕驚醒了一個美好的夢境一般。

嫵月肯定地點了點頭，「正是。」

尹恬兒緩緩搖頭，「這不可能，他分明已被宗主的毒所毒殺！」她的神情已流露出強烈的憤懣。如果嫵月不是她的救命恩人，她一定會不顧對方是什麼宗主，也會爲石敢當報仇！

讓尹恬兒無法忍受的是，嫵月在這種時候竟然還說出這樣的話，她在心中道：「石爺爺，你因爲這樣的女人而死，死得太不値得了！」

卻聽得嫵月道：「我唯有『殺』了他，才有可能救他，因爲一個『死』過的人，是不會再吸引人注意的。」

尹恬兒一怔，極爲吃驚地望著嫵月，久久說不出一個字來，而她的臉色卻因過於激動而發白了。

「石爺爺他……他……」由於太過激動，她竟當著嫵月的面直呼石敢當爲「石爺爺」了。

嫵月微立著點了點頭，「他其實並不會真的死去，這只是我使的金蟬脫殼之計。」

尹恬兒心頭百般滋味一齊湧了上來，熱淚頓時奪眶而出。

「可是，石爺爺分明已毒發身亡了，難道……這也有假？」尹恬兒急切地問道。

「我讓他服下的的確是劇毒之物，但在劇毒之物的內部，卻正好是此毒的解藥。也就是說，此毒的解藥正好爲毒物所包裹，石敢當服下毒物之後，確實會在一個時辰之後毒發，而且此症與毒發身亡無異，但當他入葬後不久，毒物化於他體內之後，包裹於其中的解藥就開始發揮作用了。在解藥的作用下，他自然會起死回生。」

尹恬兒恍然大悟，頓時破涕爲笑，「我……我錯怪宗主了。」一向伶牙俐齒的她，竟不知該如何措辭了。

她忽然跪了下來，恭恭敬敬地向嫵月磕了三個響頭，嫵月趕緊將之扶起，擦去她額上的塵沙，「傻丫頭，就算我對石敢當已斷情斷義，但我知道妳很敬重他這把老骨頭，我又怎會讓妳因他而恨我？」

尹恬兒道：「宗主如此費盡心機地救石爺爺，又豈是真的斷情斷義？」她漸漸恢復了平時的機靈。

嫵月輕輕地嘆了一口氣。

「石爺爺起死回生之後，就可以自己從墳墓中出來嗎？」尹恬兒問道。

嫵月搖頭道：「當然不能，他雖然能活過來，但毒性已將他的內力幾乎消耗殆盡，可以說醒過之初，他的氣力還不如一個普通人，甚至連動彈都有些困難。所以我才會有意找藉口在天機峰左近一帶兜轉了兩日，去了一次聖火谷，目的就是爲了在石敢當醒轉過來時，正好可以『碰巧』經過他墳墓周圍一帶，然後尋機將之救出。」

「那我們現在就去吧。」尹恬兒迫不及待地道。

「不急，據我估算，應該還有兩個時辰。他的墳地所在地方比較接近天機峰，還是遲去爲好，而且到時也已天黑了，定可神不知、鬼不覺地將他救出。」嫵月成竹在胸地道。

尹恬兒知悉石敢當竟有生還的希望，激動之情難以言表。

當她總算略略平靜了心情後，才想起一件事，向嫵月道：「宗主，藍傾城根本不敢違抗宗主的吩咐，照說救石爺爺應該可以有更簡單的方法。而一旦石爺爺得救，就算藍傾城與弘咒聯手，也未必能夠勝過宗主與石爺爺。」

嫵月苦笑一聲道：「事情如果這麼簡單，那我最初只要不將石敢當武學有一致命弱點這一秘密告訴藍傾城，這樣藍傾城豈不是根本就擒不了石敢當？就更不用想方設法救石敢當了。」

尹恬兒道：「原來宗主把那秘密告訴藍傾城是另有深意，我還以爲……」

「妳認爲我是在見石敢當被擒之後，才消除了心頭之恨，所以改變主意反要救他的，是嗎？」嫵月問道。

「是的。」尹恬兒如實道。

嫵月搖了搖頭，「我的確曾經非常恨石敢當，也仇恨促使石敢當離開我的道宗，最初針對道宗的一些舉動，也確是出乎這種心理。但後來事情的發展已漸漸地發生了變化，不二法門的介入，使事情忽然變得更爲複雜。我最終意識到不二法門定會對石敢當的性命構成威脅——或者乾脆說，他們必然會殺了石敢當時，我才感到有些棘手。」

頓了頓，續道：「即使沒有我，石敢當也難逃一劫。這一點，從他重新出現於樂土武界那一天起，就已注定了。」

尹恬兒默默地聽著，她相信嫵月不是在危言聳聽。

自百合平原向北，經過呈南北走向的帶狀分佈的丘陵地帶後，就是樂土地域最廣的盆地——萬聖盆地。

在武林神祇時代之前，萬聖盆地曾是樂土最富庶、繁華的地帶——當然，此「樂土」指的不僅僅是光紀的領地樂土，還包括後來被光紀所吞併的、本爲神祇四帝中另外三帝所擁有的領地。光紀將吞併來的領地，與原本屬於他所擁有的領地一併稱爲樂土。今天的樂土，其範圍已比武林神祇時代之前的「樂土」擴大了數倍。

在武林神祇時代之前，樂土境內的各種勢力遠比現在更爲複雜，也沒有像今日大冥王朝這樣具有超然的勢力，而是更多的以「族」的形式出現。即使有少數的幾座城，那些「城池」與今日的坐忘城等城池相較而言，也是根本無法相提並論的。

如果從人數上來看，那時的「城」，不過就相當於現在的苦木集而已。

由於各股勢力太過分散，所以誰也無法弄清那時在樂土境內究竟有多少「族」，不過眾所公認的一個大致數目爲一百八十左右。

之所以不能確知，是因爲在神祇時代之前，樂土根本沒有今日的遍佈樂土的寬敞馳道，交通極爲不便，訊息傳遞自然格外緩慢，而這近兩百左右的「族」又在不斷的分裂、聯盟、合併的變化中。

萬聖盆地的地域範圍與今日整個樂土相比，只有十分之一，但在萬聖盆地卻曾聚集了八十多個族，幾乎占了一百八十族的一半，萬聖盆地也就理所當然地成爲當年樂土最具活力的地方。

連後來的武林神祇也曾將神殿設於萬聖盆地，但之後神殿又遷向了今日的禪都。

不過，如今的萬聖盆地已不再有昔日舉足輕重的地位了，它與禪都相去甚遠，又不像卜城那樣具有重要的戰略性地位。

萬聖盆地四周高山環伺，通向盆地腹地的主要有四條通道，分別在萬聖盆地東、西、南、北四個方向。

正是因爲萬聖盆地四周高山環立，所以這幾條通道的重要性便突顯出來了。

這幾年，已有精明的劍帛人在萬聖盆地的中央地帶開了不少客棧、酒樓，因爲所處地帶正好是通道交會處，故生意興隆，日進斗金，多少爲沉寂的萬聖盆地增添了一點久違的活力。

自南向進入萬聖盆地的馳道必須經過木白山口，由於昔日群雄逐鹿的萬聖盆地如今已成了大冥王朝的腹地，幾乎不可能會直接承受戰火的洗禮了，所以木白山口的重要性已不如映月山脈的紅岩山口。但在神祇時代之前，它卻遠比紅岩山口更爲重要。

木白山口最著名的就是山口兩側山崖上的懸棺，這是木白族人留下的，約二百副。

木白族是當年萬聖盆地八十餘族中的其中一族，其族人喜歡鑿岩而居，如今木白族已不復存在，只留下了這二百餘副高高懸於石崖上的棺木。

這些棺木成了木白族留下的唯一痕跡，讓樂土人永遠不會忘記，在廣袤的樂土上，曾有一些人可以如飛鳥般居處於高高的山崖上。

木白山口的山岩陡峭有如刀削斧劈，讓人無法想像那些笨重的棺木是如何懸吊於山崖上的。這已經成了一個無法解開之謎，而木白人爲什麼要將棺木懸於石崖上，更是一個讓人費解的謎。

一駕馬車在三十條精壯漢子的簇擁下向木白山口緩緩駛來，那些精壯漢子皆頭戴竹笠，竹笠壓得極低，遮去了他們的容顏。

漸漸接近了木白山口，遠遠可見在木白山口的出口處有近百人，皆是身攜兵刃的武界人物，其中有近半的人衣飾相同，皆是麻衣草鞋，一望可知是六道門的人。

六道門在樂土武界算是一個不小的門派，不過自六道門門主蒼封神被戰傳說所殺，六道門經歷了一場風雨之後，實力已大打折扣。

蒼封神已亡，六道門急需另立門主。

蒼封神之子蒼黍性格沉穩持重，內斂卻又智謀不凡，本有接替門主位置的實力，但他自拜九歌城城主蕭九歌為師後，就一直居於九歌城，對六道門內部的大小事務反而不熟。加上蒼封神生前以歹毒手段對付門內弟子，已為晏聰、靈使所揭穿，自然深受六道門上下痛恨、唾棄，蒼黍就更沒有可能接替六道門門主之位。

但六道門修為最高的幾大弟子中，賀易風、湯易修、騰易浪皆已被殺，晉連也自盡。唯一倖存的倪易齋在經歷了那場變故之後，得知自己最尊重的門主蒼封神竟是大奸大惡之人，加上湯易修等人的死，使倪易齋精神承受了極大的打擊，變得心灰意冷，再也無心理會門中的事務，終日沉溺酒中，根本不願做六道門的門主。

無奈之下，六道門輩分最高的景睢——亦即蒼封神的師叔，不得不先暫掌管六道門。

曾經是人才濟濟的六道門，如今卻需要一個年逾古稀、身有殘疾的老人來操持大局，景睢心頭滋味，可想而知。

今日在木白山口的這些六道門弟子中，並無倪易齋，蒼黍倒是在這群人當中，但他的衣飾與

六道門弟子並不相同。而這近百人當中，除了六道門的人之外，最多的就是九歌城的人。他們胸前衣襟上繡著的城徽（一隻威武的雄獅）明確無誤地表明這一點。看樣子蒼黍是與九歌城的人一同前來木白山口的。

至於六道門弟子與九歌城的人爲何會在此相會，卻不得而知。蒼封神陰謀被揭露，使之身敗名裂，蒼黍因此而承受了極大的精神壓力，變得更爲沉默少言。在內斂的同時，他還儘量對人謙和恭遜。

在六道門弟子面前，他的處境難免有些尷尬，但看得出六道門弟子對蒼黍並無仇視之意。蒼黍能做到這一點，也的確不易。

當那輛馬車以及簇擁著馬車的數十人離九歌城、六道門的人只有幾十步距離時，蒼黍對身邊的幾個九歌城戰士低聲說了幾句，便見那幾名九歌城戰士幾步跨出，站在馳道正中，其中一人高聲道：「過路的朋友請止步，前方已無法通行！」

馬車果然緩緩地停了下來，車中走出一個年輕人，神采俊逸，氣度非凡，赫然是已擁有絕世修爲的晏聰！

九歌城的人不認識晏聰，六道門人卻是個個認得的，誰也沒有料到會在這兒遇到晏聰。

更讓六道門眾弟子意外的是，晏聰竟帶了這麼多的隨從，他本不過是六道門的一名普通弟子而已，六道門弟子的吃驚是在所難免的。

而最為驚愕的自是蒼黍！

蒼黍與晏聰兩人的目光在空中相遇，他們的神情都變得複雜莫測，相較之下，晏聰更為從容坦然一些。

雖然蒼封神的死與晏聰有關，但真正殺了蒼封神的人是戰傳說而不是晏聰，何況蒼封神之死，可謂是死有餘辜。連景睢都已發話，稱只要他還在這世上一天，就決不會讓六道門為難晏聰，所以晏聰並沒有什麼値得擔心的。

將晏聰一行人攔下的九歌城戰士並不認識晏聰，所以自顧向晏聰解釋道：「劫域大劫主被地司危大人設下計謀誘入萬聖盆地，如今萬聖盆地四個出口都已被封鎖，以免不相干的人進入萬聖盆地會有危險，待到地司危大人擒殺了大劫主，此路方可通行。」

晏聰心道：「我正是一路追蹤大劫主才到這兒的，大劫主在萬聖盆地這一點何需你說？」口中卻道：「但不知何為不相干的人？何為相干的人？大劫主乃魔道之主，人人得而誅之。這幾日來他更是在樂土境內殺害了不少無辜者，在下也是樂土人，又怎會與此事不相干？」

大劫主對在最後時刻與天瑞甲失之交臂這件事，可謂是憤怒至極，更讓他憤怒的是，他也沒能發現羽老的下落。

劫域苦心守候千年的天瑞甲，竟然在眼看大功告成的時候，落入了他人手中，大劫主心頭之怒可想而知，便無故殘殺無辜以泄心頭之怒！

接二連三有人被殘酷殺害，這事早已迅速傳開了，至於一直暗中追蹤大劫主的晏聰，當然更不可能沒有聽說。

事實上，晏聰由大劫主的舉動不難推知「天瑞」並沒有落在大劫主的手中，大劫主不會愚蠢到得到了「天瑞」還在樂土境內長久逗留，更不用說對自己的行蹤根本不加掩飾。

晏聰的反問其實可以說也不無道理，但在蒼黍聽來，卻極不順耳。他一直在心中告誡自己，絕對不宜在大庭廣眾之下與晏聰發生爭執，因爲那樣一來，無論如何，外人都會將他們的爭執與其父蒼封神被殺一事聯繫在一起，這對蒼黍顯然是不利的。

可是縱然蒼黍性情沉穩，但面對晏聰，他仍是無法克制自己的本能反應，忍不住道：「大劫主乃魔道第一高手，尋常人若隨便接近他，只能是枉送性命罷了，這正是我們九歌城、六道門要守在這兒的原因。」

晏聰淡淡一笑，「難道這樣守在萬聖盆地的四個出口，大劫主就會自動束手就擒不成？如真的如此，那我晏聰願意立即掉頭便走！」

蒼黍不甘示弱地針鋒相對道：「地司危大人及我九歌城城主，還有景老前輩三人已決定聯手對付大劫主，我等修爲有限，還是莫插手爲好……」

他的話尚未說完，已被晏聰客客氣氣地打斷了：「多謝你的好意，不過，我本就爲大劫主而來的，又豈能就此止步？」

「爲大劫主而來？」蒼黍的眼中流露出一絲譏諷的笑意，「你很自信？」

晏聰當然能聽出蒼黍的譏諷之意，但奇怪的是他一點也不感到憤怒。

他很平靜地一笑，「爲什麼每每有什麼重大的事情，都需要如景老前輩這樣的人物奔波忙碌？我們這些年輕人也該做點什麼了。」頓了一頓，他又接著道：「是否自信固然重要，但更重要的卻是實力！」

蒼黍本以爲晏聰會憤怒的，但事實卻出乎他的意料。蒼黍其實是希望晏聰憤怒的，只有憤怒，才可能讓晏聰失去理智，那時蒼黍方可能找到對付晏聰的機會。

他不能向晏聰報仇，是因爲他的父親蒼封神之死的確是罪有應得，但這並不等於說蒼黍就不仇恨晏聰。

晏聰的平靜有如一點火苗，一下子引燃了蒼黍心中的萬丈怒焰——他本是希望讓晏聰憤怒的，但結果憤怒的反而是他自己！

他的眼中有瘋狂的光芒在跳躍，但他還是竭力展露出了笑容，「佩服佩服，既然如此，我便祝你旗開得勝！」

那幾個九歌城戰士聽蒼黍這麼說，頓時明白了其用意，立時閃身一旁。

雖然他們與晏聰並無怨隙，但晏聰的狂妄還是讓他們本能地感到反感。他們心想：既然這年輕人不知天高地厚，那麼就任他去面對大劫主好了，那時他一定會爲此刻的選擇而後悔。

晏聰並不急於通過木白山口，在木白山口的人除了來自九歌城之外，還有六道門的人，他不能視而不見。蒼封神與他有怨仇，但六道門的其他人卻沒有對不住他的地方。可當他與六道門的人相見時，眾六道門弟子的神情卻有些複雜而不自在，這讓晏聰清晰地意識到自己永遠也不可能再融入六道門了。

當然，這對晏聰來說應該沒什麼，當初他進入六道門本就是另有目的。但不知爲何，他的心中仍是多少有些淡淡的失落。

「現在，我的身分又是什麼？」晏聰心頭不由有些茫然。

如果有人在四年前千異挑戰樂土高手之前見過蕭九歌，隨後直到四年後的今天再見到蕭九歌，那他一定會爲蕭九歌身上的變化大吃一驚。

四年前的蕭九歌，他的喜怒哀樂都是不加掩飾的，都會一覽無餘地自眼神中表露出來，這讓他的一言一行，再加上其威望，便揉合成了蕭九歌攝人心魄的魅力，這使他無論在什麼場合，都具有奪目的光芒。

但此時的蕭九歌，他的眼神卻變得閃爍游移很飄忽，即使是停留在什麼東西上，神情也常常是若有所思。他那喜怒哀樂都能深深打動人的風采已蕩然無存！

此時此刻，他正端坐在萬聖盆地中的一個不起眼的茶舖裏，左手邊放著那柄名動天下的飛翼刀。

飛翼刀與「長相思」、「斷天涯」、「九戒戟」這樣的奇兵不同，飛翼刀是因人而出名的，沒有蕭九歌就沒有飛翼刀。

與他對面而坐的是顯得極爲蒼老的景睢。自蒼封神被殺之日到現在，相隔的時間並不長，但景睢卻彷彿已蒼老了十歲。

看來，一定是六道門今日這種頹廢的局面讓這位門中輩分最高的長者太操勞了，如果是在數月前，坐在這兒的就會是蒼封神而不是他了。

一個是九歌城城主，一個是六道門昔日門主的師叔，兩人可謂都是極有身分的人，此刻他們在這毫不起眼的茶舖相對而坐，卻都自緘其口。

正如蒼黍所言，萬聖盆地周圍的四個入口都已被封鎖了，尋常人等再也不可能隨便進出萬聖盆地——事實上，除了晏聰這樣的人之外，其他人一旦聽說大劫主是在萬聖盆地，無須有人勸阻，也會立即止步的。

所以，蕭九歌與景睢已在這兒靜坐半個時辰了，再無其他路人經過。而他們雖然身在茶舖裏，卻顯然不是爲茶而來的，爲他們沏好的茶早已涼透，兩人卻都未沾上一口。

這兒的氣氛實在是有些沉悶，偏偏茶舖的掌櫃與他的一個夥計都無事可做，便更感沉悶，只好不斷地爲爐灶添薪，將鍋中的水燒得霧氣騰騰。

景睢終於打破了沉默，「蕭城主是否很喜歡蒼黍這孩子？」

景睢問的問題很奇怪，因爲他與蕭九歌是爲對付大劫主而來的，而他所問的卻是一個與此毫不相干的問題。

「他是我的女婿。」蕭九歌這樣回答，言下之意，不言自明。

「蒼黍這孩子很聰明，但恕老朽直言，他心胸狹隘，恐難擔當重任。」景睢推心置腹地道，「他是你愛婿，老朽本不該說這一番話。」

蕭九歌默默地點了點頭。

過了片刻，蕭九歌才道：「你是蒼黍的前輩，直言其過，並無不當之處。只是這麼多年來，蕭某與景前輩應該說已見過不下十次了，爲何以往景前輩從未提起？」

蒼黍是蕭九歌的弟子，但蕭九歌卻絲毫不護短，這份胸襟，絕非常人所能有的。

景睢笑了笑，卻未開口。

「因爲……大劫主？」蕭九歌忽有所悟，看來景睢對戰勝大劫主根本沒有信心，所以他才直言不諱，顯然他已抱了必死之心。

蕭九歌的心像被某種鈍物狠狠地撞了一下，隱隱作痛。

晏聰以及他所帶來的數十人穿過木白山口，進入了萬聖盆地。在他們的身後，九歌城戰士以及六道門弟子，都無聲地望著他們遠去的背影。

「那些人似乎是劫域的人。」忽然有一九歌城戰士低聲驚呼。

眾皆一驚，齊齊將目光投向此人。

九歌城位於樂土之北，正是與劫域直接接壤的地方，所以九歌城人對劫域也是最瞭解的。

一個年長的九歌城戰士道：「劫域人的步法與樂土人不同，因爲劫域乃極寒之地，終年爲冰雪所覆蓋，雪地鬆軟，而冰地則易滑，行走其上，自然要多加小心，久而久之，劫域人便養成了習慣，在邁出一隻腳後，另一隻腳決不會立即跟出，以免重心全失。」

九歌城戰士明白其中玄奧，但六道門的人卻不明白。這一點，若非是與劫域打了多年交道的人，是很難發現的。

但能夠知悉這一點，卻是十分重要的。劫域人可以易容，更換服飾，但這種不經意的習慣卻是很難改變的，只要認定了這一點，就能夠識別出對方是不是劫域的人。

那名九歌城戰士的話可謂是一石激起千層浪，雖然他說得很有見地，但方才晏聰所帶領的那些人馬在經過木白山口時，沒有人對那些人的步法作過多留意，因爲沒有人會想到晏聰身邊的人會是劫域人。此時在九歌城戰士提及這一點時，想要印證也已不可能了。

蒼黍也沒有料到會出現這樣的插曲，他本能地感到有些興奮，又有些惋惜：如果九歌城戰士早看出這一點，那麼他就可以名正言順地將晏聰截下。如晏聰身邊的人真的是劫域人，那晏聰將是跳進黃河也洗不清了。

蒼黍並不急於表態，而是向六道門弟子中的幾位年長者投以詢問的目光。

六道門一名爲南雲的中年弟子道：「晏聰雖然已與六道門再無瓜葛，但只要他還是樂土武界的人，若是與劫域有染，我們六道門就不能坐視不理——相信九歌城的朋友亦是如此！」

南雲這一番話，首要的目的，就是讓六道門免受晏聰的牽累。

蒼黍輕嘆一聲，「如果晏聰是爲救大劫主而來，而大劫主因此得以脫身，那我蒼黍便首先有罪了。」

蒼黍此言與其說是在責備自己，倒不如說是提醒他人晏聰進入萬聖盆地可能的動機。

雖然那名九歌城戰士言之鑿鑿，但六道門弟子心中都不太相信晏聰真的會與劫域有牽連，畢竟他們對晏聰還是有些瞭解的。只是在眼下這種情況下，也不能不有所表態，當下眾人商議之後，決定由一部分人馬銜尾追蹤晏聰而去。

「好強的魔氣！」花犯忍不住再一次發出驚嘆，在他的身後，還有凡伽、風淺舞。

自離開苦木集之後，他們就一直沒有分開，而是結伴尋找顧浪子、南許許的下落，但他們要尋的人一直縹緲無蹤。

幾天前他們就進入了萬聖盆地，之所以進入萬聖盆地，是出於凡伽的建議，因爲他們已接連聽說這一帶有人被兇殘殺害，當時凡伽堅信這十有八九是顧浪子、南許許所爲。當然，很快他們便知道事實上這事與南許許、顧浪子無關，而是劫域大劫主所爲。

花犯已斷定在苦木集救過他性命的人是南許許、顧浪子，但讓他不解的是，當他與顧浪子、南許許共處時，他所攜帶的「混沌妙鑑」爲何沒有任何反應？這豈非等於說南許許、顧浪子並非魔道中人？

心中的這一層疑惑，花犯自是不能對凡伽、風淺舞說。

而此刻，由「混沌妙鑑」所感應到魔氣之盛則讓花犯既驚訝又興奮。他終於忍不住回首對凡伽、風淺舞道：「莫非劫域大劫主就在附近？」

凡伽豪氣干雲地笑道：「若是如此，那自是再好不過了。當年四大聖地有共同對付九極神教的壯舉，四大聖地之聲望因此而日益高漲。今天，該輪到我們揚四大聖地的威名了！」

花犯點頭道：「凡師兄所言極是，大劫主這幾日接連傷害無辜者的性命，罪不可恕！我等雖然修爲有限，卻也不能坐視不理！」

凡伽不以爲然地道：「你怎可早早地失了信心？大劫主的武道修爲固然高深，但合我們三人之力，未必就在他之下！」

花犯對於這一點確實沒有多少信心，因爲在苦木集時，他已遭遇了劫域樂將、恨將，單單是一個樂將就將他擊傷，如果換成了大劫主，那豈非更不堪設想？不過雖然這麼想，他卻不願掃了凡伽的興，於是頷首認同。

風淺舞抬頭看了看天空，只見凡伽馴養的大黑在天空中一遍又一遍地盤旋飛舞，天空明朗得不帶一絲雲彩。

「這樣的大好天氣，怎可能遭遇大劫主？」風淺舞心頭暗自思忖。

這幾天來，她的心情一直陰晴不定，無論是凡伽還是花犯，對她都很好，凡伽對她熱情親密，而花犯對比他大不了多少的師姐則很尊重。風淺舞不時浮上心頭的憂鬱，正是因爲凡伽的熱情及花犯的尊重而萌生的。

「他來了。」蕭九歌輕輕地道，聲音低得就像是怕驚嚇了什麼。

景睢微微點頭。

隨後他與蕭九歌一齊慢慢站起身來，轉身面向西方。

陽光斜斜地照過來，景睢、蕭九歌都不由微微地瞇起了眼，像是懼怕陽光的照射。

在一箭可及的地方，一個高大偉岸如山的人傲然而立，皮膚白裏透紅，雙目炯然，有著攝人心魄的狂野光芒。他所背負的九尺鐵匣在其高大身軀的映襯下，竟並不顯得累贅。

茶鋪的掌櫃、夥計忽然感到莫名的極度壓力，他們像是整個人都被凍僵了一般，再也不能做出任何舉動，「噗噗噗……」沸水從鍋中溢了出來，不斷地落在跳躍不已的火焰上。

「你們向東去吧，不要回頭。」景睢那蒼老的聲音傳入了掌櫃、夥計的耳中，其聲不但蒼老，而且顯得極爲脆弱，但卻一下子驚醒了掌櫃與夥計。兩人立即向東沒命地飛奔而去，一路跌跌撞撞，卻果真不曾回頭。

「本劫主很失望，你們樂土的地司危費盡心機將我引至此地，我本以爲可以遇見樂土最出色的人物，沒想到卻是你們！早知如此，本劫主定早已取了地司危的性命！」

景睢、蕭九歌心頭微微一震：原來大劫主早已看破一切。既然如此，那麼事實上他到這兒來，其實並非地司危設局的結果。

「如果不是因爲禪都有千島盟的人在作亂，你深入樂土濫殺無辜早已死無葬身之地！」蕭九歌沉聲道。

「多言何益？身爲武道中人，就應該習慣以實力證明一切！蕭九歌，這些年來，你的九歌城一直相安無事，並非因爲你有足夠的實力，而只是本劫主一直不屑對付九歌城。不過，今天你的好運就要到盡頭了。樂土曾有『一笑九歌，百媚千癡』一說，梅一笑、花百媚、簡千癡都已銷聲匿跡，本劫主就將你也一併打發了！」

大劫主失了天瑞甲，滿腔憤怒無從發洩，雖然已連殺不少無辜者以泄心頭之怒，但被殺者毫無反抗之力，對大劫主來說，其實也是無趣得很，有蕭九歌、景睢這樣的對手才能痛快一戰！

蕭九歌是與梅一笑齊名的高手，縱使是在整個樂土，如蕭九歌這等級別的高手也是屈指可

數。

蕭九歌將右手放在了飛翼刀上，緩緩握緊。

卻有一人先他而動了，一道黑影自大劫主身後以驚人之速掠空而至，寒芒乍現，挾凌厲無比的殺機直迫向大劫主！

景睢心頭暗忖：「都說地司危的劍法與他的性情一樣，幹練果決，今日一見，果然如此！這一劍，沒有絲毫的繁雜詭變，卻自有洞穿一切的氣勢，但這似乎並不能對大劫主形成多大的威脅。」

大劫主驀然側身，一拳擊出，徑直迎向怒射而至的寒芒。

那一拳，仿若有神奇的魔力，吸扯了周圍極大空間的光線與氣息，大劫主的身軀在朗朗乾坤之下竟被一團陰影所籠罩，而重拳所挾的氣勁，更是似已凝聚成形，有了實質。

好可怕的一拳！

拳風氣勁與劍氣悍然相接，攝人心魄的寒芒在驚人的悶響聲中驟然消失了頃刻，得到重現之時，已然失去了洞穿一切的凌厲氣勢！

地司危斜斜飄出數丈之外，方才凝住身形站定。他的相貌粗陋，肌膚黝黑如鐵，顯得俐落幹練，一見之下就可以讓人感到這是一個敢作敢爲的人物。

大劫主不屑地道：「身爲樂土雙相八司之一的地司危，竟也甘願作偷襲的勾當？」

地司危聲音低沉地道：「只要能保樂土疆域安泰，本司危就算身敗名裂也心甘情願，更不用說僅是偷襲一個十惡不赦的魔頭而已！」

大劫主輕易地接下了地司危的襲擊，讓景睢、蕭九歌都意識到了大劫主的可怕，如果是單打獨鬥，三人中沒有人能與大劫主相抗衡。蕭九歌在樂土武道地位尊崇無比，眼下卻不得不在與大劫主單挑獨戰或與地司危、景睢聯手對敵之間作出選擇。

若三人聯手，或許還有勝望，若是獨戰大劫主，蕭九歌自知絕難有取勝的可能。但事實上，根本無須他作出選擇，因為大劫主在他作出決定之前，已倏然毫無徵兆地拔出黑暗刀，冷喝道：「今天，本劫主要以你們三人的性命，讓整個樂土目瞪口呆！」

話出之時，他已難分先後地向地司危、蕭九歌、景睢各自遙遙揮出一刀！

剎那間刀氣排空，氣勁瘋狂地切割著虛空，發出鬼哭狼泣般的嘯聲，頓時極大的範圍被詭秘的暗黑刀氣所籠罩。

地司危、蕭九歌、景睢同時感受到了驚世駭俗的殺機，以一瀉千里的速度極速迫近，氣勢之盛，不容任何人不全力以赴與之抗衡。

唯有大劫主才敢同時向地司危、蕭九歌、景睢三大高手發起攻擊，其自負狂傲，環視蒼穹，亦難有能超越他的人。

蕭九歌、地司危、景睢三人在驚嘆大劫主的驚人自負的同時，也不由為其所顯示的絕世修為

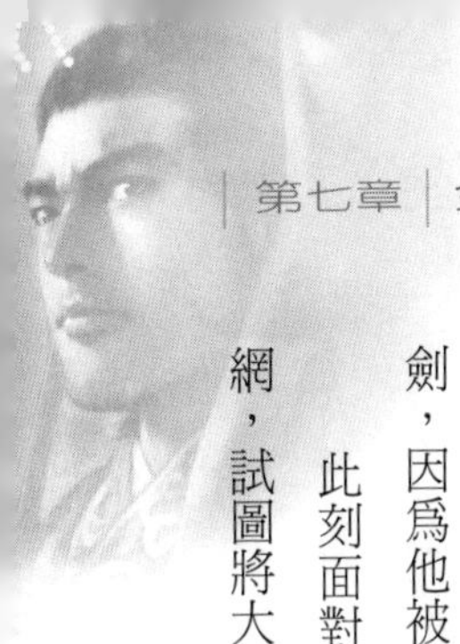

暗自嘆服。

無儔刀氣排空而至，三人決不敢小覷，自展修爲，全力封擋。

地司危半步不讓，一劍劈出，徑直迎向急速迫至的暗黑刀氣，所採取的是以硬封硬的正面交擊。

「砰……」的一聲極爲沉悶的撞擊聲中，地司危一劍擊散似若有形有質的暗黑刀氣，並趁勢而進，強行迫近大劫主。

蕭九歌連消帶打，刀勢縝密連綿，極盡變化之能。在極小的空間內以無可言喻的方式閃掣游移，無數次鬼神莫測的變化揉合成了一次絕妙的封阻，使對方的無儔刀氣有如石牛入海，終被蕭九歌化解於無形。

蕭九歌以這種方式應對大劫主的可怕一擊，看似輕描淡寫，波瀾不驚，事實上，只要其中環節稍有差池，便會引來絕對致命的後果。

三人之中，以景睢應付得最爲吃力。

六道門皆以劍爲兵器，但自從景睢在與九極神教的交戰中失去一手一足後，就再也沒有用過劍，因爲他被廢的正是用劍的右手。

此刻面對大劫主的逼人攻勢，景睢不敢有絲毫怠慢，駢指如劍，氣勁透指而發，縱橫交錯成網，試圖將大劫主的攻勢拒之於身外。

他的右手已廢，如今看起來，似乎存在著的右手其實只是假肢，雖然假肢極為精妙，但也只能做最簡單的諸如屈伸之類的動作，卻決不可能有肉體之軀那麼靈活，更不用說拒敵了。景睢只能借助於他的左手。

雖然景睢的內力修為在廢了一手一足之後並未受到什麼損傷，但以左手施展的六道門劍法卻已打了折扣，在大劫主霸烈無比的攻勢面前相形見絀，無形氣勁所組成的封阻赫然已被攻破！

景睢只覺懾人殺機似若有形有質，沁心入骨，大驚之下，總算他臨陣經驗極為豐富，身形疾移，一連退出七步，終避其鋒芒，暫保無恙。

地司危心頭也是一沉，直到這時，他才真正意識到自己高估了景睢所能發揮的作用。

景睢雖然輩分頗高，他的假肢也可讓他行為舉止與常人無異，但在面對大劫主這樣的絕無僅有的可怕對手時，景睢的致命缺陷就立時暴露無遺。

如此一來，恐怕不僅景睢自己十分危險，而且還可能導致圍困大劫主的計畫全盤落空。

地司危能看出這一點，大劫主更能看出。他一聲冷叱：「先打發了你這無用的廢物再說！」信手揮出一刀，即刻擋開地司危的攻擊，並直取景睢。

身形掠過處，一片幽黑氣芒呈弧狀向景睢極速蔓延而至，鋪天蓋地，讓人頓有無可抵禦的感覺。

地司危、蕭九歌見狀大吃一驚，自兩翼向大劫主包抄而至，一刀一劍各自施展最高修為，形

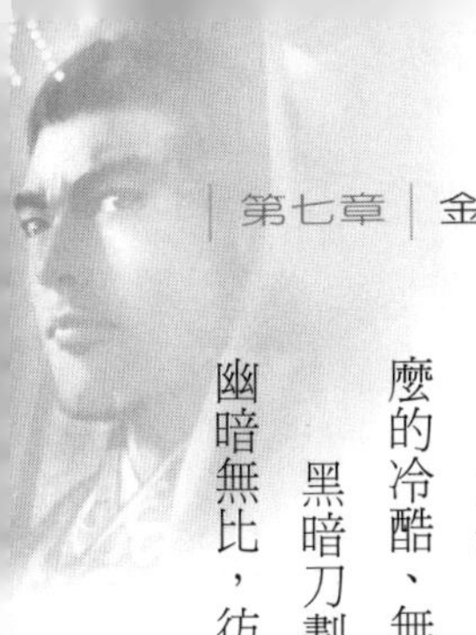

成了空前強大的壓力，讓人無法正視的刀光劍芒捲向大劫主，大有吞噬一切的氣勢。

地司危、蕭九歌只求能夠迫得大劫主自保，從而救下景睢。

與此同時，景睢也已意識到自己的性命如同危卵，隨時都有可能遭受滅頂之災。

那一剎那，他本就很消瘦、蒼老的容顏更顯削瘦蒼老，而他的雙眼卻忽然顯得格外得亮，亮得驚人，像是他所有的生命在那一刻都會聚於他的雙目了。

呈六彩之色的光芒乍現於景睢左臂！

景睢赫然已祭起了六道門的絕學——六道歸元！

大劫主看到了，但他根本不在意，因爲他有足夠的自信！

大冥以武立國，樂土門派眾多，各路高手的武功各有所出，淵源不一。但對大劫主來說，這一切都毫不重要，只要擁有足夠強大的實力，就可以牢牢地把握一切！

甚至直到此刻，大劫主也未知景睢的身分，因爲他覺得這根本不重要。僅憑直覺，他已認定景睢無法對他構成實質性的威脅，既然如此，他又何必在意？

大劫主的眼中閃過既瘋狂又帶有不屑的光芒神采，揉合了瘋狂、不屑兩種情感的眼神顯得那麼的冷酷、無情，這讓大劫主儼然有如一個操縱眾生生死的死神！

黑暗刀劃過一道奇異的軌跡，毫無風雷之聲地長驅直入，刀身乃至刀勢所籠罩的空間都顯得幽暗無比，彷彿帶著一種神秘莫測的力量，壓得人透不過氣來。

六道歸元尚未催運至巔峰之境，黑暗刀的刀氣已如魔鬼的咒念般森然破入。

景睢竟沒能及時作出反應！

這並非因爲他沒有意識到危險，也不是他的反應一向滯緩，而是此時在黑暗刀強大得足以摧垮人的靈魂的刀勢前，他的靈魂、精神儼然已有與肉體相剝離的感覺，竟不能自如地作出應該作出的反應。

在那極短的刹那間，景睢本能地意識到了什麼，但這種反應也只是在瞬間閃過，很難對之細加辨認區別。

因爲，當這種感覺升上心頭的同一刻，另一種刻骨銘心的感覺也已湧上了他的心頭——那是死亡的感覺！

胸前一涼，像是一塊冰進入了景睢的胸腔，卻不痛。很快，冰開始發燙了，變成了一團火在他的胸中燃燒，並能聽到鮮血爭先恐後地從一創口向外奔湧的「咕咕」聲。

景睢眼中的光彩在刹那間消失得無影無蹤，他像是凝住了一般一動不動。

六道門的絕學「六道歸元」竟然連施展的機會也沒有，死亡就已經降臨於景睢的身上。

黑暗刀帶著一團血霧從景睢的胸腔中抽出時，蕭九歌的刀與地司危的劍雙雙攻至。

無論是蕭九歌的刀，還是地司危的劍，本都是至強力量的象徵，但這一次，合他們二者的力量，竟仍沒能救下景睢。

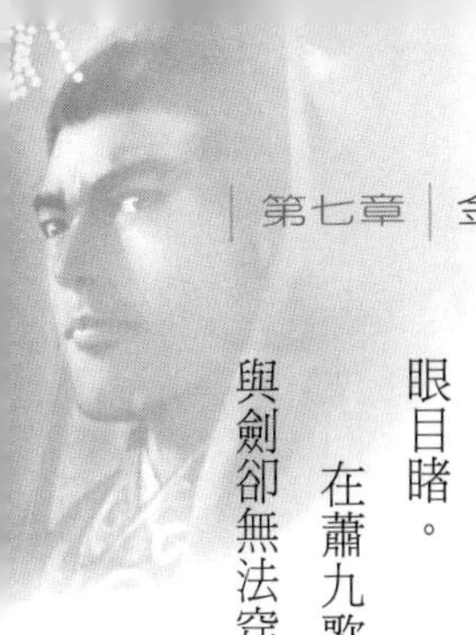

雖然沒能救下景睢，但地司危、蕭九歌已是傲視樂土的頂級高手，大劫主爲求一刀擊殺景睢，就難免留下可爲地司危、蕭九歌所利用的空檔。

一刀一劍如電般直取大劫主致命要害！

眼看大劫主就要遭受刀劍加身之厄的那一瞬間，驀聞大劫主一聲低吼，周身火紅色的豪光暴現，像是爲他披上了一層火紅色的鎧甲，顯得既妖異又威猛。

「噹噹……」兩聲，一刀一劍齊齊擊中了火紅色的光芒，竟發出撞擊於金屬上時才會有的聲音，地司危、蕭九歌悶哼一聲，被刀劍傳來的力道震得倒退數尺之外。

地司危、蕭九歌神色變得凝重至極！

沒能一舉重創大劫主其實本就在他們意料之中，因爲舉世皆知大劫主仗以所向披靡的除了他的黑暗刀外，還有足以抵禦任何刀劍的烈陽罡甲！

烈陽罡甲是以氣爲甲的外門武學，據說要修煉成烈陽罡甲，需忍受如煉獄般的極端痛苦，意志稍爲薄弱者，根本無法修煉成功。

在此之前，樂土人對大劫主所擁有的烈陽罡甲這一絕世修爲還只是止於傳說，從未有人能親眼目睹。

在蕭九歌、地司危的刀劍之下，即使是無比堅韌的鐵甲重鎧，也能被輕易洞穿，但他們的刀與劍卻無法穿透「烈陽罡甲」的守護。

大劫主化解了地司危、蕭九歌的攻勢之後，景睢方頹然倒下。六道門碩果僅存的前輩竟在一個照面間便亡於黑暗刀下！

地司危、蕭九歌心頭浮起無限悲肅！

大劫主先殺景睢，再挫地司危、蕭九歌，心中鬱悶之氣消退不少，他無比狂傲地望著兩個對手，冷笑道：「想必現在你們已為自己的舉措後悔了吧？——只是，這已經太遲了！」

地司危沉默無言，蕭九歌亦是如此。

因爲他們都知道，眼下他們已無須說什麼，也不會再有別的選擇。景睢的死，把他們徹底推向了不得不與大劫主殊死一搏的境地——一個已廢了一足一臂的前輩可以為對付大劫主而亡，他們又有什麼理由不全力以赴？

事實上，即使沒有景睢之死，他們也早下了這樣的決心。

沉默中，一場可怕的風暴在悄然醞釀。

就在大劫主與蕭九歌、地司危默默對峙的時刻，九歌城、六道門共三十餘人在蒼黍的帶領下，正銜尾追蹤晏聰等一行人，蒼黍是主動提出擔當此任的。

蒼黍等人急行一陣便漸漸接近了晏聰所帶領的人馬，也許是晏聰並不知身後匆匆趕來的一幫人的來意，所以依舊保持原速前進。

依照那名九歌城戰士所言，蒼黍在雙方的距離拉近之時，注意觀察追隨晏聰的人的走勢，果然有些異常，而這些人一律頭戴竹笠，並將竹笠壓得極低，這本身就已有些蹊蹺。

此刻，蒼黍幾乎已可以斷定那名九歌城戰士的說法是準確無誤的，至於晏聰怎會與劫域的人有所牽連，卻難以猜透。

「難怪晏聰要進萬聖盆地，若換了一般人，如聽說大劫主在萬聖盆地內，定唯恐避之不及，晏聰身邊的人既然是劫域的人，那自然另當別論了。」蒼黍如此思忖。

既然深信晏聰身邊的人是劫域所屬，蒼黍就必須將這事查清楚——這也是他們此來的目的。而且，這事宜早不宜遲，蒼黍甚至想到了可能會與晏聰發生衝突，如果晏聰身邊的人真的是劫域人，那可不易對付。所以越早向晏聰攤牌，離木白山口越近，蒼黍就越能在最快的時間內得到增援。

想到這裏，蒼黍當機立斷，他向同來的九歌城戰士及六道門弟子招呼一聲，一行人加快了速度，很快便趕上了晏聰的人馬。

蒼黍朗聲道：「前面的人請暫且留步！」

他有意顯示內力修爲，其聲以不俗的內力送出，音量不高，卻響徹每一個角落，讓每個人都聽得清清楚楚，蒼黍希望借此能對對方起到一定的震懾作用。

他是蕭九歌的親傳弟子，也的確身手不凡，在同齡人當中可謂是出類拔萃的佼佼者。

他的呼喝很奏效，前面的一干人馬果真慢下了腳步，並最終停了下來。

蒼黍倒有些意外了，不過箭已在弦，不得不發，他繼續送聲道：「晏聰，蒼某有事欲向你討教！」說是討教，語氣中卻隱隱有興師問罪的感覺。

「閣下要找我們的主人，但我們的主人卻不在此。」一陣沉默後，終於有人回應了蒼黍。

「怎可能不在？」蒼黍立即反駁道，「他不是在馬車內嗎？」

這些人將晏聰稱做「主人」讓蒼黍暗吃一驚，心忖：「照理如果這些人是劫域所屬的話，他們的主人應是大劫主，而不可能是晏聰。反過來也就等於說，這些人或許並不是劫域人，那自己豈非白忙了一場？」

「閣下若是不信，可以前來看個究竟，我家主人並不在馬車內，他已與我們分道而行了。」

蒼黍先是一驚，有些措手不及，隨即有了被愚弄的感覺，一股怨氣自心底升起，他意識到自己恐怕是低估了晏聰。

「他為何要與你們分道而行？」

意外加上驚怒，使蒼黍暫失精明，竟問了一個本不該問的問題，話一出口，蒼黍就後悔了。

沒有人回答晏聰為什麼要與他們分道而行，又是一陣沉默後，竟有人向蒼黍反問道：「閣下找我家主人有什麼事？若無他事，我們要繼續趕路了。」

蒼黍幾乎為之氣結，在他的身後是九歌城及六道門的人，無論是前者還是後者，都與蒼黍有

密不可分的聯繫，他怎能在這種情況就此甘休？那豈非從此以後就要在六道門、九歌城都落下辦事無能的印象？

當下蒼黍道：「且慢！」

「閣下還有什麼指教？」

「晏聰本只是六道門的一名普通弟子，並無權勢，怎可能突然有這麼多人擁立他爲主人？」蒼黍直言要害。

「這是我們與主人之間的事，閣下未免管得太多了。主人過去曾經是什麼身分我們並不在意，我們在意的是今後要矢志不渝地追隨主人！」

蒼黍目光驀然一跳，他哈哈笑道：「好感人肺腑的一番言辭！好，我可以不問你們與晏聰之間的事，但有一件事我卻不能不問。」

「請說。」

「我想知道你們的來歷。」蒼黍沉聲道。

空氣中驟然間平添了緊張的氣息，因爲竹笠的遮擋，沒有人能看見追隨晏聰的人的臉容，所有人都沉默下來，形成了一種無聲的對抗。

陽光斜斜地照來。

一隻雲雀忽然自路旁的灌木叢中驚起，沖天飛去，直到已至高空，方發出一聲驚鳴。

蒼黍冷冷地笑道：「爲何不回話？你們不願說，那便由我代勞了。」他的語速放得極慢，像是擔心對方會聽不清：「你們來自劫域——是也不是？」

又是一陣讓人窒息的沉默，這種沉默本身似乎就有著某種驚人的壓力。

忽然一聲嘆息打破了沉默，蒼黍聽得對方人群中有人道：「你看出了本不該看破的事情，說出了本不該說出的事實。既然你知道我們是來自劫域，就應該想到一旦我們的身分被揭破，會有什麼樣的後果！」

這番話，等若一道指令，所有頭戴竹笠者皆在同一刻揭下了他們的竹笠，隱於竹笠後的一張張顯得有些冷酷的容顏出現在了蒼黍等人的面前。

陽光似乎在這一刻黯淡了不少。

正如那名九歌城戰士所言，這些人的確是劫域人，是歸順晏聰的鬼卒。他們雖然歸順了晏聰，但只要尚在樂土境內，他們仍會感到緊張，感到處處充滿了仇視和敵意——這種感覺，實在不是一朝一夕所能改變的。

爲了守護天瑞，這些鬼卒隨同鬼將潛伏於玄天武帝廟四周，雖然這些年來一直未出什麼差錯，但這並不等於他們不擔驚受怕。畢竟這是深入樂土腹地，一旦身分暴露，就將面臨滅頂之災，鬼將的修爲再如何高明，也決不可能與整個樂土的力量相抗衡。

所以，對這些鬼卒而言，他們幾乎已形成了心理定式：身分一旦暴露，就唯有殊死一戰！

這種思維的定式，即使到現在也難以改變。蒼黍指明了他們的身分，就等於一下子將他們迫至不得不戰的絕路。

現在，唯一有可能繼續掩飾他們的身分的，就是將蒼黍及他所帶來的人全部除去！

這些鬼卒自從屈服於晏聰之後，在下意識中，他們已認定大劫主決不可能原諒他們的背叛，他們已沒有回頭路可走，唯有一直隱瞞自己的身分，在樂土潛伏下來，一直到完全融入樂土。

「錚……」

終於有一名九歌城戰士在巨大的壓力驅使下，倏然抽出兵器。

短暫的沉默與相峙的平衡因此被完全打破！

「鏘，鏘，鏘……」兵刃脫鞘聲響成一片，鋒刃的寒芒使周遭的空氣似乎在驟然間冷卻不少。

借著「混沌妙鑑」的指引，花犯、風淺舞、凡伽三人迂迴前進，不斷地向大劫主所在的方位接近。

倏地，走在最前面的花犯突然止步，低聲驚呼道：「聽，有打鬥聲！」

凡伽、風淺舞齊齊止步，傾耳細聽，果然聽到了金鐵交鳴聲。

凡伽正待說什麼，忽然道路兩側的雜草灌木倏然分開，幾道黑影若鬼魅般掠起，自幾個不同的方向直取凡伽三人，來勢奇快，更出其不意，利刃破空之聲驚心動魄。

襲擊突如其來，極具威脅，但被襲擊的三人是四大聖地的傳人，絕非一般的年輕高手可比，三人皆遇驚而不亂，在第一時間作出反應，三團劍芒驀然乍現，並互為犄角，形成了嚴密有效的防範。三個年輕人之間的配合可謂是絲絲入扣，天衣無縫。

一輪襲擊被花犯三人悉數瓦解。

人影閃動，轉眼間，三人已處於重重包圍之中。

花犯目光四下一掃，發現曾在苦木集與他一戰的美豔女子——劫域樂將赫然在其列。與樂將並肩而立的還有牙夭及高大如鐵塔的殃去。

樂將笑吟吟地望著花犯道：「小兄弟，看來你我真的有緣，竟又在這兒相遇了。」

花犯怒目相視，「你們劫域人在樂土大肆殺戮，今天被我們四大聖地的人撞見，定要為死難者討還血債！」

「小兄弟，你口氣未免太大了，苦木集一戰，你又何嘗能勝過我？其實與人方便，便是與己方便。我們並不想與你們為難，只要你們不走此道，我們之間就自然相安無事。」

風淺舞冷笑一聲道：「如果方才的襲擊你們能有所收穫，恐怕就不是這麼說了吧？現在想知難而退已遲了。」

她見樂將對花犯說話時笑容嫣然，嫵媚入骨，心頭不由老大地不快，立即搶白了樂將一句，而她的話也的確說中了樂將的心思。

方才的偷襲沒有得逞，反而讓樂將看出花犯、凡伽、風淺舞的修爲皆在伯仲之間，僅一個花犯就已可與她一較高下了，若再加上風淺舞、凡伽，樂將實在沒有必勝的把握。

與大劫主會合之前，樂將不願經歷任何殘酷廝殺。她被晏聰擊傷後，傷勢尚未痊癒，這也是她一開始就對花犯三人採取偷襲手段的原因之一。

自己的心思被風淺舞說破，樂將的神色卻絲毫沒有變，而是向牙夭道：「牙夭，據說你也曾是劫域最出色的高手，爲何這麼多年來，我卻從未見你出手？更未見你殺過一人？」

牙夭嘆了一口氣，笑道：「我一直在主公的身邊，任何人只要目睹了主公的不世氣概，就絕對沒有出手的勇氣，所以牙夭我只能清閒無爲了。」

「那今日主公不在，你倒可以再展身手了，這三個年輕人都是不錯的對手，我也可借機見識見識你的修爲。」

牙夭怪笑一聲，「既然你有此雅興，我牙夭就爲你助助興吧！」

話音未落，驀然毫無徵兆地閃電般掠起，向離他最近的花犯欺進，身法快如鬼魅，一雙枯瘦的手直取花犯咽喉要害。

花犯早有防備，他可謂是應牙夭之動而動，沒有絲毫滯緩，樸實無刃的「守一劍」於第一時間翻飛而出，若鳥翔魚落，極爲流暢，渾然天成。劍式的每一個動作，每一點變化，旁人都可歷歷在目，卻無法道盡其中的玄奧。

守一劍揮出，已然封住了牙夭可能攻擊的每一條線路，甚至連牙夭每一種可能的變化都已被完全控制，無論牙夭如何更易變幻，都難以突破花犯的封擋。

而花犯劍式最獨到之處就在於：看起來雖然他已牢牢地控制了一切，但事實上，他根本沒有借機反噬的意圖，好像他最終的目標就只是擋下牙夭的一擊，而不必追求最後的勝敗。

這一點，讓旁觀的劫域人無不感到匪夷所思，但樂將曾與花犯交過手，對此早有所瞭解，她知道這正是花犯的劍法最與眾不同之處。事實上，這也正是花犯劍法的精蘊所在，即花犯的師祖乙弗弘禮所言——是非難分，彼此無別。

他的劍法似乎願意寬宥一切對手，並不以最大程度挫敗對手為目的，而寬宥對手，從某種程度上來說，其實也是在最大限度地為自己保留生存的空間。

牙夭一聲輕嘯，枯瘦的雙手倏然回縮，避過了守一劍。

而守一劍在封阻了牙夭的攻擊之後，亦沒有趁勢而進，幻出一片劍影，團旋如盾，竟然仍是採取守勢。凡伽不由暗自皺了皺眉。

就在同一瞬間，牙夭雙爪甫收即伸，如毒蛇般自寬大衣袍中驀然伸出，竟有金屬般的寒光閃現。

牙夭左手出人意料地向守一劍抓去，彷彿根本不顧忌那是兵器而自己乃血肉之軀。

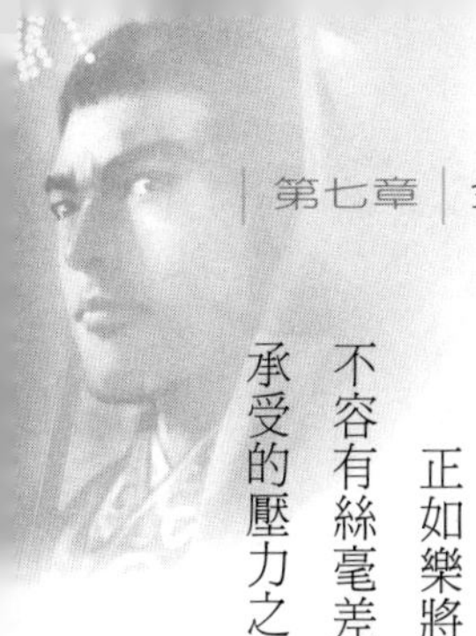

但旁觀的風淺舞卻突然發現，此時出擊的已並非牙夭的雙手，而是一對由精鐵鑄造而成的鐵爪，形狀與人的雙手酷似，連色澤也幾近一致，連旁觀的風淺舞也只能是依稀辨認出來。

對花犯來說，在毫無思想準備又近在咫尺的情況下，留給他作出反應的時間近乎於無。

未等風淺舞提醒，一隻鐵爪已搭在了守一劍上，「噹……」的一聲，鐵爪即刻扣住了守一劍，而另一隻鐵爪挾尖銳的嘯聲，徑直抓向花犯的面門！

如果花犯放棄守一劍，脫險的機會自會大增，但守一劍是師祖乙弗弘禮親手交給他的，他又怎可能放棄？

花犯右手奮力回奪，並於同一時間以劍鞘及時封住另一隻鐵爪的攻擊，雙方頓時陷於短時間的膠著狀態，花犯的守一劍被鉗，便以鞘爲劍，兩人近在咫尺之間，攻守之間極爲凶險，在極短的瞬間，雙方極盡變化之能，讓人目眩神迷。

在如此近的距離貼身搏殺，稍有差錯便可能引來致命的後果。正因爲如此，貼身搏殺對雙方的心理就有極高的要求，越能在這種生死懸於一線間的時刻保持冷靜者，就越能佔據有利的一面。

正如樂將所言，牙夭的確已有多年未曾出手，對生死廝殺的感覺已有些陌生了，這使得他在不容有絲毫差錯的綿綿不絕的貼身相搏中，有透不過氣來之感，所有的神經都繃得極緊，心靈所承受的壓力之大，難以想像。

與他相反，花犯心頭卻一片清明，鎮定無比，其原因倒不是花犯久經廝殺，而是因爲他曾習練「空明心訣」，心中自有朗朗正氣，元神泰然，明察秋毫，其心境之修爲，實非同齡人可比，連樂將的笛聲都難以擾亂他的心智，由此可見一斑。

在這一點上，花犯已然處於有利的境地。

雙方斗轉星移般互易攻守，其實僅在極短的時間內發生，但因爲承受了極大的壓力，牙夭卻感到這一過程無比的漫長。

終於，久攻不下的他再也無法承受這種壓力，一聲低嘯，主動捨棄對守一劍的挾制，抽身而退。

樂將臉上頓時浮現了陰影。她知道接下來牙夭再也沒有取勝的機會了，花犯的劍法鋒芒內斂，隱而不露。牙夭的鐵爪是其奇兵，如此出其不意的攻擊都沒能奏效，那麼久戰下去更不可能有取勝的機會了，樂將難免失望。

尙未痊癒的傷勢使樂將不敢貿然出手，權衡了雙方力量的對比，樂將對能否勝過花犯、風淺舞、凡伽三人越來越沒有把握。

這是蕭九歌一生中最艱辛的一戰，甚至超越了四年前與千異的那一戰。

雖然千異的刀道修爲同樣已高至出神入化之境，甚至僅以刀法之精妙而言猶在大劫主之上，

但大劫主卻擁有烈陽罡甲，這讓其在瘋狂出擊時，幾乎可以不用顧及防守，無形之中便平添了攻勢的犀利與狂霸。

蕭九歌、地司危的刀劍如雨點般傾灑向大劫主，卻無法撼動他可怕的烈陽罡甲。

如此一來，大劫主便等若立於不敗之地，可以毫無顧忌地全力進攻。對蕭九歌、地司危來說，這實在是一種要命的處境。

大劫主似欲將心中無限怨怒借這一戰發洩得淋漓盡致，其攻勢綿綿不絕，似乎永無止境，直到對手倒下之時，方才會甘休。

黑暗刀急速下插，輕易地插入青石鋪成的路面。沒入地下後倏然暴捲而起，碎石漫天飛揚，被狂野刀勢所捲襲，剎那間如風起雲湧，悍然無匹的一刀挾著滅絕天地萬物的氣勢，向蕭九歌狂襲而至。

蕭九歌驟然承受著來自虛空中的驚人壓力。這種感覺，只有在與千異的那一戰中，蕭九歌才有過。

飛翼刀疾迎而出，蕭九歌身形暴旋，借旋身之機，飛翼刀在無形氣勁中劃過一連串不可捉摸的軌跡，看似雜亂無章、無跡可尋，卻在黑暗刀無情刀勢中頑強進退拒守。

在空前強大的壓力下，蕭九歌自身修爲被全面激發至無以復加的極限，他能清晰地感受到飛翼刀劃過對方浩然氣勁時的輕顫、扭曲，更能聽到與空氣摩擦時的「哧哧」聲。

整個過程其實只有極短的剎那間完成，但在蕭九歌的感覺中卻像是有千百年那麼漫長。

「噹……」一聲暴響，飛翼刀終於穿過重重刀氣，與黑暗刀接實。

那種感覺，竟讓蕭九歌感到像是經歷了漫漫長夜，終迎來第一抹曙光，毫無著落的感覺總算過去了。

強大的氣勁借著這短暫的實質性的相接，排山倒海般沿著飛翼刀向蕭九歌手臂漫捲過來，大有摧毀一切之勢。

蕭九歌奮力與之相抗衡，手中飛翼刀發出驚人的震鳴聲，像是不堪承受兩大絕頂高手的浩然內力同時加諸於其上。

腳下的青石頃刻間崩裂，且碎裂的範圍以蕭九歌立足處為中心，迅速向四面八方擴散開去。剎那間，方圓數丈之內皆已破裂不堪，混亂至極，在這一刻，堅硬的青石竟顯得如此脆弱。

塵埃漫天，碎石如雨。

一聲冷笑，不容蕭九歌有任何喘息的機會，黑暗刀倏然再揚，在虛空劃出一道可怕的弧線，以更強之勢再度暴斬而出！

地司危自不會坐視不理，他已如一陣憤怒的狂風般捲至，劍勢如虹，向大劫主傾灑而落。

大劫主一如先前的戰法，對地司危的攻勢根本不閃不避，而是憑藉驚世駭俗的「烈陽罡甲」全盤承受地司危的傾力之擊！

地司危位列雙相八司之列，修為之高可想而知，他的傾力一擊，足以開山斷嶽，還從來沒有人敢在面對地司危的劍時能不閃不避，但大劫主卻做到了。

蕭九歌一連擋了大劫主九刀，幾乎豁盡自身的畢生修為。他的所有感官都已被黑暗刀所徹底佔據，無法再容下其他任何事物。

「蕭九歌，你太讓我失望了！」

大劫主沉喝一聲，驀然沖天而起，黑暗刀高擎於頂，在極短的時間內將自己的修為催至最可怕的境界——他要以這最後一擊決定蕭九歌的生死！

黑暗刀掠過虛空，發出驚心動魄的鳴聲，似若魔獸之吼聲，一團詭異森然的黑氣迅速瀰漫開來，竟將大劫主連人帶刀隱入其中，並鋪天蓋地般向蕭九歌臨空壓至。

天昏地暗，嘯聲若狂，面對鋪天蓋地般壓下的無盡黑暗，蕭九歌緊握飛翼刀，穩穩地立著。迫在眉睫的殺機竟然無法撼動他的心靈，其神情無比堅毅，這使他更像一尊雕像，而不像是血肉之軀。

飛翼刀驟然綻放奪目光芒，猶如初升旭日。那光芒恰好與鋪天蓋地壓來的黑暗形成鮮明的對比。

與此同時，地司危亦已如一抹輕煙般掠起，義無反顧地徑直迎向那團似欲吞噬一切的黑暗。

面對一個似乎永遠不會受傷、不會失敗的對手，實在是一種要命的感覺，但地司危、地司殺是雙相八司中經歷廝殺最多的兩個人，其戰意與意志力之強，都是極爲驚人的。

三大曠世高手飛速接近，並在短暫得難以察覺的時間內，將武學、力量、生死都演繹得淋漓盡致。

只是，沒有人能在這一刻看清那錯綜複雜的變化，因爲一切都掩藏於一片黑暗之中。

但有人能夠清楚地感受到這驚世駭俗的一幕——半里之外的一個小山坡上，晏聰負手而立，正默默地望向這邊。

大劫主的武學修爲太可怕了，比晏聰想像的更可怕。

晏聰追蹤大劫主多日，從大劫主的種種行爲舉止來看，他應該沒有得到天瑞甲，所以才如此暴戾。這實在是一件幸事，晏聰無法想像一旦天瑞甲爲他大劫主所擁有，那又將會如何？

雖然交戰的三人身影全都隱於一片陰暗中，但晏聰卻能感覺到在這片黑暗中發生了什麼。他能夠清楚地感覺到蕭九歌的絕望，地司危的憤怒——還有大劫主的狂霸！

晏聰就如同感覺自己的呼吸般感受著他們的種種情緒。

顯然，這一戰的結局不言而喻了，而晏聰並不希望結局是這樣。

他忽然震聲長嘯！嘯聲高亢入雲，直入九天雲霄。

高亢的嘯聲中，在那片陰暗內迸發了驚心動魄的悶響。

兩個身影難分先後地如彈丸般自那團詭異的黑暗中拋起，身形過處，皆有血霧漫灑。而那團陰暗之氣則已開始不可思議地迅速收攏、消失。

大劫主那充滿霸氣的身影重新漸漸地清晰起來。而他的目光則已穿透了漸漸淡去的黑暗，投向嘯聲傳來的方向。

目光所及的方向，一道身影天馬行空般急速向這邊飄掠而來，迅速地進入大劫主的視野。

大劫主的心不由爲之一震——能讓大劫主爲之一震的，無論是人還是事，都太少太少！

一個年輕的身影飄然落在大劫主數丈之外。

大劫主心頭又是一震——這一次，是因爲他已認出眼前的年輕人是晏聰，那個曾在玄天武帝廟中與他一戰的年輕人。

那一戰，晏聰雖然顯示了讓大劫主吃驚的實力，並挫傷了樂將，但晏聰最終還是擋不住他的驚世之技，很快便落得慘敗。

但此時此刻，那一聲長嘯，以及方才晏聰所顯露出的身法，卻讓大劫主深深地感覺到，雖然只是數日之隔，但晏聰已今非昔比。

在玄天武帝廟發生那一場可怕的地劫時，大劫主就已發現晏聰的修爲似乎發生了不可思議的突飛猛進。此刻，這種感覺得到了切切實實的印證。

大劫主心頭頗不是滋味，他有些後悔當時未能把握時機，一舉將晏聰徹底地擊殺。他很難想像在晏聰身上究竟發生了什麼，竟然使之有如此驚人的變化。

事實上，如果沒有晏聰那一聲暗凝驚世內力修爲的長嘯，蕭九歌或許已經敗亡在大劫主的黑暗刀之下了。

以大劫主的修爲，本應完全能在決戰之時做到物我兩忘，但晏聰如今的修爲實在太驚人，其嘯聲極具穿透性，連大劫主也不能不受影響。

雖然只是極小的影響，卻足以改變最終的戰局。畢竟蕭九歌是樂土屈指可數的高手，又有地司危與之並肩作戰，要對付蕭九歌，當然決不能有絲毫偏差。

這一點，蕭九歌自是感受最清楚的，他深深地知道，如果沒有晏聰突然以嘯聲分散大劫主的注意力，他定已亡於大劫主的「黑暗刀」之下！

最終，他仍是受了傷，儘管傷勢並不重，但臉色卻很是蒼白。

也許，更重的傷勢是他的心靈、意志所承受的打擊——他的神情很是蕭索。

當晏聰發現景睢的屍體時，著實吃了一驚。心中不由有些感懷——景睢曾當著蒼黍的面聲稱只要自己還活著，就決不允許六道門任何人對自己有報復的舉措。對於今天的晏聰來說，他當然不會害怕來自六道門的任何報復，其修爲足以應付六道門以及蒼黍以任何方式的攻擊。

但對景睢這一六道門輩分最高的前輩的關照，晏聰仍是心存感激的。

他目光直視大劫主，沉聲道：「我晏聰如今雖然未被視爲六道門的弟子，但景睢前輩德高望

重，我很敬重他，你視人命如草芥，必須付出代價！」

大劫主狂笑一聲，「是這老傢伙不自量力，所有自不量力的人，都應該死！包括你在內！你能僥倖在我手中留下一條性命，本應知足了，又何苦來自尋死路？」

晏聰並不動怒——以他如今的心境修爲，僅憑大劫主的一番話，豈能對他有什麼影響？

他淡淡地道：「可惜我晏聰偏偏是一個不識時務的人，我已殺了你的鬼將，接下來就是取你性命！」

大劫主雙目精光暴射如電，殺機凜冽若刀。

晏聰沒有因他的話語而動怒，反倒是他被晏聰的話所激怒了。

鬼將沒能與他會合，並且此後也一直沒有了鬼將及其手下鬼卒的消息，這已經讓大劫主感到他們很可能已凶多吉少，沒想到原來是晏聰殺了鬼將。

對大劫主來說，這實在是有些不可思議。因爲當時晏聰承受了他的重擊之後，可以說已經是奄奄一息，能夠保全性命已是奇蹟，又如何能夠擊敗修爲絕對不低的鬼將？

當時，大劫主也的確已預感到鬼將可能會遭到危險，但對天瑞甲的渴盼，以及對鬼將有足夠的信心，使他沒有及時支援鬼將，結果他既未得到天瑞甲，又折損了鬼將，大劫主心頭懊惱無比。

損失了鬼將之後，他才知道鬼將的重要性。對於大劫主來說，樂土是陌生的，所以他雖然全力追蹤靈族羽老，但最終仍是被羽老成功地擺脫了。

而鬼將卻與他不同，鬼將潛入樂土已有很多年了，對樂土的熟悉程度決不在任何樂土人之下，尤其對玄天武帝廟周圍一帶的情況，更是沒有幾人能比鬼將更熟悉。如果鬼將沒有被殺，大劫主相信羽老很可能就無法逃脫他的追蹤。

正因爲想到這些，大劫主對失去了鬼將才顯得格外痛心。

如果說對地司危、蕭九歌還沒有什麼仇恨的話，那麼對晏聰，大劫主則是有著刻骨之恨了。

而地司危、蕭九歌聽了晏聰與大劫主的那番對話後，吃驚不小。

對於蕭九歌來說，他當然知道晏聰曾經是六道門的弟子，因爲他的女兒就是嫁給了蒼封神的兒子，而蒼封神的死與晏聰不無關係。

在蕭九歌看來，不久前還只是六道門普通弟子的晏聰，就算天賦再如何高人一等，也決不會擁有如此卓傲之氣度。

地司危的吃驚則是因爲他也已聽說了蒼封神的死，以及蒼封神之死所牽涉的諸多人物，尤其是靈使介入此事，不能不引起他的關注。守護樂土的安寧本就是地司危的職責所在，六道門是一個不小的幫派，它的掌門人被殺，地司危當然不可能不予以關注。

地司危沒想到這麼快就可以親眼見到晏聰，並且晏聰還間接地救了他一命。他也知道如果沒有晏聰的及時出現，蕭九歌非死即傷，那麼自己就必須獨自一人對付大劫主，其結局可想而知。

眼前的晏聰，讓蕭九歌、地司危很難將之與「六道門弟子」這樣的身分聯繫起來。不過，無論如何，晏聰的出現對他們是有利的。晏聰的修爲絕對在景睢之上，甚至很可能在蕭九歌、地司危之上。

這一點，大劫主也意識到了，縱然他再如何的狂妄，也不能不對眼前形勢作冷靜的分析。

第八章　再逢強敵

蒼黍正遭遇他生平最為艱難的血戰。

晏聰所帶來的劫域人的人數與他帶來的人馬數量相近，但這些本是歸屬劫域鬼將統轄的鬼卒，卻遠比九歌城戰士以及六道門弟子更富有實戰經驗，他們漠視生命——既漠視對手的生命，也漠視自己的生命，這當然是因玄天武帝廟的生活經歷造成的。

他們既然奉命遠離劫域深入樂土，自然就必須做好隨時會被發現、被消滅的心理準備。一個隨時準備接近死亡的人，當他真正面對死亡的威脅時，往往會比正常的人更冷靜，這是很簡單的道理。而此刻的冷靜，無疑就是一個巨大的優勢。

所以縱然這些鬼卒中沒有出類拔萃者，而蒼黍盡得蕭九歌真傳，但占上風的卻仍是鬼卒這一方。

廝殺殘酷至極，金鐵交擊聲，刀劍斬入血肉軀體的聲音，鮮血噴灑的聲音……諸般聲音混亂地摻和在一起，驚心動魄。

森寒的兵器在虛空劃出一道道弧線，在陽光的照耀下，組成了一幅陰寒懾人的畫面。

蒼黍忽然發現，陽光竟然也會有寒冷的時候。天空中的日頭顯得高而且遠，像是憎厭這慘烈的一幕，所以遠遠地回避著，空氣中瀰漫著濃得化不開的微甜的血腥氣息，很像是在地窖中藏得太久的酒的氣味，微甜、潮濕，還有一股淡淡的腐朽的氣息。

在混戰的所有人當中，蒼黍的修爲是最高的，所以，亡於他刀下的人也是最多的。

不知過了多久，蒼黍感到周圍忽然間靜了下來，金鐵交鳴聲、鮮血拋灑飄落地上的聲音……全都忽然消失了，突如其來的安靜讓他感到異常得詭異。目光迅速四掃時，蒼黍才發現他所帶來的人都已倒下了，倒在血泊中。

蒼黍的胃驟然緊縮，一股涼意緩緩地升了上來。

此刻，對方只剩下六人尚活著。

無論是六個鬼卒，還是蒼黍，都是渾身浴血，眼中閃著既瘋狂又疲憊的光芒。

蒼黍發現自己已經受了傷，且不止一處，只是不太嚴重，加上方才已全身心地投入廝殺中，連受傷都被他所忽視。現在他也沒有必然能勝過這六個鬼卒的信心，但心中的涼意的確不是因爲驚懼而生。

他現在心中竟然沒有憤怒，縱然死的人除了九歌城戰士就是六道門弟子，無論前者還是後者，都與他有著非比尋常的關係，可他卻沒有憤怒。

他忽然感到自己是一隻被逼上絕境的困虎，而六個鬼卒則是對他緊逼不放的狼。他們之間其實並沒有仇恨，但為了生存，卻又不得不全力以赴地設法結束對方的性命。

蒼黍的心頭忽然浮現了一個問題：如果此刻晏聰還在此處，自己還有生存的希望嗎？

心中浮現這個問題時，蒼黍的心中這才升騰起仇恨。

他恨的不是鬼卒，而是晏聰！

「為什麼晏聰總是在不經意間就能夠逢凶化吉？如果這一次自己亡於六個劫域人手中，那日後又有誰能確知我是死在劫域人手下，而劫域人又是晏聰引來的。」

留在木白山口的人，很可能會推測出蒼黍的死因，但卻也僅僅只能止於推測而已，很難有真憑實據證實這一點。畢竟很少有人會相信，一個名不見經傳的晏聰，能夠被這麼多的劫域人稱為「主人」，儘管這是事實。

所以，蒼黍決不能敗亡！如果他與他的父親都因晏聰而死，那麼他將永不瞑目。

蒼黍將手中的刀慢慢地越握越緊。

就在這時，他忽然聽到了遠方傳來的驚人嘯聲！

這樣驚人的嘯聲就在不久前蒼黍廝殺正酣時已經聽到了一次，但那時蒼黍根本無暇分神去留意，而這一次卻不同。

嘯聲讓蒼黍暗吃一驚，他絕對相信能發出如此嘯聲者，唯有大劫主！

這使蒼黍一下子意識到自己的處境是何等危險。

他的手心立時滲出了冷汗。

幾乎是同時，六名鬼卒的神情忽然變得極爲不安！

還沒等蒼黍回過神來，六名鬼卒突然出乎他意料地轉身狂奔，很快就穿入一片叢林之中，消失於蒼黍的視野之外。

蒼黍久久回不過神來，他實在不明白方才還悍不畏死的鬼卒，何以會突然畏懼而逃，讓他們畏懼的又是什麼？難道是大劫主？那未免太不可思議了。

蒼黍沒有追擊。

本以爲不可避免的最後一場廝殺，竟然就這樣煙消雲散了，從肉體到精神，都一下子有極度的疲憊感緊緊地包圍著蒼黍。

他怔怔地立著，有相當長的時間，他不知該做什麼，腦海中也是一片混亂。

不知過了多久，一陣腳步聲驚醒了蒼黍。

他循著腳步聲望去，看到幾人正向這邊走來，其中一人他立即認出了，那人便是他的師父——九歌城城主蕭九歌！

對於蕭九歌的身影，他是再熟悉不過了。

蒼黍的心頭既欣喜又遺憾，他遺憾的是，爲何師父蕭九歌不早一點出現，那樣蕭九歌就可以親眼目睹一個真相：殺害眾九歌城戰士以及六道門弟子的是劫域人！與師父蕭九歌同行的人也一樣可以目睹這一幕。

如此一來，再由守於木白山口的九歌城戰士、六道門弟子證實這些戴著竹笠的劫域人是聽命於晏聰的，那麼，晏聰從此就再也休想能在樂土安心立足了。

蒼黍知道與師父蕭九歌在一起的是景睢、地司危，而他們三人的話，又有幾人會懷疑？

向蒼黍這邊走來者的確是三個人，可是蕭九歌橫抱著的又是什麼人？

難道會是他們擊敗了大劫主，他所抱的是大劫主的屍體？

蒼黍心頭的疑惑很快就有了答案。

當蕭九歌等人走近了一些後，蒼黍驚愕地發現與師父同行的雖然的確有地司危，但另一人卻不是景睢而是晏聰！而蕭九歌橫抱著的人從體形上看，應該就是景睢。

蒼黍一下子呆住了！

他萬萬沒有料到晏聰再一次出現在他的面前時，會是與他的師父蕭九歌以及地司危一同出現！

這樣的意外，讓蒼黍一下子亂了方寸。

蒼黍的判斷沒有錯，蕭九歌橫抱著的確實是景睢的遺軀，與他同行的則是地司危與晏聽。

原來晏聽出現後，大劫主雖然表現得很是憤怒，但最終他並沒有出手，似乎對晏聽、地司危、蕭九歌三人的聯手頗爲顧忌，竟不戰而退！

對於大劫主來說，也許這是破天荒的第一遭。

那一聲長嘯，的確是大劫主發出的，他的用意是爲了在退走的同時，召喚樂將等人。樂將、牙夭等人已是大劫主目前在樂土所能利用的最後力量了，他決不願輕易失去。

而那六個鬼卒也正是聽出了後面的那一聲長嘯，是來自於他們昔日的主人大劫主，才顯得那麼不安。雖然他們已投靠了晏聽，但大劫主的積威仍在，多年來對大劫主的敬畏不是短時間內所能改變的。

他們屈服於晏聽時固然是形勢所迫，但更主要的是大劫主遠離他們，所以才能下決心投靠晏聽，一旦他們切切實實地感受到大劫主就在左近，那份暫時隱蔽起來的對大劫主的畏懼就會再一次萌生。

他們深深地明白背叛大劫主意味著什麼，一旦落在大劫主手中，降臨於他們身上的將是比死亡更可怕的噩夢。

於是，他們選擇了逃離！

大劫主出人意料地退走，讓地司危、蕭九歌都未能及時作出反應，他們本以爲以大劫主的狂傲，一定會全力以赴決一死戰的。

大劫主退得突然，試問天下間又有幾人，在事先沒有預料的情況下，能夠後發制人截下退卻的大劫主?!至少，已經受了傷的地司危、蕭九歌不能！

地司危、蕭九歌心中明白大劫主之所以退走，就是因爲晏聰的出現。他們心頭感慨萬千，暗忖無論如何也不會想到在最後關頭，會是一個如此年輕的人扭轉了局面。

蕭九歌的感慨尤其深，他知道晏聰與蒼黍的微妙關係。如今，一個是他的弟子，一個則是對他有恩的人。

當他們忽見蒼黍獨自一人怔怔地站著，身側屍首狼藉時，大吃一驚！

蕭九歌、地司危立即想到這是大劫主帶領的人馬與九歌城、六道門中人廝殺的結果，唯有晏聰對真相心知肚明，他暗自慶幸及時與那些鬼卒分道而行。

雖然論武道修爲，他不懼九歌城、六道門的任何人，但這樣的結局，顯然比若是他與劫域鬼卒留在一起時遭遇蒼黍更好。

蕭九歌見蒼黍的神情有些異樣，以至於連他走近時竟忘了該施禮迎候，猜測蒼黍或許是對其父的死耿耿於懷，所以見了晏聰時才會神情異樣。

在蕭九歌看來，蒼封神的死，的確可以說是咎由自取，所以蒼黍怨恨晏聰是沒有理由的。

蕭九歌索性在蒼黍未作出什麼反應之前首先開口道：「黍兒，爲師與地司危大人雖遭遇了大劫主，但此人不愧爲魔道第一人，這次若不是晏聰出手相助，只怕爲師已性命難保……可惜，景老前輩還是遭了毒手！」

蒼黍既是蕭九歌的弟子，又是蕭九歌的乘龍快婿，但蒼黍自幼就投入蕭九歌門下，兩人已習慣了以師徒相稱。

蒼黍臉色頓時有些發白。

「晏聰竟救了師父?!那若我再告訴師父，這些劫域人是晏聰的隨從，師父會相信嗎?就算會相信，以眼下這樣的情景，師父又會怎麼做?無論如何，師父也不會立即與晏聰反目的。」

在很短的時間內，蒼黍心中閃過了許多的念頭，感到深深的失落。晏聰有救師父的能力，這意味著什麼是再清楚不過了。

蒼黍終於向晏聰深施了一禮，「晏兄弟仗義相助，在下敬佩得很。」

蕭九歌暗自鬆了口氣，心想：蒼黍終究還是識得大體，景睢生前說他心胸狹隘，會不會有失偏頗?

晏聰還了一禮，心中有些可憐蒼黍。蒼黍真正的心理，他是心知肚明的。

「花師弟爲什麼要攔阻我追殺劫域的人?」凡伽頗爲不滿地道。說話的時候，他的目光還忍不住投向樂將等人退走的方向。

花犯道：「劫域人方才並未落下風，但在聽到那聲長嘯之後，立即退卻，如果我沒有猜錯的話，那聲長嘯應該是大劫主在召喚他們。」

「是大劫主又如何？我們四大聖地何嘗怕過什麼？」凡伽道。

花犯笑了笑，也不爭辯。

一直在天空中盤旋的大黑飛落下來，落在凡伽的腳邊，想用頭去蹭凡伽的腿時，凡伽卻沒好氣地將牠一腳踢開了。

風淺舞見狀，便岔開話題道：「這樣下去，不知什麼時候才能找到南許許的下落。」

凡伽道：「樂土武道不知有多少人，想要追查南許許的下落，但追查了這麼多年都一無所獲，我們能夠與他擦肩而過，已經足夠幸運了。」

花犯對自己有意放過南許許這件事多少有些內疚，在這樣的心理影響下，他顯得很堅決地道：「無論如何，我們都應全力以赴查找他的下落。」

說這番話時，他心裏想道，若是真的再一次遭遇了曾救過自己一命的南許許，自己又該當如何？

在這件事上，凡伽卻又顯得有些不甚堅決了，「我們出來已有些時日了，不若先回聖地，一來可以避免同門擔心；二來也可以知道其他人是否已有收穫。」

沒想到風淺舞卻堅決反對，「師尊既然讓我們獨自涉足武界，相信是因爲他們對我們已有了足夠的信心，同時也是爲了看看我們是否有擔當重任的能力。如果現在一無所獲就返回聖地，恐怕要讓他們失望了。」

無論是花犯、風淺舞，還是凡伽，都是同輩弟子中最出類拔萃者，九靈皇真門、一心一葉齋、大羅飛焚門也都已將他們視爲做未來擔當一門之主的人選，對他們著力栽培。這一點，從花犯能夠同時得到「混沌妙鑑」以及「守一劍」就可見一斑，風淺舞這番話也不無道理。

花犯笑道：「風師姐倒真是女中英傑，將來定是一心一葉齋主人的不二人選。」

風淺舞卻不笑，她淡淡地道：「如果可以選擇，我寧可永遠不會被推上門主的位置。」

她的神情太嚴肅了，以至於花犯的笑容也有些僵硬。

與大劫主的一戰使地司危發現，憑現有的力量，要想將大劫主困在萬聖盆地，幾乎是不可能的。

地司危、蕭九歌以最快的速度，傳訊守在萬聖盆地四周的樂土武界各路人馬，放棄對大劫主的圍困。

地司危、蕭九歌的用意是不想再添無謂的犧牲，連景睢都僅在一個照面下就被大劫主擊殺，其他人要攔阻大劫主，結局可想而知。

只是守在萬聖盆地周圍的人並不只是九歌城、六道門的人。

地司危的部屬當然會依令而行，九歌城、六道門的人也照辦了，但除此之外，卻有相當一部分人馬並沒有照辦。

在他們看來，事先地司危、蕭九歌將他們說服，使之參與「滅劫」一役，若是最終連大劫主的容貌都未見上就要放棄，這未免太可笑，不少人都有被愚弄的感覺。所以，儘管地司危、蕭九歌傳訊得很及時，但事情的發展卻並不是他們所希望的那樣。

爲此，守在萬聖盆地東部以無機谷弟子爲首的人馬遭受了重大的損失。正如蕭九歌、地司危估計的那樣，他們根本無法攔截北去的大劫主。

劫域並非在樂土之東，而大劫主卻選擇了向東退卻，這頗出人意料。

很難想像爲什麼大劫主在明知行蹤已暴露的情況下，卻不退回劫域，而要留在樂土。

蕭九歌已受了不輕的傷，所以就沒有急著追蹤大劫主，而是暫時留在了萬聖盆地。

這時，在萬聖盆地一帶已聚集了不下二千人的各路人馬，景睢之死讓六道門對大劫主恨之入骨，他們自告奮勇地擔負起追蹤大劫主的重任，誰都知道六道門的追蹤術是獨步樂土的。

而更多的人馬則準備隨時策應。

大劫主不問緣由胡亂殺人的暴戾，直接將萬聖盆地周遭大大小小的各股力量，逼至不得不團結一致共同對付大劫主的處境，大劫主爲自己樹立了太多的敵人。與他敵對的力量如果分散，的確無法對大劫主構成實質性的威脅，但會合一起，就絕對不容小覷了。

蕭九歌受了傷需得靜養，六道門又已是群龍無首，在與鬼卒之戰中被殺的數十人的善後事宜，就自然而然地落在了蒼黍的身上。而地司危則全力協調各路人馬，他奉冥皇之命對付大劫主，現在能得到這麼多的援手，可以說是他的幸運。

如果大劫主不是因爲失了天瑞而大肆殺戮激怒了整個樂土武界，恐怕地司危就唯有孤軍奮戰了，至多能得到九歌城、六道門的援助。

九歌城能首先作出反應是有原因的，因爲九歌城在樂土之北，是直接面對劫域的要塞，多年來就一直面臨著劫域的無形壓力。如果能夠一勞永逸地解決劫域之禍，九歌城當然求之不得。而六道門與九歌城因爲有聯姻的關係，一向交往密切，所以也隨之而動了。

蕭九歌在萬聖盆地靠近東部地帶的一個小鎮暫時住下了，隨他同行的有九歌城戰士數十人，他們將這個小鎮一家最大的客棧包了下來。

而另一家客棧則成了地司危駐足之地。

與大劫主正面交戰之後，地司危意識到，唯有再與更多的樂土絕頂高手聯手方有勝算，所以他已改變了策略，並不急於對付大劫主，而是想方設法一直牢牢把握大劫主的行蹤，同時向禪都求援。

他已知曉禪都平定了千島盟之亂，應該可以騰出力量對付大劫主了。

地司危穩穩地撒出了一張網，但在這張網沒有變得足夠牢固時，他決不願輕易收攏。只要暫時不收網，大劫主就無法對「網」形成多大的破壞。

地司危實在是一個高明的獵手！雖然他的武道修爲並不是雙相八司中最高的，但做這樣的事，卻再也沒有比他更合適的人選了。無怪乎當冥皇說是由地司危擔當對付大劫主重任時，天惑大相很是贊同。

讓地司危高興的是，就當他在客棧落腳的時候，其部屬稟報說有四大聖地的三個年輕人前來求見，其中就有被樂土人稱做「金童玉女」的花犯與風淺舞。

樂土人皆知每一次樂土武界面臨浩劫之時，四大聖地都能夠挺身而出，鋤強扶弱，維護樂土安寧，且難能可貴的是四大聖地雖然具有很大的實力，極高的聲譽，卻從不介入各種紛爭中，甘於淡泊，獨善其身。

對於「滅劫」，四大聖地是決不會袖手旁觀的，地司危早已聽說「金童玉女」是四大聖地年輕一輩的佼佼者。三人此番前來求見，十有八九是要與他攜手共對大劫主，地司危如何能不喜？

他立即親自前去相迎花犯、風淺舞、凡伽。

當他見到花犯等三人時，眼中不由有了微微的笑意——這是他離開禪都後第一次有了笑意。

眼前三個年輕人無一不是氣度非凡、極富朝氣，讓人一見就頓生好感。

地司危暗自嘆道：「四大聖地不愧爲樂土武界之首，如此可遇不可求的良材，竟全投在了他們的門下。老夫算是閱人不少了，能與這三個年輕人相提並論的，也只有晏聰了。」

而此時，晏聰正在拜訪蕭九歌。

對於晏聰來客棧拜訪，蕭九歌並不意外，意外的是晏聰所說的一番話。

「蕭城主，有一件事在下不能不說，曾與九歌城、六道門血戰的劫域人，其實是我帶入萬聖盆地的。」

「哦？」蕭九歌吃了一驚，愕然道，「怎會如此？」

其實在此之前，蒼黍已私下將這件事稟告了蕭九歌。

蕭九歌的吃驚之處並不是這件事本身，而是晏聰爲什麼要在無人追問的情況下自己說出這件事。

「他們雖是劫域的人，但已被在下收服，我的想法是：他們追隨大劫主，對大劫主的習性必有瞭解，所以可以借助他們儘快找到大劫主。事實也的確如此，我能夠及時趕到萬聖盆地，就是借助於這些劫域人。先前他們既肯歸順，我便不想趕盡殺絕，沒想到竟留下了隱患，使六道門、九歌城遭受傷亡。也許是我太疏忽了，若是當時有我在，或許可以向蒼黍解釋清楚。」

但若他留在馬車上，又如何能及時助地司危、蕭九歌一臂之力?

蕭九歌沉默了良久，方道：「這恐怕是天意吧，晏公子就不必爲此掛懷了。說起來，都是蒼黍太莽撞了。」

晏聽聽蕭九歌這麼說，知道不會再有人追究此事了——至少在「滅劫」一役未結束之前，不會有人追究此事。

以地司危的身分，當然可以動用大冥王朝的靈鴿傳訊。

冥皇很快便得知萬聖盆地所發生的一切，包括如今大劫主已處於重重監視之下。看似大劫主可以橫行無忌、無人能擋，但只要時機成熟，就可以將之收入網中。

所謂的「時機成熟」，自是指冥皇加派高手增援之後。地司危以靈鴿傳訊的目的，就是求援。

這應該算是一個喜訊，至少不是壞事。

在此之前，冥皇還得知另一件事，一件與劍帛人有關的事，那就是在九歌城以北，劍帛人已開始大興土木，聲稱是奉聖諭欲建劍帛城。

聖諭的的確確是存在的，九歌城自然就無法干涉此事，唯有以十分火急之速向冥皇稟報請求定奪。

冥皇暗暗叫苦的同時，也不能不佩服劍帛人行事之快捷果斷。

當然，最讓他既佩服又無可奈何的還是姒伊。誰會想到一個雙目失明的女子，竟能在與大冥冥皇的交鋒中，不顯山露水地占盡了主動？

聖諭已被劍帛人公諸於眾，冥皇不可能再收回成命，唯有讓九歌城暫時不要干涉劍帛人築城之舉，靜觀其變，再作定奪。

冥皇雖然沒有直接說出對策，但心裏已決定將適時派兵馬進駐劍帛城。

這一點，本已得到了姒伊的認同，就算姒伊反悔，冥皇也會讓人強行進駐的，他相信最終的勝利者仍是自己。

有劍帛人的干擾，冥皇的心情便欠佳了，故當他得知「滅劫」之舉的進展情況後，並未顯得如何興奮。

地司危既然已向禪都求救，冥皇就不能置之不理。照理，千島盟之亂已平復，要分出力量對付大劫主並不難，但冥皇卻遲遲無法決定由誰擔當此任。因爲他與大劫主與劫域之間有隱情。對於大冥王朝上上下下來說，只要能戰勝大劫主即可，唯獨對冥皇來說，卻絕非這麼簡單。

而他的矛盾是絕對不能對任何人道訴的，包括雙相八司也不例外。

在紫晶宮，在禪都，在樂土，他皆可一呼萬應，但他卻比誰都更寂寞孤獨。

當一個人心中有矛盾、困惑，卻不能向任何人道訴，只能在心中默默地反芻時，何嘗不是一種悲哀？

千島盟人，大劫主，劍帛人，還有香兮公主。這些日子來，變故頻頻，冥皇爲此而承受了太多的壓力，而這些壓力，不知何時方得解脫。

銅雀館一役，使銅雀館被損毀了不少。不過這幾年銅雀館在禪都掙了個盆滿缽滿，只要沒有遭到毀滅性的打擊，就可以迅速地恢復元氣。

在千島盟人退出銅雀館的當夜，銅雀館年輕而美麗的主人眉小樓就找來了禪都最好的工匠，連夜趕修銅雀館。

第三天，一個美輪美奐的銅雀館重現了。

對於一些人來說，銅雀館已成爲了他們生命中不可或缺的一部分。千島盟之亂的確讓這些人驚出一身冷汗，但他們根本就無法抵擋銅雀館的誘惑。

在自成一體的樓閣的一間居室裏，眉小樓正慵懶地斜臥在一張寬大的床上，任憑一個約十三四歲的婢女爲她輕捶雙腿。

屋內焚著香，一角還燒著火炕，絲毫沒有秋的涼意，眉小樓羅裳單薄，曲線玲瓏誘人。她微閉著眼，默默地聆聽著銅雀館內的歡聲笑語。

銅雀館的女子個個都被眉小樓調教得頗有手段，她們可以讓每一位客人在銅雀館找到快樂。至於這種快樂是真是假，是否過於輕飄空洞已不重要，就像銅雀館中豔女的曲意逢迎、笑顏、承歡是真是假並不重要一樣，重要的是客人心甘情願地爲他們所得到的快樂付出了相應的代價，並樂此而不疲。

夜夜笙歌，是銅雀館最貼切的寫照，眉小樓早已習慣。只有在銅雀館獨有的鶯聲燕語、燈火笙歌的氣氛中，眉小樓才能感到踏實。

有時她自己都覺得，自己是否有點不正常了，這樣的生活本不是她所喜歡的。

她的真正身分，是劍帛人的眉樓大公。劍帛王親定的「重光四臣」分別爲舉父、物要、離遂流、眉琅千，她便是眉琅千的後人。

劍帛是蒼穹諸國中唯一一個讓女人與男人有平等地位的國家——這與阿耳諸國又有些不同，在阿耳諸國中女子的確有地位，但卻不是相互平等，而是凌駕於男人之上。

眉小樓的真正名字應是眉樓，一個年輕女孩子能成爲大公，在劍帛人看來，這並沒有什麼奇特的地方。

自從進入禪都後，眉樓大公就成了「眉小樓」，成了銅雀館的主人。

爲了銅雀館，眉小樓傾注了多少心血，連她自己都已記不清了。如今這一切終於得到了回報。利用來自於銅雀館的訊息，姒伊已成功地自冥皇手中取得聖諭，劍帛人的復國大計，邁開了至關重要的一步。

不懈的努力終有了回報，眉小樓當然應該高興才是。晚上她特意讓廚子多加了幾個精緻的菜，還飲了幾杯酒。

酒實在是一種奇特的東西，它常常會使人的思緒變得模糊，但有時又恰恰相反，反而使人的思緒與記憶變得格外得清晰。

此刻，眉小樓閉目養神之際，腦海中清晰地閃過一幕幕往事，無限感慨湧上心頭。

忽聞門外有人道：「館主，外面有人想要見妳。」

「不見。」眉小樓慵懶地道，秀眸未睜。

她知道如果是不能不見的熟客，前來稟報的人自會先提及對方是誰。既然未說，來者就不在此列。銅雀館在禪都有今天的這份風光，已不需要對任何人都低聲下氣了。

「可是此人不能不見。」

眉小樓美眸微啓，卻沒有說話。

「因爲他是戰傳說。」門外的人繼續道。

眉小樓一怔。

對於戰傳說，她的確不能不見，因爲既然姒伊認定戰傳說爲「奇貨可居」，將來定可助劍帛人復國，那麼三萬劍帛人就必須盡可能地爲戰傳說提供種種方便，眉小樓也不例外。

戰傳說是爲紅衣男子而來的，紅衣男子自千軍萬馬中突圍而出，關於他的種種說法，早已傳遍了禪都的街街巷巷，戰傳說很快就知道紅衣男子與千島盟人一樣，是從銅雀館突圍的。

戰傳說本能地將紅衣男子視做是千島盟人——連天司殺、天司危也是如此認爲。

但後來戰傳說卻察覺這事有諸多可疑之處，以他與紅衣男子交手的情況來看，紅衣男子的修爲決不在小野西樓、負終等人之下，爲什麼後來紅衣男子卻一直未曾出現？就算是小野西樓等人危在旦夕時也是如此。

他既然是千島盟的人，何以對同伴的生死置之不顧？以紅衣男子的修爲，如果能夠及時出手，也許結局就會徹底改變也未爲可知。

而且，紅衣男子突圍之後，禪戰士、無妄戰士同樣對他的行蹤嚴加追查，爲何千島盟的人無法脫身，唯獨他卻安然無恙？

他與戰傳說約戰祭湖湖心嶼，證明他對自己能夠自禪都脫身是極有信心的，他這份自信又由何而來？

戰傳說心有疑慮，忍不住第一次主動前往天司殺府，將心中疑惑對天司殺說了。

天司殺聽罷，大有同感，當下派人著手打探，結果打探到讓戰傳說、天司殺大吃一驚的線索：銅雀館一役中，有部分千島盟人根本不是無妄戰士、禪戰士殺死的，而是被紅衣男子所殺！

這足以證明紅衣男子不是千島盟人，只是事發時，湊巧他也正好在銅雀館而已。

照理，這一事實應該早已爲天司殺所知悉，對此戰傳說深感困惑。

天司殺看出了戰傳說的困惑，苦笑道：「此次對付千島盟人，是由天司危主持大局的。對他來說，當然寧可讓冥皇誤以爲在銅雀館中，所有被殺的人都是死於禪戰士、無妄戰士之手。」

戰傳說頓時明白了，天司殺這麼說，其實是夠委婉了。本該早已爲天司殺所知的事實，卻直到天司殺下令追查才知悉真相，其中的原因，就是天司危爲了貪占功勞，有意封鎖消息，讓人曲解真相。

戰傳說在天司殺的相助下，得知紅衣男子並非千島盟人之後，立即馬不停蹄地趕到銅雀館。銅雀館是唯一的線索，爲了加大解救小夭的可能性，戰傳說不會放過任何有助於查清紅衣男子底細的線索。

戰傳說一進銅雀館，就感到極不習慣，偏偏他氣宇軒昂，俊朗不凡，最容易吸引人的注意。銅雀館眾豔女閱人無數，一眼就看出這極富魅力的年輕男子尙未嘗過巫山雲雨的滋味，很難動情的眾豔女也不由心如鹿撞，暗盼自已能成爲這年輕男子的青睞對象。

雖然在她們看來，但凡進銅雀館的男人無不是爲尋歡作樂而來，但像戰傳說這樣俊朗非凡的人物，仍是難免動情。

立即有不少豔女向戰傳說大送秋波，更有二女主動迎上前來，竟以豐滿胴體緊貼著戰傳說，主動向他揩擦，以動人軀體及火辣辣的眼神同時向戰傳說熱情招呼。

戰傳說大窘，手足失措，不由有些後悔，不該婉拒天司殺說要派人陪他前來銅雀館。這樣的場面，相信天司殺府的人會比他更懂得如何應付。

戰傳說窘迫中急於脫身，本能地伸手推拒，不料著手處一片溫軟，竟觸及到對方彈性驚人的

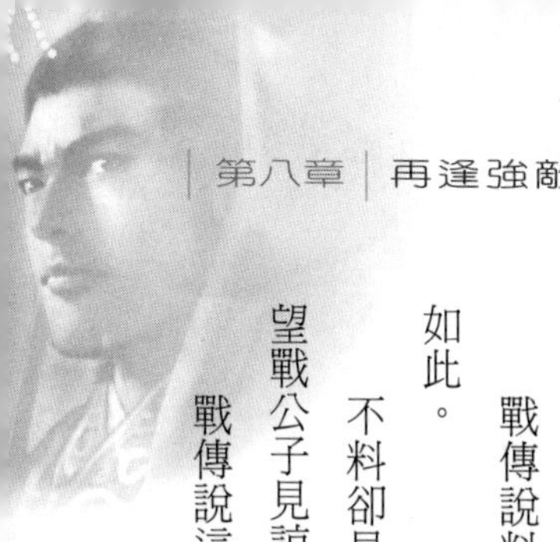

酥胸。

那女子咻咻笑道：「原來公子是個性急之人。」竟將他偎得更緊了，「我會讓公子知道女人要慢慢品嘗才有味道的。」

戰傳說軟硬難施，一咬牙朗聲道：「在下戰傳說，想見貴館當家的眉館主一面，煩請通報一聲！」

他言語凜然，卻引來眾豔女的咻咻而笑，皆暗忖這俊美郎君好不識趣，還從未見有人進了銅雀館還如此刻板正經的。

他身邊的兩女子還待再加挑逗，忽聞有人道：「不可冒犯戰公子，你們退下吧。」

二女一聞此言，立即笑著退開了，退開時還不忘向戰傳說拋個動人的媚眼。

戰傳說暗自鬆了口氣，循聲望去，卻見說話者是一豔美女子，華衣羅裳，修長曼妙，秋波流盼，自有一股風流意態，媚豔而不流於鄙俗，與其她豔女大爲不同。

戰傳說料定此人就是眉小樓，聽說銅雀館的女主人是個風華絕代的年輕女子，今日一見果然如此。

不料卻見那女子盈盈施了一禮道：「小女子雲盈兒見過戰公子，盈兒的姐妹們失禮之處，還望戰公子見諒。」

戰傳說這才知眼前女子並不是眉小樓，看樣子這自稱雲盈兒的女子在銅雀館應是有地位的。

他卻不知這雲盈兒正是「銅雀花榜」中排名第二的絕色美人，在「銅雀花榜」中以「羞於桃李誇姿媚，獨佔人間第一枝」來形容她，也算是相得益彰了。

戰傳說趕忙還禮，對這替他解圍的女子頓生好感。

雲盈兒道：「請戰公子隨我前往雅室稍坐，我這就去稟告我們的館主。」

於是戰傳說隨雲盈兒進了一間佈置得極爲雅致的內室，立即有人獻上香茗。

當雲盈兒退出反手掩門之後，外面的喧鬧聲一下子被封阻於門外了，此內室之靜雅，讓人置身其中時，很難將它與風月歡場聯繫在一起。

這樣的雅室，也只有列於銅雀館花榜中的銅雀女才能在此陪侍客人。

當然，由雲盈兒這樣的女子陪侍，就必須捨得付出，甚至有時捨得付出，還未必能如願以償一親芳澤。

眉小樓很清楚男人的心理，越是不容易得到的，他們就越想得到。現在，前來銅雀館的尋芳客，皆以能由雲盈兒、魚蝶兒等級別的女子相陪爲榮，對此趨之若鶩。

沒等多久，雲盈兒果然請來了眉小樓。

當眾人見眉小樓出現時，都有些意外，男人更是對戰傳說既羨慕又嫉妒，誰不知眉小樓不是誰都可以見的？雖然銅雀館只是風月歡場，算不上體面的事，更無權勢可言，但眉小樓就有這樣的能耐。

連南禪將離天闕的寶貝兒子——禪都赫赫有名的七大惡少之離懷，有一次酒後入銅雀館，提名要雲盈兒作陪，眉小樓也敢將之拒絕。離懷感到顏面大失，便唆使同行的隨從鬧事，沒想到很快就有無妄戰士趕至，將離懷強行帶走。

離懷雖是禪都四大禪將之一離天闕的兒子，但無妄戰士卻可以不買他的賬，若不是離天闕及時請動了天司危，恐怕離懷在無妄戰士手中還要吃一些苦頭。

不知爲什麼，一向橫霸的離懷吃了這樣大的虧，事後竟沒有向銅雀館報復，這實在是一個奇蹟，由不得禪都人不對銅雀館刮目相看。

戰傳說初入銅雀館，就能有與眉小樓單獨相見的機會，豈能不讓人羨慕不已？

戰傳說自己倒絲毫沒有受寵若驚的感覺，但他卻被眉小樓那驚人的魅力所驚呆了。

照說他所見到的美麗女子已不少了，以爻意的美麗，就算說是冠絕天下，也毫不爲過。還有小野西樓、小夭、姒伊、月狸，乃至方才所見的雲盈兒，但眉小樓與她們中的任何一人都不同，她的身上竟同時揉合了爻意的高貴，小野西樓的冷豔，小夭的嬌憨，姒伊的神秘聰慧，月狸的刁蠻可愛，雲盈兒的嫵媚動人。

在見到眉小樓之前，戰傳說絕對不會相信人世間會有人能同時揉合這麼多絕代女子的特質於一身，但此刻他卻唯有大爲驚嘆的份了。

對於戰傳說略有些失態的驚訝，眉小樓並不奇怪，因爲她對此早已習慣。從來沒有一個男子能夠在第一次見到她時，能夠不爲之所動的。

甚至，連女人也不例外！

同時，眉小樓也已看出戰傳說與其他到銅雀館的男人不同，他一定不會是爲尋歡作樂而來，因爲即使是見到眉小樓，除了爲她的魅力所驚愕之外，未見其有任何褻瀆神情，他的眼神真誠而清明。

眉小樓心頭暗暗鬆了一口氣。

她所擔心的當然不是戰傳說對她有非分之想，事實上，對她有非分之想的人太多了，她完全能應付得遊刃有餘，根本無須擔心什麼。

她所擔心的是姒伊認爲戰傳說「奇貨可居」，將來定能在劍帛人復國大業中起到至關重要的作用——姒伊會不會看走了眼？雖然她相信公主姒伊的判斷力，但此事事關重大，她一直有所擔憂，直到此刻與戰傳說相見之後，她才放下心來。如果僅僅是面對女色就方寸大亂，又豈能成大器？

眉小樓畢竟老練許多，她先開口道：「讓戰公子久候了。」並沒有太多的客套禮數，反而讓戰傳說一下子感到與她親近而融洽，絲毫沒有初次見面的陌生感，倒像是與一個不時謀面的老友見面。

戰傳說道：「是在下打擾了眉館主。」

眉小樓大方落座，淡淡一笑道：「銅雀館若有一日沒有人來打擾，也就是銅雀館關門大吉之日了。」

戰傳說不由也笑了，他忽然感到與眉小樓相處時，沒有絲毫的壓力。

「戰公子此來，必是有所指教吧？」眉小樓道。

「豈敢說『指教』二字？在下是有事要向眉館主討教。」戰傳說道。

「戰公子請說，但有所知，我定言無不盡。」眉小樓沒有絲毫的推諉，事情進展之順利倒讓戰傳說有些意外。

「或許，這是外鬆內緊吧。」戰傳說暗忖，口中已道：「我有一個朋友落入他人手中，而此人曾經在銅雀館留宿。相信眉館主一定還記得千島盟人之亂時，曾殺了幾名千島盟人的紅衣男子吧？而那位劫走了我朋友者，就是那紅衣男子，在下想知道銅雀館中是否有人對此人的底細有所瞭解？」

眉小樓當然記得紅衣男子，她自己也一直在揣測那紅衣男子的來歷。此人既不是千島盟的人，又不是大冥王朝的人，那會是什麼來頭？

銅雀館表面上是風月場所，其實卻肩負著特殊的使命。對銅雀館中出現的異常人物，眉小樓不可能不加以留意。但至今她尚不能確認紅衣男子的來歷。

眉小樓滴水不漏地道：「戰公子也知道對我們銅雀館而言，來者皆是客，銅雀館該做的就是讓客人滿意，至於連天司殺大人、天司危大人都未查出的事，我銅雀館又能有什麼能耐知曉？」

戰傳說這才開始領教眉小樓的厲害之處，她所說的並不顯山露水卻很高明。

眉小樓本可以將話說得不給戰傳說任何細加追問的機會，但戰傳說的身分特殊，是姒伊認定可以爲劍帛人帶來福音的人物。

眉小樓沒有讓戰傳說徹底失望，她話鋒一轉，接著道：「當然，或許也有客人一時興之所至，對銅雀館哪個姐妹說了什麼。戰公子所提到的人，在銅雀館只與一人有接觸，我可將她找來，戰公子有什麼想問的，盡可問她。」

眉小樓的精明，讓戰傳說對能不能從與紅衣男子有密切接觸的豔女口中問到有價値的東西，已沒有多少信心，但這唯一的一條線索他不可能放棄。

眉小樓沒有說假話，陪過紅衣男子的，的確只有魚蝶兒一個人。很快就有人奉眉小樓之命找來了魚蝶兒。

戰傳說見了雲盈兒，現在又見了魚蝶兒，不由暗嘆難怪銅雀館在禪都能獨佔鰲頭。

魚蝶兒與戰傳說相見之後，眉小樓對魚蝶兒道：「妳曾與那紅衣男子共處，對他應有所瞭解，可知他的來歷？」

魚蝶兒玉容微變，顯得擔憂不安，她低聲道：「館主，他所殺的人是千島盟人，千島盟人心狠手辣，死不足惜啊。」

眉小樓眼中閃過一抹不易察覺的陰影，戰傳說略有所察，想要細看，卻見眉小樓已恢復了原有的從容自若。

她望著魚蝶兒道：「妳所說的我自心中有數，這位戰公子的一位朋友落在了那紅衣男子手中，所以想知道他的來歷，妳不必顧忌什麼，有話但說無妨。」

「是……可蝶兒的確一無所知。」魚蝶兒眼神顯得有些茫然，「他只是銅雀館的客人，又何需向我透露什麼。」

眉小樓默默地點了點頭，輕嘆一聲，轉而對戰傳說道：「看來，真的不能幫上戰公子什麼忙了。」

既然如此，戰傳說只有接受一無所獲的結局了。

戰傳說辭別後，魚蝶兒對眉小樓道：「館主若無他事，我也告退了。」

「等等。」眉小樓叫住了想要退下的魚蝶兒。

「館主還有什麼吩咐？」魚蝶兒恭敬地道。

眉小樓道：「蝶兒，妳比我小上一歲吧？」

魚蝶兒對眉小樓忽然問及她的年齡顯得很是吃驚，以至於怔了半刻方道：「正是。」

眉小樓頗爲感慨地道：「爲了劍帛復國大業，妳與盈兒她們的犧牲都很大。若是劍帛國不曾覆滅，如今妳定有自己的心上人，可以與他朝夕共處，長相廝守了。」

劍帛人男女之間地位平等，所以對於男女之情就比樂土人更直率大膽，而眉小樓、魚蝶兒久處銅雀館這種場所，此刻眉小樓對魚蝶兒說出這樣的話，也並不會很突兀。

但魚蝶兒卻流露出極度吃驚的神情，「館主不是曾說，我們雖然身陷紅塵，但是爲了三萬劍帛人早日結束苦難，我們的靈魂仍是聖潔無比嗎？」

眉小樓讚許地點了點頭，肅然道：「的確如此，看來妳從來不曾忘記自己是劍帛人。」

魚蝶兒道：「蝶兒豈敢忘記？」

眉小樓意味深長地笑了，「沒有將妳所知曉的與紅衣男子有關的事告訴戰傳說，妳做得很好。」

魚蝶兒忙否定道：「我的確不知他的底細。」

眉小樓「哦」了一聲，竟也不再追問，而是道：「妳退下吧。」

由滿懷希望到失望而歸，戰傳說心頭多少有些失落。

大概是因爲他與眉小樓見過面了的緣故，離開銅雀館時，那些美豔女子不再糾纏他了。

走出銅雀館，街上的空寥與銅雀館的熱鬧喧嘩形成了一個鮮明的反差。

街頭巷尾，彩燈依舊高懸。戰傳說忽然想起姒伊說過的話，想到這些彩燈都是爲一個深居紫晶宮內的公主而點燃的，也知道這個香兮公主，在她大喜之日即將來臨的時候，忽然不知所蹤

了。

「這些彩燈會不會知道它們的存在其實是毫無意義的？只是高高在上的冥皇爲了掩飾一個真相，才將它們掛滿街巷的？」戰傳說心頭閃過了奇怪的念頭。

對香兮公主的婚期，戰傳說聽姒伊提過，但卻記不清了。

「也許就是明天吧？」戰傳說暗忖，「不知到了明天香兮公主還未找到時，冥皇將如何是好？冥皇將香兮公主下嫁盛九月，本是爲了殞城主的緣故，他恐怕不會料到這看似高明的一招，其實毫無意義，反而爲他帶來無盡的麻煩吧？」

想到殞驚天，戰傳說就自然而然想到了小夭。現在，他是既企盼與紅衣男子見面的日子早早到來，但同時卻又害怕那一天的到來，這樣的矛盾，實非他人所能理解。

紫晶宮搖光閣內燈光通明，卻只有冥皇一人背負雙手在慢慢踱步。

他在等待，等待著從須彌城傳來的消息。

他不敢想像如果等到天亮，還不能聽到來自須彌城的他所希望聽到的消息，他將該如何是好。

天一亮，香兮公主失蹤的事就再也無法隱瞞下去。那時最可怕的還不是大冥王朝保護不了皇室成員這件事會爲樂土萬民嘲諷，更可怕的是，冥皇一直以假象蒙蔽天下人，這一點很可能也會因此而暴露——失信於民的後果如何，冥皇很清楚。

他開始擔心須彌城人悟性太差，不知道此時的王朝需要什麼；又擔心須彌城人雖然已明白他需要須彌城的人做什麼，但須彌城卻假裝糊塗，從而讓冥皇狠狠地栽一個跟斗。

「啓稟聖皇，須彌城有急訊要稟告聖皇！」

冥皇暗暗吸了一口氣，方緩緩轉過身來，目光落在跪於門外的侍衛總管身上，以平靜的聲音道：「須彌城要向本皇稟報何事？」

「須彌城少城主盛九月突患重疾，行動不便，盛城主請聖皇將香兮公主與盛少城主成親吉日推延幾日。」

「什麼？」冥皇一臉愕然，「怎會在這個時候出這種事？」

侍衛總管將頭壓得更低，不敢隨便接話。

冥皇這才不悅地道：「此等大事，盛依應親來禪都向本皇面述才是。」

「屬下這就將聖皇之意告訴須彌城來使。」

侍衛總管行禮之後正待離去，卻又被冥皇叫住了。

「且慢，本皇還要找兩名宮醫與他們同去須彌城，但願可助盛九月早日康復。」

侍衛總管領命而去後，冥皇暗自鬆了口氣。他相信香兮公主這件事，已不會再爲他增添什麼顧慮了，天惑大相的策略的確很有效。

這是一個陽光明媚的清晨。

但明媚的陽光並不能給盛依帶來什麼快樂和溫馨的感覺，派往禪都的人早已到達禪都了，如果返回得及時，此時也應該快回到須彌城了。

盛依不知兒子盛九月「病重」的消息對冥皇來說，會有什麼看法，又會作出什麼反應。

盛依雖爲須彌城城主，但給人的感覺卻是溫和謙遜，與蕭九歌、殞驚天、落木四都有所不同。可以說盛依是四大城主之中最爲內斂的一個，甚至多少予人以軟弱的感覺。

當初冥皇突然決定要將香兮公主下嫁盛九月時，盛依沒有絲毫受寵若驚之感，他比須彌城其他任何人都更冷靜，更明白這件事的真正意味。

既然身爲臣子，冥皇的旨意，盛依唯有照辦，在盛依的指令下，須彌城上上下下爲少城主與香兮公主的大喜之日，有條不紊地忙碌開來。

盛依見過香兮公主，知道香兮公主並非刁蠻霸道之人，如果只考慮香兮公主的因素，盛依對香兮公主很滿意，自己的兒子能娶香兮公主爲妻也是他的福分。

但香兮公主是冥皇胞妹，盛九月一旦與香兮公主成親，就成了皇族，而依大冥的律例，皇族的人是決不能擔任四城城主之職的。因爲皇族身分特殊，若再擁有地方的領地，就有擁兵自重，與大冥分裂的可能。

不許皇族中人擔任類似四城城主這樣的地方要職，是今日冥皇尊釋開創的律例。

依照這一點，盛九月一旦與香兮公主成親，就再也不可能接任須彌城城主之位。雖然他成了皇族的一員，但在盛依看來，這卻是得不償失。

爲了須彌城，盛依傾注了大量的心血，他很希望兒子盛九月將來能夠接任城主之位。

當盛依得到冥皇的暗示，要他設法推延成親吉日時，盛依感到既喜又哀。喜的是，他知道解除這場婚約有望了；哀的是，這也恰好證實了盛依心中的預感：冥皇之所以把香兮公主下嫁其子盛九月，並非出於對盛九月的青睞，而是冥皇有所需。

正因爲如此，冥皇才能夠很輕易地改變主意，並將壓力推給了須彌城。

看樣子，冥皇雖然因爲某種原因，可能不願將香兮公主下嫁給盛九月，但他卻不願讓人感到他言而無信。

對於這一點，盛依能夠理解，也能接受。他甚至覺得，這樁親事破滅是件好事，所以很快地就依冥皇的暗示，想出了可以將親事推延的藉口。

現在，他就在等待著以這樣的理由稟告冥皇，冥皇會作出怎樣的反應。

「照理，冥皇應該滿意了。說九月身體欠佳，最多也只是對九月的名聲有少許的影響。」盛依默默地思忖著。

一陣急促的腳步聲打斷了盛依的思緒，一人匆匆而至，一見盛依便道：「爹，宗叔已由禪都

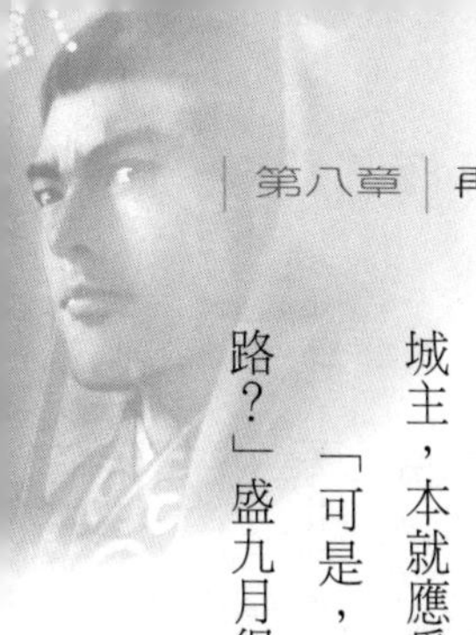

返回了。」

說話者正是盛依唯一的兒子盛九月。

盛依有三女一子，盛九月最小，雖然是盛依唯一的兒子，卻並未因此受到父親格外的溺愛，仍是嚴加管教，盛九月身上並無驕縱之氣。

盛九月所說的「宗叔」，就是盛依派往禪都的人，名爲宗書，此人足智多謀，很受盛依的器重。盛依的長女便是嫁與宗書之子爲妻。

盛依只看了盛九月一眼，就知道事情恐怕又有了波折。

但他不動聲色，而是問道：「九月，爲父的吩咐你忘了嗎？現在你是身患重疾，豈能隨意走動？若傳到聖皇耳中，爲父便有欺君之罪！」

盛九月委屈地道：「此事從頭到尾我都身不由己也罷了，如今宗叔自禪都返回須彌城時，竟有兩名宮醫與他一道同來，而且冥皇還要爹親往禪都述說此事。此事從前到後冥皇都清楚是怎麼回事，他又何必這麼做？」

盛依聽罷，也深感冥皇有些不夠人情，口中卻道：「君君臣臣，亙古之道，爲父身爲須彌城城主，本就應爲聖皇分憂，就算多奔波勞累幾次，又算得了什麼？」

「可是，我根本未患重疾，冥皇也應知這一點。他這麼做，豈不是要將我們逼得沒有退路？」盛九月很少與父親爭執，但這一次，他卻自感不能不據理力爭。

作為一個年輕而有主見的男人，盛九月從來沒有想到，有一天他會連自己的婚事都做不了主，只能任憑命運擺佈。

盛依心裏暗嘆了一口氣，神情卻依舊波瀾不驚，意味深長地望了盛九月一眼，緩聲道：「我們又何嘗需要什麼退路？」

盛九月一怔，久久說不出話來。

天司祿府的人忙碌著將府中懸掛的大紅燈籠摘下來。

「現在冥皇也許可以暫時鬆一口氣了。」戰傳說望著一個正站在木梯上，伸手去摘燈籠的天司祿府家將道。

當然，他此話是對身邊的爻意所說。

現在他們在天司祿府的心情，與初入天司祿府時的感覺已完全不同了。

當時只感到處處都可能潛在著危險，如今他們發覺，禪都並非是由冥皇控制著一切，在禪都有錯綜複雜的各種力量的對抗，正因為有這些錯綜複雜的對抗，戰傳說只要善於把握時機，就可以在種種對抗中找到平衡點。

「卻不知香兮公主如今何在？」爻意低聲道。

香兮公主的失蹤，是秘而不宣的，不知姒伊自什麼地方探聽到這一消息，如果不小心將這一

消息傳開，恐怕會爲她招來不必要的麻煩，所以爻意格外小心。她與香兮公主身分相近，而且也曾在情感上備受困惑，故最關心的是香兮公主的下落。

戰傳說道：「相信不久以後，香兮公主就可以重新回到紫晶宮了。」

爻意道：「爲什麼？」

「將香兮公主下嫁盛九月本就是冥皇的權宜之策，現在他已無須利用這一點對付殞城主，就很可能有了反悔之意。如今盛九月忽患重疾，冥皇將成親吉日延遲很可能只是他的第一步，也許不久之後，他會設法毀去這樁婚約。」戰傳說分析道。

「這對香兮公主而言未嘗不是一件好事。」爻意道。

戰傳說點了點頭，「她之所以突然失蹤，多半是並不願意聽從冥皇的安排。」

正說話間，有天司祿府的家將匆匆趕來，一見戰傳說便道：「戰公子，天司殺大人來天司祿府了。天司殺大人奉命前去助地司危大人對付大劫主，他特地來向戰公子辭行的。」

堂堂天司殺主動向戰傳說辭行，這可謂是天大的面子，那天司祿府家將不能不高看戰傳說一眼，所以他的語氣顯得格外客氣、尊敬。

戰傳說有些意外，天司殺與他雖然相處得很投緣，但照理還不至於到這分上。天司殺既然這麼看重他，他當然沒有理由回避。

「劫域大劫主此刻正在萬聖盆地一帶，已有九歌城蕭九歌、地司危及其他高手協力對付，這一次前去參加『滅劫』一役，定能很快便得勝歸來。」天司殺顯得很自信，「不過畢竟路途頗遠，恐怕還有一番周折，三兩天內是無法返回禪都了，所以特來與戰公子、天司祿大人辭別。」

之所以提及天司祿，當然只是出於客套。天司殺與天司祿之間並沒有什麼交情。

戰傳說笑道：「那我們便在此靜候佳音了。」

天司殺也笑道：「有地司危他們，『滅劫』是勝券在握，我只是去助助興而已。」

天司殺把事情說得輕描淡寫。

天司祿這時隱隱感到，天司殺最主要是向戰傳說辭別而來的，不由又好氣又好笑，暗忖：「我與你同為大冥效命多年，你何時惦記著我了？沒想到今天還沾戰傳說的光。」

戰傳說自從向天司殺承認自己是戰曲之子後，就再也不隱瞞自己的身分——連雙相八司中的人物也知道了他的真正身分，若再加以掩飾，就毫無意義了。

「滅劫」之舉是關係重大的舉措，戰傳說相信天司殺不會在這種緊要的時候單單為了向他辭行而來，但有天司祿在場，卻又不便相問。

天司殺略顯神秘地對天司祿道：「天司祿大人，我有一事需得託付於你，但願你不會推託。」

天司祿有些驚訝，「天司殺大人但說無妨，我一定盡力。」

天司殺哈哈一笑，「你附耳過來。」

天司祿更爲驚訝，這樣過於親熱的舉止，實在不應在樂土兩大顯赫人物之間出現，更何況他與天司殺平時極少有交往。不過天司殺既然話已出口，天司祿也不能拂他顏面，竟真的附耳過去。

天司殺在天司祿的耳邊低聲說了些什麼，天司祿的臉上慢慢浮現出了笑容，到最後不由笑出聲來：「哈哈哈，天司殺大人放心便是，這個忙，我幫定了。」

天司殺也哈哈一笑，轉而對戰傳說道：「本司殺不能多作耽擱，卻還想再與你交談幾句，你陪我同出南門如何？」

戰傳說略一猶豫，天司祿已在一旁道：「理當理當，難得你們如此投緣，哈哈哈……」不知道天司殺對天司祿究竟說了什麼，竟引得他如此開心，要知他本非爽朗之人。

戰傳說自然不再推拒，他本就覺得天司殺應該還有重要的話要對他說。

立即有天司祿府的人爲戰傳說牽來一匹馬，戰傳說與天司殺並騎而馳，在天司殺的部屬簇擁下，一同向南門而去。

走了一陣子，天司殺揮了揮手，周圍的隨從便退開了，與天司殺、戰傳說保持了一定的距離，顯然是爲了方便他們說話。

天司殺這才道：「大劫主魔功深不可測，六道門輩分最高的景睢竟被他一招擊敗！若非大劫主太可怕，以地司危的好強堅韌是不會向冥皇求援的，所以此次『滅劫』之役結果如何，實在難以預料。」

他一臉肅然，與方才的信心百倍截然不同。

戰傳說默默地聽著。

「此行凶吉難測，我也不知能否活著回禪都，所以有些話想對戰公子說。」天司殺一臉的鄭重其事，絲毫不像是在說笑。

戰傳說這才知道天司殺對此行其實很不樂觀。於是他道：「無論如何，大劫主深入樂土，樂土至少佔據了地利人和。」

說這番話的時候，戰傳說想到的卻是冥皇與劫域之間極可能存在的說不清、道不明的關係。從這一點來看，所謂的「人和」，其實是並不存在的。

天司殺苦笑一聲道：「不知爲何，我總隱隱覺得大冥的最大威脅不是來自千島盟，不是來自劫域，也不是來自異域廢墟。」

「那會是來自何方？」戰傳說感到天司殺的話意猶未盡。

天司殺卻未再細說下去，轉而道：「我曾答應你，一定會將靈使與冒充你的人相勾結一事查個水落石出，若是這一次我不能回禪都，恐怕就要食言了。」

戰傳說沒有料到天司殺會如此悲觀，心頭升起不祥之感。而天司殺在這種時候還記著對他的

承諾，讓他頗爲感動，忍不住就想告訴天司殺有關靈使之事早已查得清清楚楚。

隨即又一想，天司殺對自己曾向他敘說的關於靈使的事並未懷疑，那麼天司殺所謂的要查個水落石出，大概不是指要明白真相，而是如何讓這些真相公諸於眾，並且被世人所相信。

若真的如此，那天司殺對戰傳說的器重與信任可見一斑了。

天司殺忽然笑了笑，「我之所以願意全力助你，其實也是出於私心。」

「哦？」戰傳說倒有些不解了，天司殺這麼做對他本人又有什麼好處？

「至於其中原因，你回到天司祿府後，自會由天司祿那兒知曉的。」天司殺道。

戰傳說頓時明白，天司殺與天司祿低聲交談的話一定與自己有關，但具體說的是什麼，卻非戰傳說所能猜透了。

天司殺一直讓戰傳說陪他到南門才讓其與之分手。

這兩個本沒有任何關係的人一路上似乎有談不完的話，這讓天司殺的隨從很是不解。

當然，這一幕也落入了禪都其他人眼中。

請續看《玄武天下》之九　落日戰魔

蒼穹變 ⑧ 金蟬脫殼 （原名：玄武天下）

作者：龍人
發行人：陳曉林
出版所：風雲時代出版股份有限公司
地址：105台北市民生東路五段178號7樓之3
風雲書網：http://www.eastbooks.com.tw
官方部落格：http://eastbooks.pixnet.net/blog
Facebook：http://www.facebook.com/h7560949
信箱：h7560949@ms15.hinet.net
郵撥帳號：12043291
服務專線：(02)27560949
傳真專線：(02)27653799
執行主編：朱墨菲
美術編輯：許惠芳

法律顧問：永然法律事務所 李永然律師
　　　　　北辰著作權事務所 蕭雄淋律師
版權授權：蔡雷平
初版換封：2016年8月

ISBN：978-986-352-319-2

總 經 銷：成信文化事業股份有限公司
地　　址：新北市新店區中正路四維巷二弄2號4樓
電　　話：(02)2219-2080

行政院新聞局局版台業字第3595號 營利事業統一編號22759935

定價：280元　特價：199元

國家圖書館出版品預行編目資料

蒼穹變／龍人著. -- 初版-- 臺北市：風雲時代，
2016.03 -- 冊；公分

ISBN 978-986-352-319-2（第8冊；平裝）

857.7　　　　105002427